KB059627

마리 이야기

1932~1933, 기이한 시대를 산 여섯 여자들

마리 이야기 : 1932~1933, 기이한 시대를 산 여섯 여자들

지은이 전혜진
펴낸이 한기호
책임편집 도은숙, 염경원
편집 정안나, 유태선, 김현구
마케팅 윤수연
경영지원 국순근

1판 1쇄 인쇄 2023년 11월 20일
1판 1쇄 발행 2023년 11월 29일

펴낸곳 요다
출판등록 2017년 9월 5일 제2017-000238호
주소 04029 서울시 마포구 동교로 12안길 14 삼성빌딩 A동 2층
전화 02-336-5675 팩스 02-337-5347
이메일 kpm@kpm21.co.kr

ISBN 979-11-90749-66-4 (04810)
979-11-89099-32-9 (04810) (세트)

· 요다는 한국출판마케팅연구소의 임프린트입니다.
· 잘못된 책은 구입처에서 교환해드립니다.
· 책값은 뒤표지에 있습니다.

마리 이야기

전혜진 연작소설

1932~1933, 기이한 시대를 산 여섯 여자들

일러두기

—외래어는 외래어 표기법에 준해 표기하는 것을 원칙으로 두었으나 일부 고유명사는 본 이야기의 시대 배경인 1930년대 분위기를 반영해 한국 한자음으로 표기했습니다.

—작품에서 다루어진 인물과 사건은 역사적 사실과 다를 수 있습니다. 권말 「기담별 실존 인물 및 배경」에 참고할 만한 내용을 정리해 두었습니다.

1.

경성 기담

(1932년 여름)

정원에 유난히 생기가 돌았다. 문득 창문을 열고 밖을 내다보니, 화단 여기저기에 초여름의 장미가 피어나고 있었다. 마리는 책상을 손으로 짚으며 일어났다. 조금 전까지만 해도 이제는 수험생이니 다른 일에 신경 쓰지 말고 공부에만 집중하자는 기특한 생각도 하였지만, 대수 노트만 들여다보기에는 이 청명한 날씨가 눈이 부시게 화려하였다.

"안에서 공부하시는 게 아니었나요?"

홍차와 간식거리를 쟁반에 받쳐 들고 오던 어멈이 기가 막힌 듯 한마디 했다. 마리는 뛰어나가다 말고, 몸을 돌려 책상에 펼쳐 놓았던 대수 노트를 다시 집어 들었다.

"그거, 정원으로 가져와."

"밖에서 무슨 공부가 됩니까요."

"무슨 이유로 못 하겠어. 옛사람들은 감옥에서도 공부를 했다는데. 감옥보다 훨씬 좋은 우리 집 정원에서 공부를 하는 게 무에 이상하다고."

"감옥에서야 달리 할 게 없으니 공부라도 했겠지요."

"됐어, 어멈은 공부를 해 본 것도 아니면서. 꼭 오라버니가 하는 잔소리를 그대로 앵무새처럼 따라 하기나 하고."

마리는 토라진 듯 고개를 돌리며 종알거렸다. 그렇게 말하면 선량하고 우직한 어멈은 속상한 마음을 어디다 말도 못 하고 시무룩해한다는 걸 알았지만, 책상머리에 콕 붙어 앉아 수험 공부에만 몰두하기에는 정말 아름다운 계절이었다.

어차피 공부에 뜻이 있는 것도 아니다. 다만 요새는 시절이 바뀌어, 여자가 시집을 잘 가려면 집안 좋고 인물 잘난 것만으로는 부족하다기에 하는 것일 뿐. 소위 엘리트다 하는 번듯한 남자들은 다들 신여성과 결혼하고 싶어 하니, 명문가의 딸이라고 해도 공부를 해서 좋은 학교에 이름을 올려야 더 나은 혼처를 얻을 수 있단다. 오라버니도 그런 요량으로 마리에게 공부를 하라고 계속 권하시는 것이었다. 하다못해 이왕비 전하께서도 학습원 여자고등과를 나오시지 않았느냐며.

"…이왕비 전하가 공부를 잘해서 이왕 전하와 혼인하신 건 아닐 거잖아."

마리는 차를 마시다 말고 중얼거렸다. 이왕 전하와 결혼하신 마사코 전하는 아름답고 재주 많은 분으로, 황태자비 후보로도 물망에 오르던 분이라 들었다. 마리는 어렸을 때 신문에서 마사코 전하께서 혼인하실 때 입으신 무척 아름다운 새하얀 웨딩드레스 사진을 보고, 자신도 언젠가 혼인하게 되면 꼭 저런 드레스를 입고 싶다고 생각하기도 했다.

하지만 그러면 뭘 해.

아버님은 친왕에, 육군 대장을 지낸 굉장한 집안의 딸인 데다 고등과까지 나올 만큼 공부를 열심히 하셨다는 마사코 전하는, 내지의 황족과 결혼하지 못하고 망한 조선의 세자 전하와 결혼하셨다. 10년 전에 갓난아기씨를 안고 조선에 오신 뒤 어린 아기씨를 잃고, 10년 동안 후사를 낳지 못하셨다가 재작년에야 왕손을 생산하셨다고 신문 기사가 떠들썩하게 나기도 했다. 하지만 지난봄 아버지 탈상 때 이 집에 모인 손님들은 입을 모아 말했다. 조선과 내지는 하나라고들 하지만, 조선은 이미 망했으니 이왕 전하란 쭉정이가 아니냐고.

'그렇다면 훌륭한 집안의 아가씨에 공부까지 잘했다 한들, 마사코 전하는 쭉정이와 결혼하신 게 아닌가. 대체 여자가 공부하는 게 시집 잘 가는 것과 무슨 상관이라는 건지.'

마리는 옅은 한숨을 내쉬었다.

'그리고 나보고 대체, 여기서 무슨 시집을 어떻게 더 잘 가라는 거야.'

사실 보통 사람들은 남작의 딸이라면 금수저를 물고 태어났다고 무척이나 부러워할 게 틀림없었다. 하지만 남작도 남작 나름이지. 내지도 아닌 이 조선 땅에서 귀족의 딸로 태어난 것은 정말, 시집을 잘 가기에는 한없이 애매한 상황이 아닌지.

귀한 집 여식이 곤궁한 집 아들과 혼인하는 일은 옛날이야기나 연애소설에서나 볼 법한 이야기지, 혼인을 한다면 응당 남작가보다는 지위가 있는 집안의 아들 중에 상대를 골라야 할 텐데, 지금 마리가 알기로 어지간한 집안의 잘난 자제들, 군이나 총독부에서 일하며 착실하게 승진하는 이들은 이미 혼인을 했거나 정혼자가 있는 상태였다. 그렇다고 일개 조선 남작의 딸이 내지의 귀족에게 시집을 간다? 아무리 오라버니라도 언감생심, 그런 꿈은 꾸지 못할 것이다. 남은 것은 비슷비슷한 나이의 고만고만한 사내애들, 고를 것도 없이 도토리 키 재기인 놈팡이들뿐이다. 어려서부터 뻔히 보았던 놈들인데, 그런 놈들에게 시집가자고 공부까지 열심히 해야 한다니, 아무리 생각해도 손해 보는 일이었다.

기왕 누군가에게 시집을 가야 한다면, 집안이고 뭐고 다 소용없으니 그냥 인물이나 번듯한 남자였으면 좋겠다. 마리는 한숨을 쉬며 정원 테이블에 몸을 숙여 엎드렸다. 그때였다.

"네가 그러면 그렇지. 공부한다더니 정원에서 놀고 있느냐."

마리는 고개를 들었다. 오빠인 충원이 놀리는 듯한 표정을 지으며 이쪽을 바라보고 있었다. 마리는 잔뜩 골이 나서, 고개를 돌리며 대꾸했다.

"충원 오라버니는 내가 조금 전까지 공부를 했는지 안 했는지 어찌 알고 그리 말씀하세요."

"안 봐도 뻔한 일이 아니냐. 네가 공부를 하겠다기에, 나는 또 큰마음 먹고 좋은 것을 마련해 왔는데."

좋은 것은 무슨. 마리는 입을 비쭉거리며 그대로 고개를 돌리고 있었다. 충원은 보통의 조선 사내들보다 다정하고 누이동생을 아끼는 사람이었지만, 그렇다고 충원이 가져다준 것들이 전부 달가웠던 것은 아니다. 솔직히 말하면 지금까지 충원이 마리에게 좋은 것이라고 잔뜩 생색을 내며 가져다준 것 중에 마리의 마음에 찼던 것은 단 한 가지도 없었다.

'오라버니는 취향이 고상하질 못해서 그래.'

마리는 속으로 생각했다. 그때였다.

"너무하는군."

부드러운 바리톤의 음성이 공기를 간지럽혔다. 마리는 홀린 듯이 고개를 돌렸다.

"마련해 오다니. 그거, 사람에게 쓰는 말이 아니지 않나."

흰 비단에 부드러운 모필로 그려낸 것 같은 용모의 청년이 웃음 지으며 충원을 바라보고 있었다.

"오라버니, 저분은…."

"네 가정교사지, 누구겠느냐."

충원이 어깨를 으쓱해 보이더니 청년에게 다정히 어깨동무를 하며 히죽 웃었다.

"이름은 류홍우. 나와는 함께 경성제국대학에 다니고 있지."

"오라버니와 어울려 다니시는 분이라니, 어쩐지 미덥지 않은

데요."

마리는 짐짓 관심 없다는 듯 대답했지만, 어쩐지 귓불까지 열이 올라 화끈거렸다. 가슴이 마구 두근거려서, 그 류홍우라는 청년을 똑바로 바라볼 수가 없었다.

"무슨 소리야, 이 조선 반도는 물론이고 내지에서도 알아 주는 최고 학부라고."

"오라버니가 다니시는 걸 보면 이젠 제국대학이 최고 학부가 아닌 거겠죠."

"어허."

남매가 티격태격 사이좋게 농을 주고받는 모습을 보며 홍우는 웃었다. 그 웃음 짓는 모습은, 이 정원에 피어난 어떤 장미화보다도 아름다운 것 같았지만, 마리는 차마 홍우를 똑바로 쳐다볼 수 없었다. 그랬다간, 얼굴이 새빨개질 것 같았으니까.

"대수 노트군요, 잠깐 봐도 되겠습니까."

그리고 홍우가 가까이 다가와 손을 뻗었다.

그가 입은 교복은 다소 낡아 있었다. 초여름의 날씨라 땀을 흘렸을 법도 한데, 그에게서는 뭇 사내들에게서 흔히 맡아지는, 땀이 쉰 듯한 쾨쾨한 냄새가 조금도 느껴지지 않았다. 3년 전 아버지가 돌아가시고 남작 작위를 물려받은 이래, 수시로 여자들과 노느라 매일같이 씻고 불란서 향수까지 뿌리고 다니는 한량인 충원과는 또 다른, 그저 맑고 청신한 비누 냄새만이 느껴질 뿐이었다. 마리는 자기도 모르게 눈을 감으며 숨을 들이마셨다.

***

"자네와는 달라서 정말 기특한 아가씨야."

두 번째 수업을 하고 돌아가던 길, 홍우는 충원을 보고 농을 건넸다.

"기특하다고?"

"그래, 대수라면 학을 떼는 자네와는 다르더군."

충원은 고개를 절레절레 저으며 홍우를 옆으로 밀어냈다.

"자네 같은 수재에 비하면야 학을 떼고 치를 떤다고도 할 수 있겠으나, 법문학부 공부를 하는 데 부족할 정도는 아니라네."

"그래, 그렇다고 해두지."

"진담이라네. 조선귀족이라도 귀족은 귀족이라, 동경으로 건너가 학습원에 입학할 수도 있었건만. 아버님께서 조선 사람은 양반이고 귀족이라도 우선 공부를 잘해야 한다고 하시는 바람에 죽자 사자 수험 공부를 하지 않았느냔 말이야. 덕분에 제국대학에서도 어디 빠지지는 않는다고 자부하고 있네."

"자네의 주 전공은 법문학이 아니라 그냥 불문학에 특화된 게 아니었나. 특히 여자를 유혹하는 데 그 자질을 아낌없이 쓰는 게 탈이지만."

홍우는 웃음 지으며 말했다.

"여튼 자네 매씨(妹氏)는 자네와 달라서, 아주 성실하게 노력하는 학생이야. 수학에 아주 재능이 뛰어난 것은 아닌지도 모르지만."

"그 애가 노력이라…."

의외라는 듯, 충원이 중얼거렸다.

홍우의 말대로였다. 마리는 달라졌다. 홍우를 만난 그날부터, 눈뜨면 일어나서 책을 붙잡았고, 학교 갔다가 돌아오면 잠들기 전까지 대수 문제를 풀었다.

한 주에 두 번, 홍우가 과외 수업을 하러 오는 날이면 마리는 새벽같이 일어나 몸단장을 하고, 홍우 앞에서 한 문제라도 틀릴까 열심히 공부했다. 가끔은 홍우에게 질문하기 위해 예습을 하기도 했다. 그야말로 여고보가 아니라 제국대학 입시라도 치르는 사람 같았다.

'오라버니가 왜 그렇게 공부를 하라고 채근했는지, 이제는 알 것 같아.'

마리는 밤늦게까지 공부를 하다가, 가끔 코피 한 방울이 뚝 하고 떨어지는 것마저 뿌듯하고 자랑스러웠다.

'내가 생각하는 것을 아마 오라버니도 헤아려 보셨겠지. 어차피 격에 맞는 신랑감을 찾기 어렵다면, 조선에서 제일 똑똑한 남자를 신랑으로 삼아서 남작 가문의 사위로 뒤를 밀어주는 게 나을 수도 있는 거잖아.'

코피를 닦고, 세수를 하고, 내친김에 주방에 내려가 달콤한 쿠키에 커피 한 잔을 부탁하고, 그리고 돌아와 다시 책을 펼치면서도 마리는 계속 홍우를 생각했다.

'게다가 홍우 오라버니는 오라버니의 친우이기도 하고….'

그런 생각을 하다가 마리는 때때로 웃음을 터뜨리기도 했다. 공부를 잘하는 우등생인 홍우가, 대체 무엇을 보고 방탕하고 놀기 좋아하는 제 오라비와 어울려 다니는지 아무리 생각해도 모를 일이었다. 어찌 되었든, 마리가 생각하기에 홍우는 충원과 함께 있는 것들 중 사람과 물건을 통틀어 가장 빛나고 아름다운 것이었다.

'틀림없어. 오라버니는 홍우 오라버니를 내 신랑감으로 점찍은 거야. 그러지 않고서야, 아무리 오라버니가 생각이 없는 사람이라도, 다 큰 처녀를 외간 남자와 단둘이서 공부하게 둘 리가 없잖아.'

신랑감이라면, 데릴사위로 들이려는 걸까. 그럴지도 모른다. 충원은 마리를 무척 아꼈고, 남의 집에서 시집살이하는 꼴을 두고 볼 사람도 아니었다. 그렇다면 친한 벗인 홍우를 매제로 삼아 셋이 함께 사이좋게 지내는 모습을 상상해 보았다고 해도 이상할 게 없었다. 그런 데다 마리가 듣기로, 홍우는 시골 출신이라고 했다. 가난한 수재를 데릴사위로 들이는 거야 이상할 것도 없는 일이다. 내지에서는 데릴사위에게 집안을 물려주는 경우도 있다지 않은가.

물론 홍우가 찢어지게 가난하거나 그런 것은 아니라고, 이 녀석도 제 고향에 가면 나름 수재에 도련님 소리 듣는다고 충원은 말했지만, 그래도 마리가 보기에 홍우의 옷차림은 단정하기는 해도 풍족해 보이지는 않았다. 행동거지나 옷차림에서 가난이 덕지덕지 묻어나는 것은 아니었지만, 수업을 들을 때마다 빛바랜 금색 휘장이 박힌 제국대학 학모의 챙이나 교복의 옷깃이며 소매 끝에 닳은 흔적이 완연히 눈에 들어왔다.

"…그런 게 아니야. 시골에서 경성으로 유학 올 정도만 되어도 먹고살 만한 거지."

마리가 소매 끝을 조금 티가 나도록 들여다보던 날, 홍우는 어색하게 웃으며 말했다.

"우리 아가씨 생각에는, 내가 가련한 고학생처럼 보였을지도 모르지만. 남자 혼자 살림이라는 게 그런 거지. 어쩐지 허술하고, 제대로 입고 먹고 다녀도 없어 보이고."

"제, 제가 꿰매드려도…."

"그럴 것 없어."

홍우는 소맷자락 끝에 일어난 긴 실밥을 잡아서 뜯어 버리며 고개를 저었다.

"아가씨가 외간 남자 옷 같은 거 꿰매 주겠다고 그러는 거 아니야. 김춘추 이야기 몰라?"

'그렇지만 김춘추는, 자기 옷을 꿰매 준 문희 아가씨와 결혼했는걸요.'

마리는 그 말은 차마 하지 못한 채 눈을 내리깔았다.

***

"이 댁은 정말, 언제 와도 장미가 아름답구나."

어느 날인가, 홍우는 수업을 하다 말고 문득 중얼거렸다. 마리는 눈을 들어 장미를 바라보는 홍우의 옆모습을 가만히 훔쳐보았다.

그를 처음 만난 이후로 정원에는 장미가 피고 또 지고, 그와의 수업이 있는 날마다 홍차는 하얀 본차이나 찻잔 위로 꿀빛 그림자를 드리우곤 했다. 마리는 이 순간을, 장미를 바라보는 홍우를, 느긋하게 풍경을 바라보며 찬탄하는 그의 목소리를, 창문 밖의 장미꽃과 지금 이 모든 것들을, 그대로 박제하듯이 남겨두고 싶다고 생각했다.

그 열렬한 사모의 눈빛을 느낀 것일까. 홍우는 문득 머쓱해하며 마리의 노트를 쳐다보았다.

"마치 서양 소설에 나오는 대저택 같은 느낌이야. 아주 이국적이고, 아주 아름다워."

"그런… 가요. 저는… 너무… 경성의 다른 저택들과는 동떨어진 것 같아서…."

"아니야. 아주 아름다워. 선친께서는 서양의 문화를 사랑하셨다고 들었는데."

"예…. 그러신 것 같아요."

마리는 고개를 숙였다. 그러다가 나직하게 한숨을 쉬며 중얼거렸다.

"너무… 서양 문화를 좋아하셔서, 제 이름을 이렇게 지어 버리셨지만요."

"그 이름이, 왜."

"그냥…. 조금 부끄럽잖아요. 교회당에 나가는 것도 아니고, 외국인 학교에서 세례명으로 받은 이름도 아닌데. 꼭 서양 이름을 흉내 내서 마구잡이로 지은 것 같아서."

말을 하다 보니, 동학들이 저를 헐뜯느라 했던 말들이 떠올라서 감정이 복받쳐 올랐다. 마리는 귀까지 빨개진 채로, 기어드는 목소리로 말했다.

"그… 제 친구들은… 제 이름을 두고 말들을 많이 했어요."

"무슨 말을 하였는데."

"저는 조선 사람이고, 이 시대에 귀족 작위를 가진 조선인이란 친일을 하는 사람들인데… 저희 아버지가 제게 조선 이름도 내지 이름도 아닌 이름을 지어 주신 것은, 언제 또 세상이 뒤집힐지 몰라서 대비하는 게 아니냐고요."

말을 해 놓고 나니 공연히 서러워져, 마리는 울음을 터뜨렸다.

"나이를 한두 살 먹은 어린아이들도 아니고…. 다 큰 처녀들이… 사람을 그런 것으로 조롱하기나 하고…. 흐윽…."

"울지 마, 마리."

홍우가 속삭였다. 마리는 흉하게 눈물을 줄줄 흘리는 와중에도, 그가 제 이름을 부르는 것이 그저 달콤하여 정신이 어지러울 지경이었다.

"마리."

"홍우 오라버니…."

"마리라는 이름은 말이다. 너, 모리 오가이가 누군지 아니. 나쓰메 소세키 선생과 나란히 일본의 문호로 불리는 분이란다."

마리는 고개를 끄덕였다. 홍우는 주머니를 뒤적이다가, 조금 구겨진 손수건을 꺼내 마리에게 건넸다.

"그 모리 오가이의 딸 이름이 마리라고 해. 딸은 마리, 아들은 프리츠."

"정말이에요?"

"그래. 모리 오가이는 작가이기도 하지만 장군이기도 한데, 그런 사람도 딸 이름을 마리라고 지었잖니. 내 생각에 마리라는 이름은, 내지에서도 꽤나 신식이고 멋들어진 이름일지도 몰라."

홍우의 말에, 마리는 고개를 끄덕였다. 뺨에 닿은 손수건은 거친 옥양목이었지만, 마리에게는 마치 귀한 비단실을 한 올 한 올 엮어서 만든 것처럼 보드랍기만 했다. 찻잔에 드리워진 꿀빛 그림자는 하루하루 시간이 지나갈수록 더 짙어지는 것만 같았다. 홍우에 대한 마리의 마음도 그러하였다. 밤이면 밤마다, 마리는 홍우를 생각하며 잠을 이루지 못했고, 미친 사람처럼 방을 서성이다가 홀린 듯이 불을 켜고 대수 책을 들여다보았다. 그렇게라도 하지 않으면 가슴이 두근거리다 못해 애끓는 사모의 정으로 말미암아 터져 나갈 것 같았다.

오라버니께서는 언제쯤 홍우 오라버니께 혼담을 넣어 주실까.

***

“마리 아가씨가 아주 달라졌어요. 저 젊은 선생님 오시고부터 얼마나 공부를 하시는지, 이젠 걱정이 될 정도라니까요.”

수험 생활이 막바지에 접어든 어느 날, 어멈은 입에 침이 마르도록 마리를 칭찬했다. 마리의 이야기를 할 때마다 자랑스러운 듯 어깨를 으쓱거리기까지 했다.

“우리 마리 아가씨를 보면, 이러다 박사가 되시는 게 아닌가 모르겠다니까요.”

“박사까지는 필요 없지, 여자아이인데.”

“아니, 도련님. 세상이 달라지고 있지 않아요? 내지에서는 여자 박사도 있다고 하던데요.”

“그거야 내지고, 여자가 박사까지 하면 시집은 가기 힘들지 않겠어?”

“그건 그렇겠네요.”

“마리도 고등과에 들어가면, 그때부터는 좋은 짝을 찾아 주어야 하는데.”

충원은 한숨을 쉬었다.

“이럴 때는 가장이라는 게 너무 무겁군.”

아버지가 돌아가셨을 때야 당연히 하늘이 무너진 것처럼 애통했다. 하지만 남작 작위를 물려받은 제국대학생이라는 신분은 결코 나쁘지 않았다. 어디에 가도 사람들이 관심을 가졌고, 여자들을 유혹하기도 쉬웠다. 물려받은 재산도 적지 않은 편이라, 평생 한량으로 놀고 먹어도 부족함이 없을 정도였다.

다만 문제가 있었다. 아버지가 남겨 놓은 열 명의 배다른 형제들과 마리의 일이었다. 배다른 형제들이라 해도 적어도 혼사를 치를 때까지는 신경을 써야 한다. 특히 친동생인 마리는, 이 조선 땅에서 고를 수 있는 가장 좋은 혼처를 골라 앞으로도 내내 행복하게 살도록 해 주어야 했다.

"도련님부터 얼른 혼인을 하셔야지요."

"남자는 혼사가 좀 늦어져도 상관없지만, 여자아이는 서둘러야지. 갖출 것 다 갖추고 혼담도 주고받고 해서 늦어도 스무 살 전에는 혼인을 해야 하지 않나."

"그러니까 말씀입니다."

어멈이 수선스럽게 말하는 것을 한 귀로 흘려들으며, 충원은 시가에 불을 붙였다.

"난 졸업하고 좀 천천히 해도 늦지 않아. 내 혼사야 뭐 서두를 게 있다고."

"아니지요, 여자의 혼사는 여자가 정하는 법입니다. 아무리 가장이니, 남작이니 해도 말이지요. 도련님께서 혼인을 미루셔서 집안에 바깥주인과 안주인이 갖춰지지 않으면 어찌 되는지 아십니까?"

"어찌 되는데?"

짜증스럽게 묻는데, 어멈이 심각한 얼굴로 대답했다.

"작은 마님께서 어머니라고, 마리 아가씨의 혼사에 끼어드실 것입니다."

작은 마님이라는 말에, 충원은 별채에 기거하는 아버지의 늙은 첩을 기억해내고 눈살을 찌푸렸다. 그는 갓 불을 붙인 시가를 내려놓고 자리에서 일어나 서성거렸다.

"마님은 무슨 마님. 아버지랑 한 이불 덮었다고 어머니고 마님이면, 내겐 빌어먹을 어머니가 백 명은 넘겠구먼."

"주인어른께서 생전에 품으셨던 분이야 도련님 말씀대로 기백은 됩니다만, 그래도 별채의 마님은 작은 마님이 아니십니까."

"마지막까지 아버지를 모셨으니 별채에 그냥 둔 것일 뿐, 호적에도 아니 올린 아버지의 첩실이 아닌가. 작은 마님입네 뭐네, 안주인인 양 굴게 하지 말라고."

"그게 싫으시면 혼인을 하셔서 새 마님이 혼사를 감독하게 하셔야지요. 아무리 도련님이 마리 아가씨를 잘 시집보내고 싶으셔도, 결국 여자의 혼사는 여자 손을 타야 되는 거랍니다. 이 집에 달리 안주인이 없으니, 그렇게 되면 작은 마님이라도 나서야지요."

충원은 앓는 소리를 냈다.

"그런 말은 진작 했어야지. 지금부터 결혼할 여자를 찾아도,

집에 들이려면 1년은 걸리겠구먼."

"쇤네는 작년에도 재작년에도, 주인어른 돌아가시자마자 혼처부터 구하시라고 누차 말씀을 드렸는데요."

"아, 진짜!"

충원이 버럭 소리를 질렀다. 그때 문틈으로 홍우가 비죽 고개를 들이밀었다.

"뭐가 진짜란 말인가."

"마침 잘 만났군. 우선 자네가 나랑 혼인이라도 하세."

"그건 또 무슨 별스러운 헛소리인지 모르겠군."

"내 동생을 얼른 시집보내야겠는데, 그러려면 내가 먼저 혼인을 해야 한다지 않아."

"서두를 것 없어. 자네 누이는 수학 실력이 날로 일취월장하니, 경성여고보면 몰라도 어지간한 고등여학교에 들어가는 건 별일도 아닐 거라네."

"그거 그나마 불행 중 다행이로군."

충원은 한숨을 쉬며 의자에 앉았다. 그리고 홍우에게 앉으라고 손짓을 했다.

"누이동생을 제대로 시집보내려면 내가 먼저 장가를 들어야 한다니, 이게 무슨 소리야."

"틀린 말은 아닌 것 같군."

"…자네도 그렇게 생각하는 건가?"

"아무래도, 남자들은 암만 자기가 장가를 들었어도 혼사에 대해 모르지 않나."

홍우가 웃었다. 충원은 조금 의외라는 듯 홍우를 바라보았다.

"자네, 혼인했나?"

"어렸을 때 했지."

"그럼 안사람은."

"고향에 있다네. 장모께서 그때 병으로 돌아가실 지경이 되어, 막내딸이 시집가는 모습은 보아야 눈을 감겠다고 하셨기에 혼례부터 치렀지 뭔가."

홍우는 고개를 돌리며 어깨를 으쓱해 보였다.

"우리 부모님께서 민며느리 기르듯이 데리고 계시지. 자네 누이보다도 어린 아이야. 호적에는 아직 올리지도 못하였네."

"대체 몇 살 때 장가를 든 건가?"

"꽤 되었지. 그 애가 열 살도 되기 전이었으니."

"이런 몹쓸 사람, 그런 어린애를 두고 혼인할 마음이 들던가."

"내가 하고 싶어서 한 줄 아는가. 장모님이 오늘내일하신다기에 급한 대로 식만 올린 것이지. 사람 이상하게 보지 말아. 덜 자란 아이를 데리고 무얼 하겠나. 아직 초야도 치르지 않았네."

충원은 고개를 끄덕였다. 두 사람은, 너무 이른 혼인은 몹쓸 인습이라는 이야기를 하며 술잔을 기울였다.

그리고 같은 시각, 혹시라도 제 혼담이 나올까 싶어 이야기를 엿듣던 마리는, 홍우가 이미 혼인했다는 말만 듣고 절망하여, 그만 목을 매고 말았다.

＊＊＊

충원은 저택의 문을 닫아걸었다. 남작가의 따님이 갑자기 세상을 떠났으니 조문하려는 이들이 적지 않았지만, 충원은 그 누구의 인사도 받지 않았다. 마리와 함께 공부하던 같은 반 친구들이 찾아왔지만, 충원은 그들조차 들이지 않았다. 아니, 애초에 관이 대문 밖으로 나가지도 아니하였다. 사흘이 지나고 이레가 지나고 보름이 지나도록, 죽었다는 젊은 처녀는 그 집을 떠나지 못하였다.

"죽기 전에 그렇게 신들린 듯이 공부를 하였다더구먼."

사람들은 남작 댁의 흉사를 입에 올리며, 대체 세상 부러울 게 없을 남작 가문의 영애가 무슨 일로 목숨을 끊었는지 그 연유에 대해 수군거렸다. 누이동생을 너무나 아꼈던 그 오라비가 의사를 내쫓고는 정신 나간 사람처럼 대문을 걸어 잠그고, 못질까지 하더라는 소문이 입에서 입으로 전해졌다.

"그 아가씨가 제힘으로 경성여고보에 진학하겠다고 그렇게 열심히 공부를 하였다는데. 뭐에 홀리기라도 했던 것인지."

"그런 것 보면, 자식이 공부한다고 마냥 기뻐할 일은 아닌 게지. 죽어서야 그게 다 무슨 소용이란 말인가."

"그런데 정말 어떻게 된 거야. 젊은 아씨가 무슨 급병을 얻어 하루아침에 세상을 떠났다는 거야?"

"급병이 아니야, 스스로 목을 매었다던데."

"에엥? 그 댁에 다녀온 의원 댁 하인 말로는 급병이라던데."

"누가 그 말을 곧이 믿나. 젊은 처자가 스스로 목을 매었는데, 누가 그걸 그렇다고 말을 해."

"잠깐, 내가 듣기로는 조금 다른 이야기가 있던데."

차라리 충원이 눈물을 흘리고 애통해하며, 사람들 손을 잡고 그 아이가 어찌 죽었는지 꾸며 내어서라도 말을 했다면 모르겠으나, 이렇게 문을 단단히 걸어 잠그니 세상 사람들은 제멋대로들 이야기를 만들고 부풀려댔다.

"아니, 왜. 그 아씨가 누굴 짝사랑하였는데, 이루어질 가망이 없자 그만 세상을 버렸다고도 하고."

"말도 안 되는 소리. 그 집안 권력이면 못 이룰 혼사가 없었을 터인데."

"사모한다고 다 혼인할 수 있다던가? 그런 집안 따님이면 응당, 집안끼리 걸맞은 데로 통혼하는 법이지 않나."

"보통이야 그렇지. 그런데 그 젊은 남작이 그렇게 제 누이를 아꼈다는 거야. 세상 떠난 어머니 사랑을 듬뿍 받지도 못한 가여운 아이라고, 그렇게 애틋하게 여겼다는데."

"하긴, 그런 오라비라면야. 제 누이가 목숨을 끊을 만큼 사모하는 이가 있었다면 어떻게든 나서서 손을 써 주었을 테지."

"모르지, 또. 임자 있는 사내를 탐을 내었는지도."

처음에는 사람들도 안 된 일이다, 죽은 아씨가 가련하다고들 말했다. 하지만 세상 떠난 남작가의 아가씨가 누군가를 사모한

끝에 목숨을 끊은 것 같다는 소문은 점점 부풀려지고, 급기야는 아내 있는 남자의 아이를 배는 바람에 스스로 목숨을 끊은 거라는 흉흉한 이야기가 떠돌았다.

그리고 충원은, 그 모든 소문으로부터 담을 쌓아 올린 듯이 저택 안에 틀어박혀 있었다.

마리의 시신은 아직 제대로 입관조차 되지 못했다. 초가을이었지만 아직 한낮에는 늦여름의 열기가 남아 있었고, 어멈은 제 손으로 먹이고 입히며 지금껏 길러 온 아씨를, 죽은 뒤에도 손발을 닦아 내고 두어 시간마다 새 얼음을 갈아 대며 충원이 마음을 돌리고 제대로 장례를 치러 주기만을 애태워 기다리고 있었다.

그때였다.

"…곱군."

충원이 중얼거렸다. 그는 면도도 하지 않아 수염이 덥수룩한 얼굴에, 잠도 자지 않아 시뻘게진 눈으로 걸어 들어와 잠든 듯 누워 있는 누이동생의 시신을 가만히 바라보았다.

죽은 뒤에도 살아 있을 때와 똑같다고 말하는 것은 기만이다. 목을 맨 자리에는 짙은 흔적이 남았고, 얼굴 여기저기는 부은 채로 창백해졌다. 아무리 얼음을 대어 보전해도 상하는 것을 막을 수는 없었다. 엊그제부터는 귓바퀴와 손끝이 거무죽죽하게 변하기 시작했다. 그런데도 충원은 마치 산 동생을 대하듯 그 얼굴을 어루만졌다. 그러다가 겁에 질린 듯 저를 지켜보던 어멈을 돌아보았다.

"지난번 한성권번의 김정자와 뱃놀이를 다니던 중에, 정자가 내게 그런 말을 하더군. 저기, 한강 건너 화주당이라는 데가 그렇게… 혼례를 제대로 올려 준다고."

"도련님, 설마 저승혼사굿을 말씀하시는 겁니까요."

"그래."

충원이 말하는 혼례란, 채 혼인하지 못하고 죽은 처녀, 총각 망자들을 위한 혼사굿이었다. 어멈은 울음을 삼키며 고개를 끄덕였다.

"우리 고운 아가씨가 이렇게 세상을 뜨셨는데, 혼사라도 치러서 위로해 주시면 얼마나 다행입니까요. 그렇게 하셔야지요."

"무당을 불러 주게."

충원은 짧게 말하고, 제 침실로 돌아갔다. 그는 씻고 면도를 하고 옷을 갈아입었다. 평소처럼 단정한 모습으로 돌아온 그는 서랍을 뒤져, 제국대학의 동학들과 찍었던 입학 사진 한 장을 꺼냈다. 지금보다 두세 살 어렸던 시절, 그 앳된 얼굴이 남아 있는 흐릿한 사진 속에서, 충원은 한 사람을 확인하여 그 얼굴만 동그랗게 오려 내었다.

그리고 잠시 후, 무당이 왔다. 소박한 옷차림을 한 늙은 무당은 남작가의 위용에 주눅이 들었는지 어깨를 옴츠렸다가, 남작가의 주인이 젊은 남자인 것을 보고 조금 마음이 놓인 듯 고개를 들었다.

"혼사굿을 하려면 우선 신랑이 있어야지요. 죽은 뒤의 일은 가문을 보는 것이 아니라, 그저 망자의 사주에 맞추어 궁합을 볼 일이니, 쇤네가 적당한 신랑을…."

"신랑이라면 있네."

젊은 남작이 말했다. 그는 작게 자른 사진 조각과 함께 이름과 생년월일이 적힌 종이를 내밀었다.

"이대로 치르게."

무당은 사진을 보고 흠칫 놀랐다. 그러곤 이내 사주를 짚어 보더니 얼굴이 희게 질린 채 고개를 가로저었다.

"…나리, 저승혼사굿은 세상을 떠난 처녀와 총각을 맺어 주는 일입니다."

"음."

"산 사람과 맺어 주면, 먼저 세상 떠난 이가 산 사람을 불러들이는 법입니다."

"자네가 상관할 일이 아니네. 이리 캐묻는 것을 보니, 필시 함부로 입을 놀릴 터."

"아니옵니다."

이건 미친 사람이다. 무당은 생각했다. 그는 납작 몸을 숙이며 대답했다.

"쇤네는 그저, 이런 일은 동티가 나면 가문의 어른께도 누가 되는 일이라…."

"자네만 입을 다물면 동티가 날 일이 없지. 그대로 하게."

***

"오늘도 결석인가."

교수가 물었다. 홍우는 손을 들고 대신 공손히 대답했다.

"누이동생이 급병으로 세상을 떠나, 충원이 많이 상심한 것 같습니다."

"그것도 하루 이틀 일이지, 대체 언제까지 그 핑계로 아니 나오겠다는 건지. 당최 공부를 하겠다는 건지 안 하겠다는 건지 모르겠군."

교수가 짜증스럽게 말했다. 홍우는 마치 자신이 결석하기라도 한 것처럼 겸연쩍게 머리를 조아렸다.

"류홍우 군."

"예, 교수님."

"자네가 개인적으로 친한 편이었지. 남작가에 좀 가 보았나."

홍우는 머뭇거리다가 고개를 저었다.

"이틀마다 가 보았습니다만, 문을 열어 주지 않았습니다."

"신문에도 자꾸 나오지 않는가. 누이동생이 세상을 떠나고서, 남작 가문이 문을 닫아걸고 장례식도 치르지 않는 것 같다고. 그런 흉흉한 소문이 돌게 두어서 되겠나."

"죄송합니다."

"…자네가 죄송할 일은 아니지."

교수의 말대로였다. 엊그제는 신문에도 남작 저택의 이야기가 나왔을 정도였다. 젊은 남작이 이미 누이동생의 뒤를 따라 세상을 떠난 것이 아닌가, 혹은 남작과 누이동생이 부적절한 관계였던 것은 아닌가, 하는 실로 선정적인 기사였다.

홍우는 걱정스러웠다. 마리가 갑작스럽게 세상을 떠난 것은 비극이었지만, 그렇다고 충원까지 그런 소문으로 인생을 망치도록 둘 수는 없었다.

'오늘은 그 집 담을 넘어서라도 충원을 만나야겠어.'

그날, 오후까지만 해도 마리는 즐거워 보였다. 앞으로의 일들을 이야기하고, 목표한 대로 경성여고보에 들어가면 나이도 찼으니 혼인하게 될 것 같다는 말도 하였다. 이왕비 전하의 하얀 드레스 이야기를 하다가, 지난번에는 그 드레스를 동경하는 마음에 양장점에서 비슷한 하얀 원피스를 맞추었다는 이야기도 하였다. 지금은 아직 어린아이 같지만, 그 원피스를 입고 머리를 올리면 퍽 어른스러워 보일 거라는 이야기도 했다. 아무리 보아도, 그렇게 갑작스럽게 목숨을 끊을 이유는 없었다.

그런데 왜, 그날 밤에 그렇게.

충원과 술을 마시고, 그 댁을 나올 때였다. 기별도 안 하고 가시면 마리 아가씨가 서운해하신다며, 그 댁 어멈이 홍우를 불러 세우고, 어린 하녀를 서재로 보낼 때까지만 해도, 이런 일이 있을 거라고는 상상도 하지 못했다.

그런데 왜, 대체 왜 그날 밤에.

어린 하녀의 비명이 울려 퍼졌다. 울먹이며 구르듯이 복도를 달려와, 어멈을 잡아끌었다. 심상치 않은 일이 일어났다는 것은 바로 알 수 있었다. 충원도 홍우도, 무슨 일인지 알아볼 겨를도 없이 서재로 달려갔다. 그리고 서재 문을 열었을 때, 마리는 이미 이 세상 사람이 아니었다.

"충원! 충원 있는가!"

홍우는 남작가의 대문을 두드리다, 아예 붙들고 흔들었다. 어두운 붉은색으로 칠한, 정교하게 세공된 두 기둥과 그 사이에 짜 넣은 거대한 철제 대문은 열릴 생각도 하지 않았다. 언제나 그를 향해 따뜻하게 열리던 그 문은, 거대한 절망의 벽이 되어 굳게 잠겨 있었다.

"충원!"

그때였다. 갑자기 사방이 어두워지더니 어디선가 방울 소리가 들렸다. 홍우는 한 손으로 대문을 붙잡은 채 가만히 주위를 둘러보았다. 그리고 문이 열렸다.

"…날세, 충원을 보러 왔네. 좀 들어가겠네."

누가 문을 열어 주었는지 확인도 하지 않고, 홍우는 성큼 밀고 들어갔다. 정원은 캄캄했고, 저택의 창문에는 드문드문 불이 켜져 있었다. 홍우는 불이 켜진 곳에 충원이 있겠거니 생각하여 그쪽으로 향했다.

사방이 어두컴컴했지만 긴 복도에는 불이 켜져 있었다. 희미하고 불그레한 등불에 의지해 홍우는 한 걸음 한 걸음 앞으로 걸어갔다. 저택은 넓었고, 이렇게 어두운 상황에서는 어디로 가야 할지 방향을 잡을 수도 없었다. 아니, 이 집이 이렇게까지 넓었던가. 이렇게까지 꼬불꼬불 꼬여 있었던가. 혼란스러웠다. 마치 깊은 물에 빠진 듯 숨이 막혀 왔다. 더구나 자꾸만 등에 식은땀이 솟았다. 등 뒤에 서늘한 느낌이 들어 참지 못하고 돌아보았더니, 누가 따라오며 불을 끈 것처럼 그가 지나온 길이 어둠으로 덮여 있었다.

이상했다. 모든 일이 너무나 기이하기만 했다. 그때, 딸랑거리는 방울 소리와 함께 희미한 장미향이 났다.

"…충원?"

그 향기는, 충원이 쓰던 불란서 향수의 향기와도 닮아 있었다. 홍우는 주위를 두리번거리다가, 다시 불빛을 따라 한 걸음씩 앞으로 나아갔다.

어느 방 앞을 지나려는데, 갑자기 모든 불이 꺼졌다.

"대체… 여긴…."

그리고 어둠 속에서, 새하얀 무언가가 흔들렸다.

"…."

한 걸음, 한 걸음, 그 새하얀 것이 다가왔다. 어깨에서 가슴까지 사각형으로 파이고, 소매는 팔꿈치까지 내려오고, 길이는 발목까지 끌리는 새하얀 원피스. 마리가 사진으로 보여 주었던 이 왕비 전하의 드레스처럼 보이는 것이었다. 홍우는 마른침을 꿀꺽 삼켰다. 그리고 어둠 속에서 흰 손이, 새하얀 레이스 장갑을 낀 손이 홍우의 뺨을 향해 다가왔다.

차가운 입맞춤과 함께, 홍우는 그대로 주저앉았다.

***

법문학부의 학우들은, 홍우의 갑작스러운 죽음에 다들 당혹감을 감추지 못하였다. 시골에서 올라와 경성제국대학에서 수석을 놓치지 않았던 이 젊은 수재는, 이루어질 수 없는 연모의 정을 견디지 못하고 스스로 목숨을 끊는다는 짧은 유서만을 남기고 한강에 몸을 던졌다. 그의 시신은 어째서인지 강물을 거슬러 올라가 저 화주당 앞에서 발견되었는데, 사람들은 그를 두고 살아 있을 때의 한이 깊어서라고 말하였고, 더러는 죽음으로라도 맺어지고 싶은 이가 있어서 강물을 거슬러 그리 찾아간 것이라 말하기도 하였다.

그리고 충원은, 누이와 친우의 연이은 죽음에서 무언가 느낀 바가 있었던 것인지, 굳게 닫혀 있던 남작가의 문을 열었다. 그는 뒤늦게 누이의 장례를 치르고, 갑작스럽게 혼인을 하였다. 상대는 홍우의 정혼자였다. 일찍이 어머니를 여의고 홍우의 본가에서 민며느리처럼 지내고 있던 아가씨라 하였다.

“그 친구가 살아 있을 때, 고향에 누이 같은 어린 정혼자가 있다고 말했습니다.”

충원은 홍우의 본가에 찾아가, 머리를 조아리며 말했다.

"인생은 덧없는 것이나, 만약 저에게 무슨 일이 생긴다면 그 정혼자가 걱정이라는 말을 하였지요. 저는 아직 미장가 한 몸이니, 제가 홍우를 대신하여 그 정혼자를 평생 지키고 싶습니다."

"아니, 그게 그렇게 될 일이 아니라…."

"산 사람은 살아야지요."

충원은 힘주어 말했다. 그는 이렇게라도 하지 않으면 죽은 홍우가 애통해하리라며, 부득불 홍우의 정혼자를, 정확히는 열 살도 되기 전에 홍우와 혼례만 올리고 이 집에 와서 살았다는 열여섯 살 난 어린 아가씨를 처로 맞았다. 열여섯 살의 남작부인은 충원의 지원을 받아 진명여학교를 졸업하고, 아들과 딸을 낳고 잘 살았다. 충원은 비록 친일파의 자제라 하나 기질이 호협하고 의리가 있으며 정이 깊은 사람이라, 죽은 친우의 부모 형제까지 제 숙부모며 사촌들인 양 계절마다 신경 쓰며 예의를 다했다.

하지만 이 아름다운 저택의 안주인이 된 어린 남작부인은, 때때로 학교를 마치고 날이 어두워져서 집에 돌아오면, 저택의 복도에서 아름다운 하얀 드레스를 입은 젊은 여자가 걸어가는 모습을 보곤 했다. 몇 년 동안 그 곡절을 모르고 살다가, 어멈이 화주당에 모셨다는 시누이의 위패 아래에 제 정혼자의 사주가 놓여 있는 것을 보고 말았다. 수태 중이던 젊은 남작부인은 그 의미를 깨닫고 까무룩 혼절하였다가, 경성 한복판을 도도히 가로질러 흐르는 저 깊은 한강에 스스로 몸을 던져 목숨을 끊었다.

2.

상해 기담
(1932년 겨울)

날아갈 듯한 솟을대문이 늦가을의 새파란 하늘 아래 시리도록 날렵한 선을 그리고 있다. 경성종로경찰서 고등계의 순사부장인 가네야마는 그 솟을대문을 올려다보며 눈살을 찌푸렸다. 이 집의 돌계단을 밟으며 오를 때면 매번 어깨가 움츠러들곤 했다. 경성 한복판, 이왕가 종묘의 바로 곁을 차지하고 앉은 이 고택에 올 때마다, 그는 무언가 잘못되고 있다는 느낌을 받곤 했다. 특히 이 댁의 마리 아가씨를 만날 때면 더욱 그랬다.

"무슨 일인가."

가네야마가 머뭇거리자, 뒤따라오던 미와 경부가 부드럽게 한마디 했다. 미와는 가네야마의 굳은 표정을 보고 웃음 지었다.

"원래 높으신 분들 댁에 용무 차 가는 게 마음 편한 일은 아니지. 자작을 지낸 댁이라고는 하나 그것도 한때요, 부담스러운 것은 알겠지만 한두 번 온 것도 아니지 않나."

"죽은 대감이야 제 알 바가 아닙니다만, 그 아씨가 아주 보통내기가 아닙니다."

"알아, 알아."

미와는 사람 좋아 보이는 온화한 미소를 지으며 고개를 끄덕였다.

"이제 스물 조금 넘은 어린 아가씨가 불령선인 놈들과 어울려 다니고 있으니. 그냥 잡아넣으면 좋겠는데, 높으신 분들 보시기에는 또 함부로 건드릴 수도 없는 상황이고. 이래저래 자네가 고생이 많아."

"아닙니다!"

미와는 종로서의 형사들에게 마치 아버지나 큰형처럼 여겨지는 인물이었다. 가네야마도 처음 순사보로 들어왔을 때 저승사자라 불리는 미와를 두려워했지만, 미와는 충직한 가네야마를 아끼고 잘 가르쳐 지금처럼 제 몫을 하는 고등계 형사로 키워 주었다.

"그럼 들어가지."

"예."

미와 경부가 들어가라고 하면, 화염 속이든 한강 한복판이든 뛰어들 수 있었다. 가네야마는 가슴을 펴고, 매번 그의 마음을 불편하게 하던 반지르르한 돌계단을 밟으며 올라갔다.

묵직한 대문이 열리자, 이미 십수 번도 넘게 보아 낯익은 어멈이 머리를 조아렸다. 가네야마가 한마디 했다.

"또 보는구먼. 이러다가 정분나겠네."

"…."

농지거리라고 던진 말인데, 어멈은 정색을 하며 뒷걸음질을 쳤다. 가네야마는 일부러 거칠게 마당에 침을 퉤 하고 뱉은 뒤 걸어 들어갔다. 미와가 쓴웃음을 지었다.

"원래 대감 댁 머슴들은 제가 대감인 줄 아는 법이지."

"한심한 꼴을 보였습니다."

"음, 트집 잡힐 일은 하지 말게. 운양 대감이 세상 떠난 지 여러 해가 지났다고 해도, 여전히 조선 사람들은 이 댁을 존경하고 있잖은가."

이 저택은 경술년에 자작 작위를 받은 운양 대감 댁이었다. 그는 조선이 일본과 한 나라가 되는 것에 대해 "불가(不可), 불가하다"고 말했지만, 경술년에 덴노(천황)께서 황공하옵게도 자작으로 임명하고 위로금을 하사하셨다. 그랬으면 은혜에 감사할 줄 알아야 하는데, 그자는 십여 년 전 조선인들이 만세운동을 할 적에 감히 총독 각하께 조선의 독립을 요구하는 글을 지어 올렸다고 한다. 그것도 선물이랍시고, 케이크 상자에 그 글을 포장하여 제 손자 손에 들려 보냈다니. 독종도 이만저만한 독종이 아니었다.

"그래, 자네 보기에 그 아씨는 어떤 사람이던가."

"마음 같아서는 그냥 잡아들였으면 좋겠습니다. 귀히 자랐으니 장 몇 대만 때려도 다시는 이런 짓을 하지 않겠다고 질질 짤 텐데요."

"흠, 그거야 모르는 거지. 십수 년 전 만세운동 때 잡혀 들어온 어린 계집들이 얼마나 독했는가."

"그건 그렇지요. 거꾸로 매달고 물을 붓고 손톱 밑에 대바늘을 박아도 꿈쩍을 않았으니. 스무 살도 안 된 것들이 사내놈들보다 몇 배는 더 악착같고 독했습죠."

"게다가 운양 대감 댁 손녀일세. 부자가 망해도 삼 년은 가는 법이고, 대감이 죽었어도…."

미와는 말을 멈추고 주위를 둘러보았다. 경성 한복판에 자리 잡은 이 집은 그 주인이 세상을 떠난 뒤에도 예전의 영화를 간직한 듯 화려하였다. 사랑채에는 커다란 소나무가 가지를 길게 뻗고, 안채로 이어지는 낮은 담을 따라 이르게 핀 매화꽃이 늘어져 있었다.

"…마찬가지지. 얻는 것은 없이 공연히 긁어 부스럼만 만들 일이야. 그래서 내 자네더러 그저 경고만 하라고 말했던 것이고."

미와의 가르침에 가네야마는 머리를 숙였다. 하지만 가네야마는 곧, 분한 듯이 말했다.

"저는 그 아씨가 미울 때가 있습니다."

"밉다고?"

"왜, 얼마 전에 우리가 뒤쫓던, 농촌계몽운동 하러 간다던 놈 있지 않습니까. 그놈도 이 댁에서 숨겨 주었지요."

"브나로드 한다는 놈들 말이로군. 그런데?"

"시골에서 소 팔아 경성에 유학 온 놈들이 제 고향 사람들 계몽하겠다고 그러는 거야 이해할 구석이라도 있겠습니다만. 이런 집에 살면서 좌익운동이라니. 그야말로 배곯아 본 적 없는 부르주아의 허세가 아닙니까."

미와는 나직하게 웃었다. 그때, 대청마루 위로 젊은 여자가 모습을 드러냈다. 귀밑 가까이에서 자른 단발에 조선 옷을 입고, 그 위에 뜨개질한 숄을 두른 채였다. 글이라도 쓰다 나온 것인지, 오른 소매를 조금 걷어붙였는데, 손가락에 잉크인지 먹물인지 모를 것이 두어 방울 묻어 있었다.

"늘 오시는 가네야마 형사님에다, 오늘은 종로통에 소문이 자자하신 미와 형사님까지 오시다니. 모르긴 몰라도 제가 크게 장한 일을 한 모양입니다."

이 댁의 손녀인 마리였다. 이제 겨우 앳된 티를 벗은 젊은 아가씨인데, 조선인들에게 저승사자라 불리는 미와를 두고 농지거리를 던지는 것이 여간내기가 아니었다.

"날도 많이 쌀쌀해졌는데 여기까지 오셨으니 응당 안으로 모셔서 다과라도 대접해야 도리겠지만, 혼인도 안 한 젊은 처자가 외간 남자를 내실로 들일 수 없는 것이 조선의 법도이니 이해해 주시오."

"실례가 많습니다."

미와는 사람 좋은 웃음을 지으며 대답했다.

"본관도 자작님 댁 아가씨를 함부로 찾아뵙는 것이 예의가 아닌 줄은 압니다만, 그래도 일이니 어쩔 수 없지요. 마리 아가씨께서 조금만 저희 사정을 봐주신다면, 여러 이들이 편할 텐데 말입니다."

"제가 감히, 하늘을 나는 새도 떨어뜨릴 종로서 고등계 미와 형사님의 사정을 봐드린다고요? 쥐가 고양이를 걱정할 일이겠군요."

"거두절미하고 말씀드리지요. 자꾸 불령선인 놈들과 어울려 다니셔서 종로서 서장님께서 걱정이 많으십니다. 얼마 전에는 브나로드를 한다며 좌익사상을 전파하고 다니던 학생 놈도 숨겨 주셨지요?"

"학교 후배 하나가 며칠 묵다 간 것까지 신경을 쓰시다니, 종로서 경찰들은 생각보다 할 일이 없으신 모양이오."

"아니라는 말씀조차 아니 하시는군요."

"어차피 다 알고 오셨는데, 제가 아니라고 말하면 이 집의 아랫것들에게 손을 대시겠지요. 예, 제가 숨겼습니다. 숨겨서 멀리 떠나보냈지요. 그렇게 이실직고하면 되겠소?"

마리는 불쾌함을 숨길 생각도 없이 대꾸했다.

마리의 조부인 운양 대감은 당대의 문장가이자 지식인이었다. 그는 을사오적들마냥 나라를 팔아먹은 것은 아니었지만, 그렇다고 일본인들이 눈앞에서 나라를 빼앗는 것을 목숨 걸고 막아낸 것도, 민충정공처럼 나라 잃은 것을 비통해하며 스스로 목숨을 끊은 것도 아니었다. 오히려 그 온건함을 이유로 일본이 작위까지 내렸다. 수치스럽기 그지없는 일이었다. 그저 평범한 백면서생이라면 모를까, 그만한 지위에 있는 사람에게는 그저 안전하게 가족들을 지키며 난세를 버텨 내는 것 자체가 죄가 되기도 한다고 마리는 생각했다. 그가 원하지 않았다 해도, 그의 동양삼국동맹론이 매국노들에게는 매국을 합리화하는 수단이 되었던 것도 사실이었다. 그나마 조부는 수치를 아는 분이셨고, 만세운동 때 학부대신 이용직과 더불어 총독에게 조선의 독립을 요구하는 「대일본장서(對日本長書)」라는 글을 지어 보냈다. 그 일로 조부는 삭탈관직 당하고 옥고를 치렀다. 자작 작위도 그때 박탈당했다. 그런데도 사람들은 여전히 이 댁을 자작 댁이라고 불렀다. 사람들이 자신을 자작 댁 아씨라고 칭할 때마다, 마리는 오물을 뒤집어쓴 것 같은 심정이었다.

"마리 아가씨께서는 영리한 분이시지요."

미와는 너구리같이 의뭉스러운 웃음을 지으며 말했다.

"솔직히 말씀드리면, 저희 입장에서도 아가씨를 잡아들이기는 어렵습니다. 대일본의 자작 작위를 받은 운양 대감의 손녀가 불령선인이라니, 얼마나 망극한 일입니까."

"나는 조선 사람이지 불령선인 따위가 아닙니다. 말을 하려거든 제대로 하세요."

"그런데 또 한편으로는, 대감께서는 만세운동 때 조선인의 편을 드시다가 고초도 겪으셨지요. 아가씨도 학생운동 하는 놈들과 얽혀 있지 않습니까. 그러다 보니 아가씨를 함부로 잡아넣었다가는 또, 조선인들이 들고일어날 수 있단 말입니다. 양쪽으로 곤란하게 된단 말씀이지요."

"그쪽이 곤란한 건 저와는 별 상관이 없는 일이오."

"하지만 아가씨께서도 잘 알고 계시지 않습니까? 명문가의 따님이라 함부로 잡아들이기 어려운 줄을 뻔히 아시니까, 그렇게 섶을 지고 불에 뛰어드는 듯한 일을 계속하시는 것이겠지요. 좌익운동 말입니다."

"조상이 어떤 오명을 썼든, 혹은 아름다운 이름을 남겼든, 자손은 자손대로 떳떳이 살아야지요."

"그러게나 말입니다. 제 아들놈도 아가씨처럼 기개 있는 사내가 되면 좋겠습니다만."

미와가 혀를 찼다.

"어쨌든 저희도 매번 다 잡았다 싶으면 아가씨가 가로막으시니, 참 어렵습니다. 아가씨께서는 여기 가네야마 이 친구가 무척 마음에 안 드시겠지만, 이 친구 입장도 한번 보십시오. 매번 잡았다 놓기를 반복하려니 도대체가 사는 낙이 없다는 말입니다."

"내가 왜, 조선인이 되어서 일본 놈 똥이나 닦는 자의 입장까지 봐줘야 한답니까."

마리는 말을 뱉어 놓고 입술을 깨물었다. 마리의 입장에서야 거칠게 말한 것이었지만, 공포의 대상인 미와 경부도 아니고 가네야마 같은 자야 오며 가며 흔히 들었을 이야기다. 공연히 제

입만 더러워진 것 같아 마리는 고개를 틀었다. 그때 가네야마가 한마디 했다.

"누가 제 입장을 봐 달랍니까. 결국은 돈 많은 집 아가씨가 저 혼자 안전한 데 앉아서 무슨 열사라도 되는 듯이 구는 게 고까워서 그럽니다. 그렇게 의기가 넘쳐서 좌익운동을 꼭 해야겠으면 어디 만주나 상해에라도 가 버릴 것이지, 왜 남의 나와바리에서 이런 몽니를 부린답니까."

가네야마는 홧김에 속말을 내뱉었다. 안전한 제집 울타리 안에서 뭐라도 된 듯이 뻗대는 젊은 여자가 마음에 들지 않았던 것도 있었다. 자작가의 손녀가 아니었으면 벌써 몇 번이라도 서대문형무소에 처 넣었을 것이다. 상해나 만주는 고사하고, 인천항까지 가는 기차에만 올라도 바로 집에 돌아가고 싶다고 눈물을 뚝뚝 떨어뜨릴 것 같은 곱게 자란 아가씨 주제에, 누구보고 일본놈의 똥을 닦는다는 거야. 미와가 옆에 없었다면, 뒷일 생각지 않고 한달음에 대청으로 뛰어올라 저 건방진 계집애의 머리채라도 잡았을 것이다.

하지만 마리는 그 말을 듣고 잠시 생각에 잠긴 듯했다. 그리고 미소를 지으며 고개를 끄덕이더니, 그대로 안으로 들어가 버렸다. 잘 알았다거나, 이만 돌아가시라거나, 형사님들께 폐를 끼쳐서 송구하다는 뻔한 말조차도 없었다. 자신에게라면 모를까, 미와 경부까지 와 있는데도 저리 오만방자하게 구는 것에 가네야마는 분통을 터뜨렸다. 하지만 미와는 눈살을 찌푸렸다. 그 표정을 보자마자 가네야마는 자신이 공연히 긁어 부스럼을 만든 게 아닌가 생각했다. 그러지 않아도 요 며칠 전부터 날이 제법 쌀쌀해졌는데, 차가운 공기까지 더해져 사위가 그대로 얼어붙는 것만 같았다. 가네야마는 마른침을 꿀꺽 삼켰다. 당장에라도 불호령이 떨어질 듯했다.

"지난 1월에."

"예."

"동경 사쿠라다몬 앞에서 천황 폐하께 폭탄을 던진 놈이 있었네. 아는가."

"들었습니다. 하늘이 도와 폐하께서는 무사하셨지만, 화족 몇 분이 크게 다치셨다고 하지 않았습니까."

"그래. 오늘 그놈 사형을 집행한다지."

"하."

"…정말 끝도 없이 기어 나오는구먼."

미와는 한숨을 쉬며 중얼거렸다.

그때, 마리는 제 방에서 문갑을 뒤져 여권을 꺼내 보았다. 차라리 잘되었다. 언제고 이 집을 떠나게 될 거라고 생각했는데, 마침 핑계가 좋았다.

'종로서 고등계의 순사부장 나리께서 제발 만주든 상해든 어디로든 가달라고 했으니, 그 부탁 정도는 들어드려야지.'

마당에도 어멈이며 다른 아랫것들이 여럿 있었지만, 가네야마가 자기는 그런 말을 한 적이 없다고 발뺌하면 그만이라는 것도 알고는 있었다. 하지만 오늘은 저 미와 경부도 함께 와 있었다. 자신이, 그야말로 세상 물정 모르는 순진한 아가씨인 양 눈을 깜빡이며 가네야마 순사님이 상해에 다녀오라고 하셨기에 그리 갔는데 무엇이 문제냐고 뻔뻔하게 대답해 버리면, 아마 제 체면 때문에라도 거짓말이라고 발뺌하진 못할 것이다.

집을 떠날 날이 온 것뿐이다. 머리를 올리고 꽃가마를 타고 떠나는 것이 아니라, 늘 그래왔듯이 좌익운동이나 독립운동을 하는 친구들을 숨겨 주거나 그 일에 가담해 같이 움직이다가, 어느 날 꼬리가 밟혀 도망쳐야 할 날이 올 거라고 늘 생각해 왔다. 이렇게 몰래 짐을 꾸리고 담을 넘어 먼 이국으로 떠날 날을, 어쩌면 마리는 줄곧 기다렸는지도 모른다.

"…아직도 안 돌아가셨소? 일본 사람들은 눈치가 빠르다 들었는데."

다시 대청마루로 나온 마리는 미와와 가네야마가 아직도 그 자리에 있는 것을 보고 한마디 쏘아붙이고는 곧장 어멈을 불렀다. 어멈은 마리의 지시를 받고 하인들을 불러들였다. 곧 날랜 하인 하나가 총독부 외무국에 다녀온다며 문을 나섰다. 미와와 가네야마는 어안이 벙벙한 표정으로 물었다.

"지금 뭐 하시는 겁니까."

"가네야마 형사님이 만주나 상해에라도 가 보라시기에 유람이라도 갈까 해서요."

"…허, 참."

어지간한 일에는 눈 하나 깜짝하지 않는 미와조차도 마리의 이런 뻔뻔한 태도에 자기도 모르게 한숨을 쉴 정도였다.

"뭐, 만주나 상해는 혼자 여행하기 너무 멀고…. 블라디보스토크 정도면 어떨까 하오."

"여행이라고요…."

"설마 대일본제국의 형사님께서 한 입으로 두 말 하시진 않을 것이고…. 형사님이 굳이 권하시기에 올겨울에 한 달 정도 유람이나 다녀올까 하니 그것까지 트집 잡으려 드시진 않으셨으면 좋겠습니다만."

"그건…."

"그렇군요, 잘 다녀오십시오."

가네야마의 말을 끊고 미와가 웃으며 대답했다. 한 손으로는 가네야마의 입을 틀어막은 채였다. 가네야마는 등줄기에 식은땀이 흘러내리는 것 같았다.

"블라디보스토크는 눈이 많이 오기는 합니다만, 경성의 겨울보다는 따뜻할지도 모르겠군요. 무사히 다녀오십시오."

"돌아와서 뵙지요. 아, 가네야마 형사님은 저를 안 보시는 편이 나을 것도 같지만 말입니다."

"실례했습니다."

미와는 가네야마를 질질 끌고 운양 대감 댁을 나섰다. 가네야마는 어깨를 움츠렸다. 미와는 종로서 형사들에게는 늘 친절하고 자상한 선배이자 상사였지만, 그렇다고 술에 술 탄 듯 물에 물 탄 듯 좋은 게 좋다는 식으로 적당히 넘어가는 무골호인과는 거리가 멀었다.

'뼈도 못 추리겠구먼.'

"차라리 잘되었군. 자네가 따라가."

"예?"

"아무리 야무지고 똑똑해도 이제 겨우 스물 남짓한 처자일세. 제가 경성에서나 자작가의 손녀이지, 경성 밖에서도 그럴 줄 아는 모양이지."

"아…."

"경성을 벗어나면, 지금까지 해 온 것처럼 불령선인이나 좌익 인텔리들과 어울리는 순간 언제든 잡혀 들어갈 수 있을 텐데. 그런 줄도 모르고 자네 말을 듣자마자 국경을 넘을 궁리부터 하는 것을 보게. 아직 어려도 한참 어린애라는 거지. 어떻게 블라디보스토크까지 가서, 거기서 항주 같은 데로 옮길 생각이겠지."

"항주요?"

"올여름에 상해의 괴뢰 정부가 국민당과 함께 도망을 갔어. 아, 자네도 모르는 것을 보니, 어쩌면 그냥 상해로 갈지도 모르겠군."

"만주로 갈 수도 있잖습니까?"

"만주는 아닐 거야. 젊은 여자가 독립군에 가서 뭘 하겠어. 상해에 가면 뭔가 뾰족한 수가 있을 것이다, 그런 헛된 생각을 하고 있겠지."

"과연 그렇군요. 그러면 저는 저 아씨의 뒤를 밟다가, 문제를 일으키는 즉시 체포하겠습니다."

"가서 여권부터 만들게. 위험한 좌익세력의 프락치를 뒤쫓는 중이니 대지급으로 발급해 달라고 연통을 넣어 두겠네."

미와는 가네야마의 어깨를 툭툭 쳤다.

***

초겨울의 하늘은 흐렸다. 마리는 겨울이 다가오는 11월 하순, 신의주행 열차 출발 시각에 맞춰 역에 도착했다. 그는 인력거가 아닌 승용차에서 내려 역으로 걸어 들어갔다. 둥근 종 모양에 큼직한 비단 리본이 달린 새파란 클로슈 모자를 쓰고, 리본과 색을 맞춘 원피스에 모자와 같은 빛깔의 모직 코트를 입은 화려한 차림이었다. 하지만 어쩐지 모자와 코트는 마리에게 조금 컸다. 빛깔도 추워 보이는 데다, 마리에게 썩 어울리지도 않았다. 제가 곱게 기른 아가씨가 어울리지도 않는 코트를 입은 꼴을 보고 어멈은 속이 상하는지 가슴을 쳤다.

"대체 이게 뭡니까요. 이렇게 질질 끌리는 코트라니."

"요즘 프랑스에서 유행이라더군."

"아무리 유행이라도 그렇지요. 아씨께서는 누가 골라주는 대로 입어 버릇하셔서, 직접 고르시라고 하면 이렇게 색을 못 고르시지 않습니까. 그런데 시중드는 이도 없이 혼자 가신다니요."

"걱정할 것 없네. 블라디보스토크의 호텔에서는 몸종 없이도 쾌적하게 지낼 수 있다고 하니까."

하지만 마리의 목적지는 블라디보스토크가 아니다. 임시정부다. 말이야 무어라 하든, 그건 어멈도 알고, 마리도 아는 일이었다. 어멈은 마치 살아서는 다시 못 볼 것처럼 슬피 울었다. 마리는 어멈을 위로했다. 급사가 마리의 짐을 일등석으로 먼저 가져다 놓았다.

그때 가네야마가 플랫폼으로 걸어 들어왔다.

"가네야마 형사님이 아니십니까."

이래서야 미행도 아니고, 대놓고 따라오는 것이다. 정말로 블라디보스토크에서, 현지에 예약해 둔 호텔에서 머무르며 며칠 호사스러운 관광을 즐기다가 곱게 돌아오라는 뜻이겠지. 다른 데로 새지 말고, 수상한 사람들을 만나지 말고. 그저 새장에 갇힌 새처럼 얌전히 굴라는 협박이나 다름없다.

"형사님도 북쪽에 가시는 모양입니다? 평양? 아니면 신의주? 설마 블라디보스토크?"

"…뭐, 그렇게 되었습니다."

미행하는 사람은 어색하게 머리를 긁적였다. 미행당하는 사람은 산뜻한 웃음을 지으며 인사했다.

"평온한 여행 되십시오."

그쪽만 얌전히 있으면 얼마든지 평온하다는 말을 삼키며, 가네야마도 같은 인사를 건넸다. 마리는 일등석 객실로, 가네야마는 삼등칸으로 향했다. 어쨌든 공무로 가는 출장이고, 아직 말단 형사에 불과한 가네야마에게는 일등석 여비 같은 것은 나오지 않는다. 뭐가 되었든 열차가 멈추어 설 때마다 승강장에 내려 저 여자가 어디 딴 데로 못 가게 막으면 된다. 열차 안에 있는 한 큰일은 나지 않을 거라고 생각하며 가네야마는 차표에 적힌 제 자리를 찾아가 앉았다.

마리는 얌전히 있었다. 중간중간 승강장에 나와 마리가 어디 가지 못하도록 감시하는 가네야마를 향해 손을 흔들어 주기도 하고, 창문을 열고 땅콩 봉지를 건네주기도 했다. 더러는 새로 맞춘 클로슈 모자가 다 찌그러지는 줄도 모르고 창가에 머리를 기댄 채 꾸벅꾸벅 졸고 있는 것이, 정말로 세상 물정 모르는 부잣집 아가씨가 처음으로 혼자 유람이라도 떠나는 듯한 느긋한 태도였다. 이쯤 되니 가네야마도 조금은 마음이 풀어진 듯, 처음 출발할 때처럼 눈을 부라리며 감시하려 들지는 않았다.

"좋아, 됐어."

열차가 다시 움직이자, 마리는 모자를 벗어 놓고 지도를 폈다. 경성에서 출발한 열차는 우선 신의주로 간다. 여기까지는 조선총독부 철도국 관할이다. 그리고 신의주를 지나 단동에 도착하면 세관 검사를 하고, 출입국 단속을 한다. 여기부터는 중국이고, 만주철도의 노선이다. 객실 차량은 그대로지만, 열차를 끄는 기관차는 조선총독부의 것에서 만주 쪽 기관차로 바뀌는 것이다.

그렇게 심양과 장춘을 지나 하얼빈까지 가서, 블라디보스토크행 열차를 탄다. 이것이 마리가 총독부 외무국에 보고한 내용이었다. 물론, 마리는 계획대로 얌전히 움직일 생각이 추호도 없었다. 마리는 중국 본토로 가는 길목인 심양에서 내릴 계획이다. 물론 가네야마도 그런 사정쯤은 짐작하고 있을 테니, 여기서부터는 정말 신중하게 움직여야 했다.

단동에서 세관 검사까지 마친 뒤, 마리는 조용히 일어나 옆 칸을 두드렸다. 옆 칸에는 마리의 모교 교장 선생님이 소개해 주신 선교사의 부인이 타고 있었다. 마침 아이를 데리고, 남편인 선교사를 만나러 하얼빈에 가는 길이라고 했다. 마리는 일부러 자신의 여행 날짜를, 선교사의 부인이 여행하는 날짜에 맞추었다.

"어서 와요, 마리 양."

"도와주셔서 감사합니다, 부인."

마리가 교장 선생님을 통해 부탁한 것은 단 한 가지였다. 가네야마를 따돌리기 위해, 여행 중간에 선교사 부인과 자신의 코트와 모자를 서로 바꿀 수 있느냐는 것이었다. 부인은 흔쾌히 허락했다. 아예 여행 전에 같은 양장점에서 나란히 코트를 맞추기도 했다.

"정말, 이 푸른 색은 제가 아니라 부인께 딱 맞춤이네요."

마리는 자신이 쓰고 있던 모자를 부인에게 건네며 미소를 지었다.

"지금 보니 부인의 눈동자 색과 똑같아요. 그래서 이 색으로 고르신 거군요.”

그때 양장점에서, 부인이 맞춘 푸른 코트는 마리가, 마리가 맞춘 검은 코트는 부인이 입고 돌아갔다. 결국은 바꾸어 입을 테니까. 코트의 기장이 마리에게 길었던 것도 그 때문이었다. 부인은 코트를 바꾸어 입고, 마리를 위해 기도해 주었다. 그리고 패물함을 꺼내 좋은 일에 보태어 쓰라며 금반지 하나를 건넸다. 마리는 그 반지를 품고 제 객실로 돌아왔다. 그리고 가방을 열어, 제일 중요한 물건들이 담긴 가방 하나만을 들고 일어났다. 자신의 객실 위치를 정확하게 기억하고 있는 게 아니라면, 어쩌면 가네야마는 마리의 부재를 눈치채지 못할 수도 있었다. 설령 의심하고 일등석 객실로 쳐들어온다 해도, 자신의 짐 가방이 남아 있는 이상 바로 도망쳤다고 생각하지는 못할 것이다. 열차가 심양역 플랫폼에 도착하기 조금 전, 마리는 복도로 나왔다. 그리고 마리는 흠칫 놀라며 자기도 모르게 한 걸음 물러났다.

“….”

11월 말이다. 조선이라면 아직 가을이다. 하지만 압록강 너머 북쪽은 이미 겨울이었다. 그런데 이런 날씨에, 남자는 고작 줄무늬 면직물로 된 화복에 게다 차림이었다. 솜을 넣은 도테라를 덧입기는 했지만, 꽤 추워 보였다. 그런 자가 마리를 보더니 히죽 웃었다. 마치 기다리기라도 했다는 듯한 웃음이었다.

“그렇게 해서 도망칠 수 있겠어요?”

열차가 심양역을 향해 다가가고 있었다. 마리는 침을 꿀꺽 삼켰다. 이 복도에 사람이라고는 마리와 그 남자뿐이었다. 달리 그가 말을 걸었을 만한 이가 보이지 않았지만, 마리는 못 들은 체하며 가방을 들고 앞으로 나아갔다.

"거, 왜늙은이가 하는 말이라고 못 알아들은 척하기는."

남자가 이번에는 조선말로 중얼거렸다. 마리는 자기도 모르게 남자의 얼굴을 올려다보았다. 그는 키가 크고, 입도 컸다. 서른 살 남짓해 보이는 그 남자는 서글서글한 웃음을 지으며 마리의 손에 들린 가방을 낚아챘다. 그러고는 마리의 어깨에 다정스레 손을 얹었다.

"무슨 짓입니까."

마리는 남자의 손을 밀어내며 매섭게 말했다. 남자는 머리를 긁적이며 더욱 가까이 다가섰다.

"열차를 갈아타려는 거잖아요. 아까부터 계속 서성거리던 일본 순사를 피해서요. 그러려면 없던 동행을 만들어 내는 것도 나쁘지 않을 겁니다. 아가씨는 아까 혼자였으니, 일본 순사도 두 사람이 지나가면 유심히 보지 않을 거요. 부부인 척하고 지나가면 더 눈에 띄지 않을 테고."

"세상에 할 일이 없어서 왜놈과 부부 행세를…."

"옷을 이렇게 입었다고 다 왜놈인 건 아니지. 무엇보다도 혼자 그 앞을 지나가기에는, 아가씨 옷차림이 좀 유난한 편이잖습니까. 음?"

마리는 얼른 제 코트를 내려다보았다. 그의 말대로였다. 검은 색 코트라면 눈에 띄지도 않고 수수할 거라고 생각했지만, 애초에 이 열차에 탄 여성은 많지 않았다. 이런 코트를 입고 일등석에 탄 여성의 숫자는 더 적었다. 그런 데다 자신과 선교사 부인의 코트는 같은 양장점에서 맞춘, 같은 형태이기도 했다. 가네야마는 눈썰미가 없지 않으니, 아무리 창가에 자신이 입고 있던 푸른 코트가 보인다고 해도 의심하고 쫓아올지 모른다.

그때 기차가 역사 안으로 들어섰다. 문이 열렸다. 기차가 멈추어 서자마자, 가네야마는 허둥지둥 일등칸 쪽으로 달려왔다. 더는 재고 있을 시간이 없었다. 마리는 남자에게 기대 팔짱을 끼고, 정말로 부부인 것처럼 가까이 착 달라붙어 열차에서 내렸다. 다행히도 가네야마는 이런 날씨에 게다를 끌고 다니는 사내가 마리와 함께 있을 거라고는 생각하지 못했는지, 두 사람을 그저 지나쳐 갔다.

잠시 후, 기차가 다시 출발 신호를 올렸다. 가네야마가 허둥거리며 다시 열차에 오른 것을 확인한 다음에야 마리는 마음을 놓았다. 그러자 남자는 싱글벙글 웃으며 말했다.

"이렇게 된 거, 통성명이라도 할까요. 내 이름은 아사야마 쇼이치(朝山昌一)요."

"…김마리요."

"어디까지 가는 길인지는 모르겠지만, 나는 상해까지 갈 생각입니다. 방향이 맞으면 동행이 되어 드릴 수도 있고."

"…."

"왜, 게다짝 끌고 다니는 일본 놈은 믿을 수 없어서?"

"동행이 필요하진 않소."

"흥, 자기를 뒤쫓는 게 저 어설픈 순사 하나뿐이라고 생각하면 오산이라고요. 따라와요."

아사야마는 마리의 팔짱을 낀 채로, 그를 데리고 역에서 벗어났다. 마리는 뿌리치고 도망치려 했지만, 그의 손에 가방이 들려 있고, 그 가방 안에 제 여권이 있으니 마음대로 도망칠 수도 없었다.

잠깐, 이제 여권 따위는 아무래도 상관없는 게 아닐까. 운양 대감 댁 손녀인 김마리, 자작가 손녀인 김마리는 이제 없다. 그동안 독립운동을 하는 여성 지사들을 후원하거나 숨겨 주고, 좌익사상을 공부하는 학교 동기나 후배들이 도망칠 때 도움을 주고, 그렇게 깊은 규방 안에서 몸을 숨긴 채 저와 같은 뜻을 지닌 이들을 돕기만 했지만, 이제 마리는 더 이상 혼자 안전한 곳에서 동지들을 돕는 일만 하지는 않을 것이다. 무엇이라도 제 손으로 하기 위해 마리는 집을 떠난 것이다. 그러니….

"어디 가는 거예요?"

"상관 마시오. 잠시 도와주신 것은 고마우나…."

"이국땅에서 젊은 여자가 여권도 없이 어쩌려고요. 하다못해 가짜 신분을 만든다고 쳐도, 그때까지는 여권이 필요할 거요. 있는 여권을 팔아서 가짜 여권과 바꿀 수도 있고."

"…이런 일을 잘 아는군요."

아사야마는 마리의 가방을 열고 여권이 무사히 있는 것을 보여 주더니, 안심하라는 듯 마리에게 다시 가방을 건네주었다. 그리고 슬그머니 마리의 어깨에 팔을 두르며 속삭였다.

"임시정부로 가려는 거지요? 항주에 있는 백범 선생의 임정 말입니다. 그런데 그거 아십니까. 저기서 당신을 놓쳤으니, 이제 저 순사 양반은 어떻게든 항주에 먼저 도착해서 당신을 기다릴 겁니다."

"…무슨 말을 하고 싶은 거요."

"일단 상해로 가시죠."

"상해의 임정은 국민당과 함께 항주로 간 것으로 알고 있소."

"그렇습니다. 하지만 상해에는 임시정부 통신처들이 있지요. 안공근 선생이 그쪽에 있소."

"안공근이라면…."

"이토 통감을 쏘아 죽인 그 안중근 의사의 동생입니다. 지금은 상해에서 한인애국단을 이끌고 있으니, 그쪽을 통해서 임시정부로 가는 게 좋을 겁니다."

"설마, 그쪽이 안공근 선생과 안면이 있다는 거요?"

"긴말은 가면서 하지요. 나쁘지 않은 동행일 겁니다. 아까 선교사 부인께 반지를 받은 것 같던데, 결혼반지인 척 그거라도 끼어요. 누가 물어보면 나와 신혼여행 중인 거로 해 둡시다."

***

아사야마는 묘한 사람이었다. 그는 일본말을 일본 사람처럼 잘했고, 조선말은 조선 사람처럼 잘했다. 그런 데다 중국어에도 능통했는데, 고문을 두루 알아 유식하게 말을 하는 것은 아니지만, 저잣거리에서 말싸움이라도 붙으면 상대방을 이겨 먹을 정도는 되는 것 같았다. 마리는 긴장의 끈을 놓지 않았지만, 그러면서도 어디 가서 아사야마 같은 동행을 구하기 쉽지 않으리라는 것만은 알았다. 사실 혼자서 집을 떠난 것도 처음이요, 국경을 넘은 것도 처음이라, 마리 혼자서였다면 분명히 문제가 생겼을지도 모른다. 상해까지 가는 길에 놓인 난관이, 가네야마를 따돌리는 것뿐만은 아닐 테니까.

"아무리 신혼여행 중이라고 해도 일등칸은 너무 눈에 띄어요. 상해까지는 이등칸으로 갑시다."

거친 밀가루 빵을 우물거리며, 아사야마는 마리의 가방을 슬쩍 열어 돈을 세어 보았다. 이제부터의 여비는 전부 마리가 내야 한다는 듯한 태도였다. 조금 뻔뻔하게 느껴졌지만, 어차피 따로 안내자를 구했더라도 그 비용 정도는 이쪽에서 내는 게 옳다. 다만 마리는, 아사야마가 왜 굳이 상해까지 따라오겠다는 건지 그 이유가 궁금했다.

"역시 돈이 떨어진 모양이구려."

"음?"

"그러니 생전 처음 보는 여자에게, 상해까지 동행자가 되겠다고 하면서 은근슬쩍 들러붙는 것이겠지. 내 생각에 아사야마 씨는 상해에 꼭 가야 하는데, 소매치기를 당했든가 무슨 이유로 여비가 없어져서, 나를 도와주고 그 김에 상해까지 어떻게 가 보려는 것 같소."

"음…. 그 문제도 있지만, 돈만 필요해서 그런다면 굳이 번거롭게 쫓기는 사람을 안내까지 할 필요는 없어요. 그냥 이 지갑만 들고 도망쳐도 되고, 아닌 말로 아가씨는 젊고 아름다우니, 어디 팔아 버려도 될 일이고."

"…."

"그럴 생각 없으니까 그런 무서운 표정 좀 짓지 말아요."

"나에 대해서는 어디까지 알고 있소."

"세상 물정 모르는 귀한 집 아가씨가, 남다른 의기를 품고 상해에 가려고 도망쳤다는 것 정도는 짐작이 가지. 그렇게 상해로 간 이들을 몇 명이나 봤어요. 뭐, 그거면 되었지."

"되었다고…?"

"뭐, 조선 사람이라고 다들 조선의 독립만 바라는 건 아니니까요. 내가 아는 이들 중에는, 어떻게든 내지에서 출세해 보려고 아등바등 살아온 형씨도 있어요. 그 형씨는 정말 열심히 해서, 만선철도, 그러니까 아가씨가 타고 온 그 열차 말입니다. 그거 운전 견습생까지 되었지요. 아가씨가 보기엔 별것 아니겠지만, 밑바닥에서 시작한 조선 놈치고는 큰 출세였지요."

"…."

"그런데 결국 포기했어요. 자기는 죽을 힘을 다해서 공부하고 일해도 전철수까지도 올라갈 수가 없는데, 내지 놈들은 순식간에 승진하니까. 심지어는 내지인 주제에 히라가나도 제대로 못 쓰는 놈조차도 조선인보다는 빨리 승진하니까. 철도청에서 일하는 조선인들이 그런 말을 했습디다. 하여간 뭘 해도 왜놈이어야 된다고요."

그건 아사야마의 경험담일까. 마리는 입을 다문 채, 술을 홀짝이는 아사야마의 옆모습을 바라보았다.

"그 형씨가 자포자기해서 철도청을 그만뒀을 때, 경성에서는 만세운동이 벌어졌습니다. 하지만 다 포기한 사람 눈에 그런 게 어디 들어오겠습니까. 한동안 폐인처럼 지내다가, 오사카로 건너갔지요. 오사카에서 부지런히 일했는데, 가게 주인이 양자로 삼아 주어서 그때부터 내지인인 양하고 살았습니다. 하지만 사고가 있었지요."

"무슨 사고요?"

"몇 년 전에 천황 폐하 즉위식이 있었지요. 그건 옛 수도인 교토에서 하는데, 오사카에서 교토까지는 거리가 얼마 되지 않아요. 살면서 보기 드문 화려한 구경거리라기에 교토에 가지 않았겠습니까. 그런데 불심검문에 딱 걸린 거지요."

"일본 이름을 쓰고 일본 사람인 양 살았다면서, 뭐가 문제였답니까."

"조선에서 온 편지가 짐에 있었으니까요."

아사야마는 쓰디쓴 표정으로 술잔을 내려놓았다.

"고향에서 온 편지를 차마 버리지 못하고 수첩에 끼워 가지고 있었는데, 어디 불령선인이 감히 천황 폐하의 즉위식에 얼씬거리느냐며 열흘이 넘게 구치소에 갇혀 있었어요. 그 사람은 정말 축제 구경이나 하러 갔지, 해 될 만한 일은 아무 짓도 하지 않았는데 말입니다."

"…내가 무슨 말을 해야 하는 거요."

마리는 아사야마가 무슨 말을 하고 싶은지는 이해했다. 하지만 이런 이야기를 자신이 듣는다 한들, 뭐가 달라질까 싶었다.

"그쪽이 어렵게 살아가는 동안 나는 대감 댁 손녀라고 따뜻한 아랫목에서 편안하게 살아온 것을 미안하다고 말하길 바라는지는 모르겠으나, 출세하고 싶어서 내지인이 되고 싶어 했는데 그런 억울한 일을 당한 것을 위로하는 것도 이상하지 않소."

"위로해 달라고 하는 말도 아니고…. 그냥 그렇다는 겁니다."

아사야마는 웃었다. 그 커다란 입으로 마치 어리석은 아이마냥 헤벌쭉 웃기만 했다.

"나는, 그저 신기해서 그러는 거요. 대갓집 아들이며, 아가씨처럼 곱게 자란 이들이, 조선의 독립을 원한다며 만주로, 또 상해로 가는 것이. 그렇다고 내가 아가씨를 어디 팔아넘기거나, 왜놈들 밀정들에게 일러바칠 것도 아니고."

"…그저 서로 필요가 맞은 게지요."

마리는 아사야마의 말을 끊었다. 그거면 되었다. 아사야마에게는 여비가 필요한 모양이었고, 마리에게는 길 안내가 필요했다. 상해까지 무사히 가는 것도 큰일이거니와, 또 막상 상해에 도착해서 임시정부의 위치를 찾는 것도 보통 일이 아니라고 들었다. 그럴 것이다. 모두가 알 만한 곳에 드러내 놓고 모여 있다면, 일본군이 공격해 오는 것도 시간문제일 테니.

"그렇게 사정을 잘 안다면, 임시정부 쪽과 접촉하는 일도 도와줄 수 있겠구려."

"…뭐, 노력해 보지요."

먹을 것을 다 먹고, 아사야마는 마리를 데리고 우선 헌옷집으로 향했다. 아사야마는 마리의 원피스며 코트며 새로 맞춘 모자까지 전부 팔고, 대신 품이 넉넉한 솜바지에 칙칙한 색깔의 창파오를 입게 했다. 그러고는 자신도 마과로 갈아입었다. 마리의 여권은 잘 감춰 두게 하고, 어디서 쑹칭후이(宋青慧)라는 이름의 신분증을 만들어 왔다.

"딱 봐도 획수부터 많은 게 고상한 이름 같지 않아요? 아가씨는 공부를 한 신여성이니 날품팔이인 척해 봤자 소용없을 거고. 머리 좋은 걸 잘 살리는 게 좋아요. 중국말도 빨리 배우는 게 좋을 겁니다. 그때까지는 벙어리인 척해도 좋고요. 아, 필담 정도는 할 수 있지요?"

아사야마는, 마치 이 며칠 사이에 마리에게 대륙에서 살아가는 방법을 전부 가르치기라도 할 것처럼 쉬지 않고 떠들어댔다.

심지어는 열차 안에서도 계속 소곤거려서, 마리는 이렇게 시끄럽게 조선말과 일본말로 떠들어대는 남자를 누군가 수상히 여겨서 신고라도 하는 게 아닐까 겁이 날 지경이었다. 어쨌든 그는 꽤나 시끄러웠지만, 마리에게는 좋은 방패막이였다. 그런 데다 살아가는 방법을 가르치기로는 제법 나쁘지 않은 독선생이기도 했다. 그는 직접 사람들과 말을 하는 대신, 마리에게 표를 사게 하고, 옷을 바꾸게 하고, 음식을 사게 했다. 객점에 들어가 흥정하는 것도, 아사야마는 방법을 일러주기만 했을 뿐, 직접 한 것은 마리였다. 마리는 아사야마가 지켜보는 가운데, 혼자였으면 수많은 시행착오를 겪어야 했을 일들을 직접, 그것도 손짓 발짓과 필담으로 해내야 했다.

"…아사야마 씨가 나를 부려 먹는 솜씨가 아주 일품이오."

흥정을 하다가 지친 마리가 한마디 하자, 아사야마는 낄낄 웃으며 대꾸했다.

"어차피 상해에 도착하면 아가씨 혼자 살아남아야 하는데, 이왕이면 누가 옆에서 도와줄 때 한 번이라도 더 흥정에 성공해 봐야지요."

그 말도 틀리진 않아, 마리는 입을 다물었다. 느릿한 열차를 몇 번이나 갈아타며, 마리와 아사야마는 상해로 향했다. 마치 일부러 길을 빙빙 도는 것 같았지만, 아사야마는 혹시라도 따라붙을 일본 순사를 중간에 따돌리기 위해서라고 설명했다.

'운이 좋았던 걸까….'

마리는 열차 안에서 잠시 꾸벅거리다가 문득 생각했다. 경성에서 출발한 지 이제 엿새째다. 아침이 되면 열차는 상해에 도착할 것이다.

'아사야마 씨를 만나지 않았으면 진작 붙잡혔을지도 모르지. 그러지 않았더라도 누가 봐도 돈이 있어 보이는 모습을 하고 돌아다니다가 동전 한 푼 안 남기고 도둑을 맞았을지도.'

아사야마는 임시정부의 위치도 알고 있을까. 마리는 입을 벌리고 잠든 아사야마의 옆모습을 바라보며 생각했다. 창문 밖의 하늘은 어두웠고, 희미한 불빛 아래 아사야마는 유난히 그 존재감이 흐릿해 보였다. 마리는 한숨을 쉬다가, 처음에 경성에서 들고 왔던 가방 대신 들고 다니게 된 보퉁이를 꼭 끌어안았다.

***

열차가 상해역에 도착했을 때는 이미 해가 뜬 뒤였다. 마리는 아사야마와 함께 열차에서 내렸다. 아사야마가 마리의 뒷모습을 보며 한마디 했다.

"고개 숙여요. 누가 살피고 있을지 모르잖아요."

마리는 억지로 고개를 숙였다. 투박하고 초라한 옷을 입고 있어도, 고개를 꼿꼿이 들고 다니는 습관만은 버리지 못했다.

"이제부터 잘해야 해요."

"알겠소."

"임정까지 가는 게 문제가 아니라, 앞으로 조선이 독립될 때까지. 계속 조용히, 사람들 사이에 그냥 술에 술 탄 듯 물에 물 탄 듯, 그렇게 조용히 섞여서 다니는 법을 배워야 해요. 아가씨는 똑똑해서 다른 건 잘 배우는데, 그 고개 꼿꼿이 들고 다니는 것 하나를 못 고치네."

"…."

"한인애국단이란, 내지의 주요 요인들을 하나하나 염라대왕께 보내드리는 단체요. 그런 일을 하려면 제일 중요한 게 뭔지 알아요? 남의 눈에 안 띄는 겁니다. 발소리도 숨소리도 죽여야 해요."

"열차 안에서 코를 드르렁드르렁 골며 자던 사람에게 들을 말은 아닌 것 같소."

"그건 그렇네요. 그런데 내가 시끄럽게 떠들거나 코를 곤다고 누가 뭐라고 합디까?"

그건 아니었다. 솔직히 말하면 아사야마는 이상할 정도로 존재감이 없는 남자였다. 이렇게 키가 크고, 목소리가 크고, 어디를 보아도 특이한 사람인데도.

"별일이 없으면 내가, 신천상리에 있는 애국단 본부까지 데려다줄 거예요. 거기까지가 내 일이니까. 하지만 무슨 일이 있으면…."

아사야마는 말을 마치지 못하고 마리를 확 끌어안았다. 마치 마리의 얼굴이 누군가의 눈에 띄어서는 안 된다는 듯이. 그리고 그가 갑자기 마리를 반대편으로 떠밀며 소리쳤다.

"뛰어요!"

그 말이 떨어지기 무섭게, 마리는 달리기 시작했다. 인력거들과 승용차들이 오가는 상해역 앞 건널목을 따라, 마리는 길도 알지 못하는 이 도시를 가로지르듯 달렸다. 등 뒤에서 가네야마의 목소리가 들렸다. 총소리 비슷한 소리도 들렸다. 하지만 마리는 귀를 막은 채, 달렸다. 아사야마는 괜찮을까. 아사야마는 어떻게 되었을까. 겁이 나고 무서워 눈물이 뚝 떨어지려는 것을 손등으로 문질러 닦으며, 보퉁이를 끌어안은 채 그저 달렸다. 골목에 접어들자 등 뒤에서 구둣발 울리는 소리가 메아리쳤다. 누군가 달려오는 것 같았다.

"저쪽이에요! 아니, 이쪽!"

아사야마의 목소리였다. 그 목소리는 등 뒤에서 들리는 것 같기도, 혹은 마리의 머릿속에서 바로 울리는 것 같기도 했다.

"뒤돌아보지 말아요. 계속 달려!"

알았소, 알았다고요. 당신 목소리가 계속 들리는 것을 보니, 당신도 가네야마를 따돌리고 무사히 빠져나온 모양이지. 그러니까 괜찮을 거다. 도착하면, 선교사 부인께 받은 금반지를 그에게 주어야지. 상해까지 오는 게 목적이라 자신을 이리 데려왔을 거라고 생각했지만, 그가 없었다면 진작에 붙잡혀 가네야마에게 끌려갔을 것이다. 반지를 돈이라 생각하든, 혹은 정표라 생각하든,

그에게 건네준다 한들 아깝지는 않을 것 같았다. 가슴이 마구 뛰었다.

"골목 안으로 들어가!"

아사야마가 소리쳤다. 마리는 그대로 몸을 틀었다. 이렇게 고래고래 소리를 지르는데, 뒤쫓아 오는 놈들이 들으면 어떡할까, 그런 생각은 머리에 떠오르지도 않았다. 그저 아사야마가 말하는 대로 달리고 또 달려서, 가네야마의 손에서 벗어나 무사히 애국단으로 가야 한다는 생각뿐이었다.

"살파새로 188호, 3층이에요! 어서!"

살파새로가 어디 붙어 있는 길인지는 알 수 없었다. 하지만 마리는 188호라는 작은 팻말이 붙은 낡은 건물을 보고 무작정 뛰어 들어갔다. 그곳 3층에서, 사람들이 두런거리는 소리가 났다. 조선말이었다. 마리는 문을 열었다.

"무슨 일이오!"

문을 열자마자, 마리는 자신이 제대로 도착했다는 것을 알았다. 벽에는 낡은 태극기가 걸려 있고, 그 아래에는 태극기를 든 남자들의 은판 사진 몇 장이 걸려 있었다. 그리고 몇 명의 남자들 가운데, 머리를 짧게 깎고 잿빛 마과를 입은 남자가 한 손에 권총을 들고 앞으로 다가왔다. 마리는 조금 전 아사야마가 했던 말을 잊고, 고개를 똑바로 들고 그를 바라보았다.

"저는 운양 대감의 손녀인 김마리라고 합니다."

"…."

"조선의 독립을 위해 임시정부에서 일하고 싶어, 경성에서 여기까지 왔습니다."

마리는 보퉁이를 풀었다. 아사야마가 잘 갖고 있으라고 했던 여권이며, 마리의 신분을 증명할 만한 물건들이 쏟아졌다. 잿빛 마과를 입은 안공근이 다가와 여권을 직접 확인하더니, 마리에게 물었다.

"…여기는 임정에서도 몇몇 사람들만 알고 있는 안가요. 여길 어떻게 알고 찾아온 거요."

"아사야마가…."

"아사야마?"

"아사야마 쇼이치라는 사람이… 안내를…."

마리가 중얼거렸다. 그러다가 문득 마리의 시선이, 벽에 걸린 사진 한 장에 머물렀다.

"아사야마…?"

사진 속 남자는 태극기를 배경으로, 두 손에 수류탄을 들고 서 있었다. 그의 가슴에는 선서문이 걸려 있었다. 마리는 입술을 달싹이며 그 선서문을 읽어 보았다.

"나는 적성으로서 조국의 독립과 자유를 회복하기 위하여… 한인애국단의 일원이 되어 적국의 수괴를 도륙하기로 맹세하나이다… 선서인 이봉창."

"아사야마 쇼이치, 혹은 기노시타 쇼조. 지난 1월 천황을 암살하려다 붙잡힌 이봉창일세."

"그런…."

안공근은 손가락을 꼽아 보다가, 씁쓸한 표정으로 사진을 바라보았다.

"지난 10월 10일에 세상을 떠났으니…. 오늘로 사십구재가 되는구먼. 믿기지 않지만, 그가 아가씨를 여기까지 인도한 것인가…."

그 자리에 있던 이들은 모두, 마리를 바라보았다. 마리는 눈을 깜빡였다. 머릿속에서 울리던 아사야마의 목소리는 더는 들리지 않았다. 마리는 자기도 모르게 바닥에 주저앉았다. 그는 마음속의 무언가가 무너진 듯한 표정으로 사진 속의 아사야마를, 아니, 이봉창을 바라보았다.

사진 속의 그는 심양역에 들어서던 열차칸 안에서 보았던 그 표정 그대로, 마리를 향해 웃고 있었다.

3.

동경 기담

(1933년 여름)

십 년 가까이 자란 초목들은 제법 보기 좋게 뿌리를 내리고 있었다. 아직 젊은 나이인데도 몇 번이나 뿌리를 옮겨심어야 했던 이 집의 주인보다는 훨씬 안정된 느낌이었다. 고이케 마리(小池眞理)는 무성한 초목 너머로 아늑하게 자리 잡은 아담한 서양식 저택을 올려다보았다. 포틀랜드 시멘트와 회반죽으로 마감한 잿빛 벽은 연한 갈색을 띠어 따뜻하게 느껴졌고, 양지바른 쪽으로 담쟁이가 벽을 타고 기어오르고 있었다.

운현궁 도쿄 별저.

에도 시대에 전국의 다이묘들은 참근교대라 하여 1년은 자신의 영지에, 1년은 에도에 와서 머물렀다. 이 제도에 따라 다이묘들은 아예 에도성에 저택을 짓고, 아내나 자식들이 에도에 머무르게 했다. 이왕가의 사람들도 마찬가지다. 이들은 조선을 떠나 일본에서 유학하며 도쿄에 자신들의 저택을 마련했다. 여기, 이우 공의 운현궁 별저 또한 그러했다.

하지만 왜일까. 따뜻하고 볕 잘 드는 이 아름다운 저택에서, 밤의 황궁에서 때때로 느꼈던 것 같은 기묘한 한기가 느껴지는 것은. 마리는 별저의 정문으로 들어서다 문득 걸음을 멈추며 생각했다. 그때 이우 공의 시종무관 나가사키가 다가와 마리를 맞이했다.

"고이케 님, 전하께서 기다리고 계십니다."

나가사키는 하인들을 불러 마리가 마차에 함께 싣고 온 상자들을 내렸다.

"조심하시게, 황후 폐하께서 하사하신 것이니."

마리가 당부했다. 상자에 새겨진 나가코 황후의 복숭아 문장을 보고, 하인들은 알아서 바닥이 땅에 닿지 않도록 조심스럽게 들고 안으로 들어갔다. 마리도 나가사키의 안내를 받아 응접실로 향했다. 나뭇결이 아름다운 바닥과 계단은 광을 새로 낸 듯했고, 카펫과 슬리퍼는 푹신했다. 세공이 고상하고 훌륭한 가구들이 놓여 있는 별저의 응접실에 도착했을 때는, 마차에 싣고 온 짐들이 마리의 개인 짐만을 제외하고 전부 응접실에 놓여 있었다. 하인들이 부지런하고, 살림이 잘 관리되고 있다는 증거였다.

마리는 상자의 개수를 눈으로 헤아려 본 뒤, 옷매무새를 가지런히 하고 황후의 친서를 받쳐 든 채 이 집의 주인을 기다렸다. 잠시 후, 운현궁의 주인, 이제 겨우 스무 살이 넘은 이우 공이 들어왔다.

“첩(妾)은 황후 폐하의 명을 받잡고, 운현궁 마마의 혼사를 대비하여 이곳에 왔사옵니다.”

“음.”

이우 공은 완벽한 예의를 갖추어 친서를 받았다. 그는 복숭아 문장이 수놓인 비단보를 풀고 다소 심드렁한 표정으로 친서의 내용을 죽 훑어보더니, 군인치고는 부드러운 목소리로 말했다.

“황후 폐하께서는 그대가 내 집에 머무르며 공비를 맞이할 때까지 안살림을 돌볼 것이며, 내 혼사와 관련된 일은 전부 그대와 의논하여도 좋다고 말씀하셨다네. 그대도 알고 있는 일인가.”

“예. 황후 폐하께서 명하신바, 첩은 신명을 바쳐 행할 것이옵니다.”

“그렇군.”

이우 공은 조용히 웃으며 고개를 끄덕였다. 마리는 이우 공의 얼굴을 흘끔거렸다. 잘생기기로 소문이 자자하더니, 소문대로 보기 드문 미남이었다. 키도 훤칠하게 크고, 이목구비도 단정한 것이, 황궁에서 일하는 젊은 여자들이 출신과 나이를 막론하고 운현궁 마마 이야기만 나오면 다들 흥분된 목소리로 소곤거리는 것이 이해가 갔다.

하지만 마리는, 이우 공이 마음에 들지 않았다. 나이는 젊어도 궁중 생활에 익숙한 마리는 이우 공의 표정만 봐도 알 수 있었다. 별생각이 없는 듯한 나른하고 무해해 보이는 저 표정이야말로, 불만을 적당히 감추려 할 때 나온다는 것을.

"그대는 황후 폐하를 지근거리에서 모시는 나이시(内侍)겠지?"

그리고 저 이우 공이 이제부터 저지르려는 일이야말로 황실에 대한 불만을 대놓고 드러내려는 짓일 터다. 마리는 선량해 보이지만 선하지만은 않은 그 얼굴을 살짝 훔쳐보며, 그가 황실의 은혜를 배신하고 황후 폐하의 계획에 대놓고 반대하고 있는 이 상황에 대해 곱씹어 생각했다.

"자고로 왕의 딸을 공주라 부르는 것은, 항렬이 같은 공에게 그 혼사를 주관하게 하기 때문이라네. 그런데 무려 대한제국 고종 황제의 손자이자 사동궁 전하의 아들이고, 대원위 대감의 가문을 이어받아 운현궁 이우 공이라 불리는 내 혼사를, 아무리 황후 폐하의 지엄하신 명을 받잡고 왔다고 하나 고작 나이시와 의논하라니…. 아무리 조선과 일본의 법도가 다르다 하나, 조금 뜻밖이로군."

그는 마치, 이 일의 실무자가 일개 나이시인 것이 불만이라는 듯이 말했다. 하지만 이우 공은 황후가 직접 나선다 해도 순순히 말을 들을 사람이 아니었다.

이왕가는 조선 반도의 구왕실이었다. 오백 년을 이어 간 번듯한 나라였다고는 하나, 지금도 그런 것은 아니지. 게다가 이우 공은, 하다못해 그 망한 나라의 황태자조차도 아니다. 그의 조부는 조선 이태왕이고, 그의 백부는 창덕궁 이왕이었으며, 그의 숙부가 이왕 자리를 물려받았지만, 그의 아버지는 황태자가 아닌 왕자, 의친왕이었다. 그것도 의친왕의, 한둘도 아닌 아들 중 장남도 아닌 둘째 아들에 불과했다. 쇠락해진 흥선대원군 집안의 양자로 들어가 대원군의 저택인 운현궁을 물려받았다고 하나, 마리가 보기엔 황실에 비해 격이 떨어진다고도 할 수 있었다. 하지만 황실에서는 그런 조선 이왕가 사람들을 부지런히 황실의 여왕들과 혼인시켰다. "황족의 결혼은 동족 또는 칙지에 따라 특별히 인정된 화족에 의한다"고 정해진 황실 전범을, "황족 여자는 왕족 또는 공족에게 시집갈 수 있다"고 개정하면서까지도.

"하긴, 황후 폐하를 모시는 그대가 보기에 나는, 망한 나라의 망한 왕가인 이왕가의 자손일 뿐이겠지. 나라 잃은 왕손의 혼사인데, 궁녀가 되었든 내관이 되었든 지엄하신 황후 폐하의 명으로 혼사를 치르는 건 영광된 일이지. 암, 그렇고말고."

마리는 황후로부터 이우 공의 혼사를 위해 힘쓰라는 명을 받고 이곳, 운현궁 별저에 왔다. 황후가 이우 공과 혼인시키려는 상대는 메이지 덴노의 손녀인 사와코 여왕이었다. 사와코 여왕의 모친은 메이지 덴노의 딸인 가네노미야(周宮) 내친왕이었고, 부친은 세습 친왕가인 후시미노미야(伏見宮) 가문의 자손인 기타시라카와노미야(北白川宮) 친왕이었다. 혈통 하나만 보더라도 황태자비가 되기에 부족함이 없었고, 미모나 품위, 교양, 무엇 하나 빠지지 않는, 어디다 내놓아도 나무랄 데 없는 완벽한 신붓감이었다.

그런데 고작 의친왕의 둘째 아들일 뿐인 이우 공이, 이런 혼사를 감히 마다하고 있었다. 지금 이렇게 생트집을 잡는 것도, 혼사를 거절하기 위한 핑계일 뿐이다. 얼굴 좀 반반하다고 소문난게 고작이지만, 그래도 제가 조선의 왕족이라고 뻗대는 것 정도는 이미 짐작한 일이었다. 마리는 침착하게 머리를 숙이며 대답했다.

"혼사는 본래 여인들의 소관이옵고, 아들의 혼사는 그 어머니가 살피는 법이지요. 이 일은 영광스럽게도 황후 폐하께서 직접 주관하고 계십니다. 전하를 아드님처럼 여기시는 황후 폐하의 따뜻한 배려이시지요. 첩이 살필 바는 실무적인 부분에 불과하오니 전하께서 걱정하실 일은 추호도 없사옵니다."

"나도 아네. 하지만 그대는 이런 일에 경험이 많을 것이라 생각하기에는 아직 젊은 것 같군. 귀족 중의 귀족이라 황실의 예법에 두루 밝다는 섭가(摂家) 출신도 아닌 듯하고. 그런 그대에게 내 혼사를 의논해도 좋겠느냐고 묻는 것일세. 공가(公家)의 가문들을 전부 아는 것은 아니라 하나, 어지간히 이름 있는 귀족이라면 어느 정도는 알고 있다고 자부하는데…."

"첩의 아비는 무가 출신이나 어미는 후지와라노 사다카타를 시조로 하는 간로지 가문의 먼 방계이옵고, 유신 이후로 천황 폐하께서 무가의 딸도 황실에서 봉공할 수 있도록 허락해 주시어 감히 궁에 나아가 황후 폐하를 섬기고 있사옵니다."

"그런가. 그렇군…. 어머니 쪽은 공가의 혈통이라 해도, 무가 출신이 황실의 풍습을 익히느라 그대도 고생이 많았겠군."

세상이 바뀌었다고 해도, 무가 출신이 황실에 받아들여지는 데는 어려움이 많았다. 황실에서 쓰이는 말은 기본적으로 도쿄와는 다른 교토 말투였고, 궁중에서 쓰이는 말들은 궁궐 담 밖에서 쓰이는 말과는 또 다른 법이었다. 황실과 교류가 많고, 황실과 혼인으로 맺어진 공가 출신들은 어릴 때부터 자연스럽게 보고 듣고 배운 것들을, 무가 출신들은 처음부터 배워야만 했다. 공가 출신들은 대부분 궁녀 생활을 나이시부터 시작하고, 황후와 덴노를 알현할 수 있다. 지난 시대였다면 후궁도 될 수 있었을 것이다. 하지만 무가 출신들은 대개 그보다 지위가 낮은 미나카마(三仲間)에서 시작했다. 황후전의 묘부(命婦)에서 시작했던 자신은 그나마 운이 좋은 편이라고 마리는 생각했다. 여기서 다시, 아직 많지 않은 나이에 나이시의 말석으로라도 올라갈 수 있었던 것도 정말 운이 따랐기 때문이었다. 그러니 '무가 출신이 고생이 많았다'는 이우 공의 말은, 어느 정도는 사실이었다. 문득 마리는 이우 공에게 아주 조금, 친근감을 느꼈다. 조선에서 태어나 일본의 풍습을 익히며 살아온 이우 공 역시, 무가 출신으로 황실에서 일하고 있는 자신 못지않게 많은 난관에 부딪혔을지 모른다.

하지만 그랬기에 더, 이해가 가지 않았다.

"무가 출신이 황후 폐하를 가까이 모실 정도의 지위에 오르고, 다시 명을 받아 내 혼사를 돕기 위해 온 것을 보면 그대는 아마도 유능한 사람이겠지. 이런 일에 대해서도 잘 알고 있을 테고."

"그렇사옵니다."

"그렇지, 그러니 유능한 그대가 황후 폐하께 나의 뜻을 잘 아뢰어 주면 고맙겠군."

"무슨 말씀이시온지…."

"모르고 오진 않았을 텐데, 다들 내 입으로 직접 듣고 싶어 하는 모양이로군. 본론만 이야기함세. 황후 폐하께서 그대를 내게 보내신 것은, 황후 폐하께서 사와코 전하와의 혼담을 권하시는 것을 뻔히 알면서도, 내가 조선에서 약혼녀를 데려와 보란 듯이 학습원에 집어넣었기 때문일 거야. 그렇지?"

일본의 길고 긴 역사에서, 황족이 아닌데 왕으로 불린 이는 없었다. 황실을 보필한 대귀족 후지와라도 왕은 될 수 없었고, 전쟁으로 일본을 통일했다는 쇼군들 역시 정이대장군이며 관백일 뿐, 왕은 아니었다. 류큐 왕국의 쇼씨 왕조조차도 일본의 후작으로 받아들여지는 것이 고작이었다. 하지만 조선의 국왕과 그 후계자는 왕족으로, 운현궁과 사동궁의 주인은 공족으로 봉해져 수많은 화족들보다 윗자리에 놓였다.

하지만 그렇다고, 이들이 정말로 황실 못지않은 최상류층이라고 단언할 수 있나? 마리가 보고 들은 바로는, 그건 아주 다른 문제였다. 인도 마하라자의 후계자이자, 영국 귀족들과 어깨를 나란히 하는 사람이라 해도, 영국 본토에서는 인도인일 뿐인 것처럼, 이왕가 사람들이 온전히 일본인이 될 수는 없었다. 마리가 보기에 황실과의 혼인은, 이왕가 사람들이 황실의 일원으로, 이 사회의 최상류층으로 완벽하게 받아들여질 유일한 길이었다.

이우 공은 지금, 그런 기회를 제 발로 걷어차려 들고 있었다.

"전하께서 아직 나이가 젊으시다 보니, 이 혼담의 의미를 모르시는 것 같사옵니다. 이 혼담은 이왕가의 후예들을 혼인을 통해 우리 황실의 일원으로 받아들이려는 두 분 폐하의 배려이십니다. 전하 개인의 혼사가 아니라, 황실과 이왕가의 결합이오니 전하께서는 부디 사사로운 마음을 버리시고, 공무에 임하는 마음으로 이 혼사에 대해 생각해 주셔야 하옵니다."

"내가 그대의 말을 모르겠는가. 하지만 장부로 태어나서, 출세를 하자고 사랑하는 약혼녀를 버릴 수는 없는 일이지 않나."

"사랑이라고 말씀하십니다만."

마리는 잠시 숨을 고르며 말을 멈추었다. 문득 화가 치밀었다. 뻔뻔한 인간 같으니. '사랑하는 약혼녀' 좋아하네. 애초에 약혼한 적도 없었으면서.

"조선을 떠나오신 지 어언 십 년이 넘으셨는데, 그 '사랑하는 약혼녀'와는 언제 만나서 그렇게 절절한 사랑을 하셨는지 첩은 아무리 생각해도 알 수가 없사옵니다."

"사모의 정이라는 것이 꼭 얼굴을 들여다보아야만 쌓이는 것은 아니지 않나. 나이시께서는 풍류를 모르시는군."

이우 공은 약혼한 적이 없었다. 이우 공의 숙부 되시는, 이왕 전하와 혼인하신 마사코 비전하께서 몸소 확인해 주신 일이니 틀림없었다. 하지만 이우 공이라는 사내는 사와코 전하와의 혼담이 거론되자마자 조선 땅에 약혼녀가 있다, 자신은 약혼녀를 깊이 사랑하고 있다, 그런 상황에서 사와코 전하와 혼인한다는 것은 사와코 전하께도 누가 되는 일이라며 우겨대고 있었다.

"나도 아네. 하지만 조선 풍습에 여자가 한번 혼약을 맺으면 다른 곳으로 시집가지 못하는 법이라네. 나도 일본 제일의 요조숙녀인 사와코 전하와의 혼담이 아쉽지 않은 것은 아니나, 사람의 의리라는 것이 그렇지. 감히 내가 아니면 평생 혼인도 못 하고 혼자 살아야 할 약혼녀를 두고 다른 데로 장가들 수는 없지 않겠나."

뻔뻔한 조선인 같으니. 마리는 입술을 꾹 다문 채 눈을 내리깔았다. 잠시라도, 그에게 조금이나마 동병상련 같은 감정을 느낀 것이 어리석었다. 얼굴만 잘생긴 난봉꾼인지, 말이 좋아 운현궁의 주인일 뿐 그 알맹이는 새빨간 불령선인인지는 몰라도, 어느 쪽이라도 황실과 혼담이 오가기에는 격이 떨어지는 주제에, 황실의 혼담을 거절하겠다고 있지도 않은 약혼녀를 핑계 삼다니.

"전하의 숙부 되시는 이왕 전하께서도, 조선 땅에 어릴 때 혼담이 오가던 아가씨가 있었지만 결국 비전하와 혼인하시지 않았습니까."

"그렇지. 숙부님도 마사코 여왕 전하와 혼인하셨고, 고모님도 대마도 번주와 혼인하셨고, 내 큰형님이신 이건 공도 마사코 숙모님의 사촌 되시는 세이코 님과 혼인하시지 않았나. 나 한 사람

정도는 봐주게. 나는 찬주 양을 진심으로 사모하거니와, 찬주 양의 조부님이 무서워서라도 이 혼담을 무를 수가 없는 몸이라네."

정말로 사랑해 죽고 못 사는 사이라면 차라리 나았다. 이우 공을 움직일 수 없다면 그 약혼녀에게, 사랑하는 사람의 앞날을 위해 포기하라고 강요할 수 있을 테니까. 하지만 이우 공이 약혼녀라 주장하며 조선에서 데려온 사람은, 바로 귀족원 의원인 박영효 후작의 손녀였다. 조선인 중에도 총독부에서 작위를 받은 이들은 적지 않았지만, 일본의 귀족원 의원까지 된 이는 오직 그 한 사람뿐이었다. 일본에 더없이 충성하는 박영효 후작을 걸고, 그는 황실에 제 뜻을 관철시키려 하는 것이었다. 이런데도 너희는 이 결혼을 반대할 것이냐, 이런 충실한 조력자를 버리면서까지도, 그렇게 묻는 듯이.

"그대가 명 받은 일은 물론, 내가 찬주 양과의 약혼을 물리고 사와코 전하와 혼약하도록 나를 설득하라는 것이겠지? 하지만 난 그렇게 깊이 생각하진 않겠네. 그대의 말대로 혼사란 여자들의 일이고, 사내들이란 원래 제 좋을 대로 생각하는 작자들이니 말이야."

마리는 사람들이 그렇게 잘생겼다고 칭송하는 이우의 얼굴을 확 할퀴어 보고 싶다, 대체 얼마나 낯가죽이 두꺼우면 저런 말을 할 수 있을까 생각했다. 정말로 뻔뻔한 자였다. 얼굴을 할퀴어도 상처 하나 나지 않을 만큼.

"일전에 나는 황후 폐하와 마사코 전하께, 장차 공비가 될 사람에게 예법을 가르치고 시중을 들 영리한 시녀가 필요하다고 말씀드린 적이 있었지. 황후 폐하께서는 그런 내 청을 받아들여 그대를 보내신 거야. 그렇지 않은가?"

"…그렇사옵니다."

"그러면 되었지. 여기 머무르고 싶은 만큼 머무르도록 하게. 나가사키!"

이우 공의 부름에 시종무관 나가사키가 머리를 조아렸다.

"그동안 내 집에 내 집과 내 신변을 돌볼 시종들은 있어도, 시녀나 여관은 없어 찬주 양에게 불편함이 있었을 텐데, 감읍하게도 황후 폐하께서 내 약혼녀를 위해 나이시를 보내 주셨네."

"예, 전하."

"황은에 감사할 일이야. 이번 일은 자네에게 맡기지."

"명 받들겠습니다, 전하."

이우 공은 나가사키에게 손짓을 하며 잠시 이야기를 나누더니, 그대로 응접실에서 걸어 나갔다. 마리는 그의 발소리가 멀어지는 것을 들으며 그대로 그 자리에 머리를 조아린 채 서 있었다. 나가사키가 다가와 사람 좋은 목소리로 말을 걸었다.

"우선 집을 안내해 드리겠습니다, 고이케 님. 찬주 아씨는 지금 학교에 가셨으니, 돌아오시는 대로 인사드리도록 하지요."

마리는 고개를 끄덕이다가, 나직하게 예, 하고 대답했다. 외통수에 걸린 듯한 기분이었다. 천천히 풀어 나가면야 방법이 없지만은 않겠지만.

어쩐지 이 집에 들어온 그 순간부터, 빠져나오기 힘든 덫에 걸려 버린 것 같았다.

✲✲✲

박찬주 양은 지난봄까지 경성여고보에 다닌 인재였다. 졸업하고 곧장 일본으로 오기 위한 수속을 밟았으나, 실제로는 몇 달이 더 지난 뒤에야 일본에 올 수 있었다. 그는 그 이야기를 하다 말고, 재미있다는 듯 나직하게 웃으며 말했다.

"저는 마침내 배를 타고서 문득 그런 생각을 하였답니다. 제가 여기까지 오는 데 그렇게 복잡한 절차와 많은 시간이 걸릴 정도라면, 평범한 조선의 미혼 여성이 도쿄까지 공부를 하러 오는 것은 거의 불가능에 가까운 일이 아닐까 하고요."

"여자학습원에서 공부하시는 것이 어렵지 않으신지요. 일본에서도 손꼽히는 인재들이 다니는 곳이라, 외지에서 오신 찬주 아씨께서 적응하시기 쉽지 않았을 텐데요."

"명망 높은 가문의 영애들이 다니시는 곳이라, 모든 것이 조심스럽습니다. 사실 제가 도일하기 전에 제 조부님은 물론 이왕가의 어른들께서도 제가 적응할 수 있을지 많이 걱정하셨습니다만, 친절히 대해 주시는 동학들 덕분에 제법 잘 지내고 있답니다."

마리는 차를 마시며 박찬주 양의 언행을 깐깐하게 살펴보았다. 그럴 일은 없어야 하지만, 만에 하나라도 이우 공과 혼인한다면 공비가 될지도 모르는 사람이다. 조선 출신으로 귀족원 의원까지 된 박영효 후작의 손녀라고는 하나, 조선 합병에 공이 큰 이들에게 총독부가 내린 작위를 받은, 초대 귀족이다. 조선은 물론 여기 내지에도, 세상이 바뀌며 벼락 귀족이 되었으나 그에 걸맞은 품위를 갖추지 못한 이가 한둘이 아니었다.

하지만 뜻밖에도 박찬주 양의 태도나 예절은 일본의 여느 귀족 영애 못지않게 품위 있고 고상한 것이었다. 그는 어디 하나 걸리는 데 없이 유창한 일본어로 마리의 물음에 답했다. 그뿐만 아니라 그는, 황후의 명을 받고 온 나이시라 하여 비굴하게 굴지도, 자신의 신변을 돌봐 줄 사람이라 하여 교만하게 굴지도 않았다. 그는 마리를, 마치 자신의 샤프롱을 대하듯이 친근하면서도 예의를 갖추어 대했다. 당장 사교계에 데려다 놓아도 부족함이 없을 정도의 아가씨였다.

"그러면 지금, 학습원에서의 시중은 누가 들고 있는지요."

"조선에서 함께 온 시녀는 이곳 말이 서툴러, 바로 학교에 함께 가는 것은 어렵겠다고 생각했는데, 감사하옵게도 이왕비 전하께서 시녀를 보내 주셨습니다. 이왕비 전하께서 학습원에 다니던 시절에도 학교에 동행했던 시녀여서, 처음 학교에 적응할 때에도 도움을 받았답니다."

귀한 가문의 자제들이 다니다 보니, 학습원에는 시녀들과 시종들을 위한 대기실도 따로 마련되어 있었다. 아무리 엄격한 가문의 자제라도, 시녀나 시종을 동반하지 않고 학교에 갔다면 웃음거리가 되었을 것이다. 하물며 조선 출신이라면. 이왕비 마사코가 시녀를 보내 준 것도 그 때문이다. 아예 공비가 될 가망이 없는 허울 좋은 약혼녀라면 모를까, 박찬주 양 정도라면 이우 공의 고집에 따라 정말로 공비가 될 수도 있다 여겼을 것이다. 그러니 미래의 공비가 될지도 모르는 그가 학교에서 창피를 당하는 일이 없도록 신경을 쓸 수밖에 없었을 터다.

'참으로 전도다난하구나.'

별저 바로 곁, 따로 임대한 저택에 자리한 박찬주 양의 응접실에서 물러나며, 마리는 한숨을 쉬었다. 박영효 후작 가문에서 따라온 시녀와 유모, 조선 음식에 능한 가정부는 물론, 이왕비가 보낸 시녀도 있다 하고, 일단은 이우 공의 저택과는 담장으로 나뉘어 있다고도 하지만, 아직 혼인도 하지 않은 젊은 아가씨다. 혼인 전에 이우 공의 저택과 바로 어깨를 나란히 하는, 담장 사이 작은 쪽문으로 이어진 이곳에 머무르는 것이 조선의 법도에 맞을 리 없다. 아마도 박찬주 양은 어떤 시련이 닥치더라도 이 혼인을 하기로 굳게 마음먹은 것이다.

대체 어떻게 해야 두 사람을 갈라놓을 수 있단 말인가.

별저의 정원으로 나와, 마리는 홀로 밤하늘 아래 섰다. 차라리 아주 멍청하고 아둔하거나, 교활하고 밉살스러운 여자였으면 나았을 텐데. 조선 기준으로는 조신하고 좋은 며느릿감일지 몰라도, 세상 물정을 몰라 사교계에서 망신을 당하거나 아름답지만 교양이 부족하고 천박한 이였다면 몰아낼 방법이야 한둘이 아니었을 거다. 박 후작의 체면이 깎이고 그 손녀가 혼인하지 못한 채 생과부로 늙는 일 따위야 뭐가 대수일까.

하지만 이번에 만나보고 알았다. 이우 공은 정말로, 이쪽에서 트집을 잡기도 어려울 만큼 완벽한 신붓감을 구해 왔다. 그는 아름답고 기품이 있었으며 영리하고 상황 판단이 빠른, 명석한 아가씨였다. 그의 조부인 박영효는 조선 시대에는 부마였으며, 세상이 바뀐 지금은 누구보다도 강력한 총독부의 지지자이자, 조선 출신으로 귀족원 의원까지 된 거물이었다. 본인을 두고 트집을 잡기도 어렵거니와, 그의 배경을 무시하고 일을 진행하기도 어려울 터였다.

그때 기묘한 기척이 느껴졌다. 목덜미의 솜털이 곤두서는 것을 느끼며 마리는 뒤를 돌아보았다. 아무것도 보이지 않았지만, 분명 무언가가 마리의 등 뒤를 지나 저 수풀 사이로 멀어져 가고 있었다. 마리는 어둠 속을 뚫어져라 바라보았다. 그러자 정원 뒤뜰의 나무들이 길고 긴 휘파람 같은 바람결에 흔들리며, 웅성거리는 듯한 소리가 담장 안으로 메아리쳤다.

황궁 안에서도 때때로 불길하고 기묘한 기운을 느낀 적이 있었다. 처음 황궁에서 숙직을 하던 날에도 그랬다. 황궁에서 오래 일해 온 여관들은 여우 신령이 장난을 치는 것이라고 말하기도 했다. 여우 신령을 달래기 위해 모미지야마산 입구에 공물처럼 유부를 가져다 두는 이들도 있었다.

하지만 지금 느껴지는 것은 뭔가 다르다. 담장 밖으로 나가 길을 따라 조금만 걸어 내려가면 시부야의 밤거리가 불야성을 이루고 있을 텐데, 고작 십 년 남짓 자란 이 마당의 나무들은 마치 깊은 숲처럼 이 저택을 둘러싸고 있다. 고개를 들어 하늘을 올려다보았다. 도쿄의 하늘이 이렇게 어두웠던가. 그 하늘의 별빛이 이렇게 뚜렷했던가. 혼란스러운 마음으로 눈을 감는데, 누군가가 마리를 불렀다.

"고이케 님."

마리는 천천히 뒤를 돌아보았다. 시종무관 나가사키가 등불을 든 채 이쪽을 바라보고 있었다.

"나가사키 님…."

"밤이 깊어 집 안을 단속하던 중이었습니다. 고이케 님은."

"집 안을 둘러보고 있었습니다."

"그러셨군요."

마리는 조금 안도했다. 애초에 이 운현궁 별저 사람들 중 누구를 만난들 마음을 놓을 수 있을까만, 조금이라도 안면이 있는 사람이자, 조선인이 아닌 사람이 그 자리에 있다는 것이 어쩐지 안심이 되었다.

"이곳의 밤은 유난히 스산하군요."

"그렇습니까?"

"…밤의 에도에는 때때로 기묘한 기운이 떠돌곤 하지요. 처음 에도에 와서, 황궁에서 일하게 되었을 때는 깜짝 놀랐답니다. 이곳 별저에서도 조금, 그때 느꼈던 그런 느낌이 듭니다."

"고이케 님은 교토 출신이셨지요."

"그렇습니다. 어렸을 때에는 어머님의 고향인 교토에서 지냈지요. 천도를 하고 60년이 되어 가지만, 공가의 방계 중에는 여전히 교토에 머무르는 가문들이 많이 있답니다."

"그러셨군요."

"실례지만 나가사키 님은."

"에도의 하급 무사 집안 출신입니다. 고이케 님께는 비할 바가 못 됩니다."

"아."

마리는 흥미를 잃은 듯 입을 다물었다. 하지만 나가사키는 지금 자신의 일이 뿌듯한 듯, 가슴을 펴며 주위를 둘러보았다.

"저는 에도 출신이라 그런지, 이곳의 기묘한 기운 같은 것에는 오히려 둔감한지도 모르겠습니다. 제게 있어 에도는 활기찬 곳이지요. 사실, 운현궁 전하를 모시고 황궁에 갔을 때에도 기이하거나 으스스한 느낌을 받은 적은 없었습니다."

"그렇군요."

무가 사람이라 그런 것일까, 아니면 시종이기 이전에 군인이기 때문일까. 나가사키는 피와 죽음이 불러일으키는 불길한 느낌에 둔감한 듯했다.

지금의 황궁은 과거 도쿠가와 쇼군이 머물렀던 에도성, 니시노마루 어전 자리에 있었다. 중간에 한번 불이 나 다시 지은 뒤

메이지 궁전으로 불리게 되었지만, 이전의 불길하고 기묘한 기운은 여전했다. 그 성에서는 또 얼마나 많은 피가 흘렀을까.

마리는 지난해 신년 열병식을 떠올리며 어깨를 떨었다. 그날, 열병식을 마치고 황궁으로 돌아오던 천황의 행차가 사쿠라다몬을 지날 무렵, 이봉창이라는 조선인이 감히 폭탄을 던졌다. 유신이 있기 몇 년 전, 같은 자리에서 막부의 신하였던 이이 나오스케는 살해당했다. 땅은 피를 기억하고, 피는 또다시 피를 불러들인다. 밤의 어스름을 타고 신령과 요괴들은 사람들의 귓가에 내려앉아 죽음을 속삭인다.

"뭐, 저야 여기서 나고 자란 사람이니 못 느꼈는지도 모릅니다만, 조선에서 오신 운현궁 전하께서는 어쩌면 불편함을 느끼셨을지도 모르겠군요. 심상치 않은 것이 있다면 고이케 님께서 잘 지도해 주십시오."

"…그러지요."

***

"사실 저는 마사코 전하께서 학습원에 처음 다니실 때부터 모시고 다녔답니다. 마사코 님은 정말 어릴 때부터 모든 면에서 빼어난 분이셨어요."

이왕비 마사코가 박찬주 양을 위해 보내 준 시녀인 후유코는 마리보다도 한참 나이가 많은 사람이었다. 그는 젊었을 때는 이왕비의 친정인 나시모토노미야 왕가에서, 마사코의 어머니인 이쓰코 왕비를 모셨다고 했다.

"이미 학습원에 다닐 때부터 마사코 님과 이치조 공작가의 도키코 아씨, 그리고 지금의 황후 폐하께서 두각을 보이셔서, 학습원의 모든 분이 다들 입을 모아 말씀하셨지요. 나시모토노미야나 구니노미야, 아니면 이치조 공작가 중에서 황태자비가 나올 거라고요."

"과연…. 구니노미야 나가코 전하께서는 황후 폐하가 되셨고, 나시모토노미야 마사코 전하께서는 이왕비가 되셨고, 이치조 도키코 아씨께서는 후시미노미야 히로야스 왕과 혼인하시어 왕비가 되셨지요. 그 말대로 된 것이로군요."

"그렇답니다. 하지만 제가 보기에는 찬주 아씨도 그 세 분의 학습원 시절 못지않게 뛰어나시답니다."

후유코가 박찬주 양을 입에 침이 마르게 칭찬하자, 마리는 눈살을 찌푸리며 소매를 가볍게 털었다.

"하지만 찬주 아씨는 조선에서 이미 명문 여학교를 졸업하셨지요. 당연히 학습원의 다른 동급생보다 부족함이 있으시면 곤란하지 않겠사옵니까."

"그야 그렇지요."

후유코는 순순히 고개를 끄덕였다. 하지만 곧 박찬주 양에 대한 칭찬을 이어갔다.

"하지만 조선에서 오시고 이제 석 달밖에 안 지나셨답니다. 말이며 풍습이며 낯설고 어색할 수밖에 없을 텐데, 그런데도 공부는 물론이고 태도와 기품까지, 저 쟁쟁한 화족가의 아씨들 사이에서도 유독 두각을 나타내시니, 처음에는 근심하시던 마사코 전하께서도 이제는 찬주 아씨를 무척 아끼시지 않겠습니까."

마리는 머리가 지끈거렸다. 사와코 여왕을 이우 공비로 삼으려는 것은 바로 나가코 황후의 뜻이었다. 하지만 황실의 뜻이라 해도 모든 황족이 찬성한다고 말할 수는 없는 법이다.

"마사코 전하께서는, 이우 공비로 찬주 아씨를 지지하고 계시겠습니까."

"지엄하신 황후 폐하께서 사와코 전하를 추천하고 계시니 그렇게까지 생각하시는 것은 아니시겠지요. 하지만 젊은 분들이 서로 그렇게 사모하신다는데, 이우 공에 비해 너무 격이 떨어지는 혼사가 아니라면 굳이 반대할 이유도 없지 않은가 하시는 것뿐이랍니다."

말을 해 놓고 후유코는 낮게 소리 내어 웃었다.

"이왕가와의 혼사는 쉽지 않은 일이랍니다. 말도 풍습도 성격도 다른 조선 출신의 부군과 평생을 살아간다는 것이 호락호락한 일은 아니지요. 마사코 전하께서는 이왕 전하를 깊이 사랑하셨음에도 처음에는 많은 어려움을 겪으셨어요. 사랑하고 존경하는 마음이 없다면 함께 이겨내기 힘든 일들도 있는 법이에요."

후유코는 자신보다 절반밖에 안 살았을 마리를 슬슬 구슬리

듯이 말했다. 마리는 한숨을 쉬었다. 이우 공만 설득하면 될 줄 알았는데, 정말 갈수록 태산이었다. 생각해 보면 이왕가와의 혼인이라는 전대미문의 일을 선봉에서 겪어낸 이들이 바로 이왕비 마사코와 그 어머니인 이쓰코 왕비였다. 그리고 후유코는 결혼 전부터 마사코 왕비를 곁에서 모시며 그 모든 일을 바로 옆에서 보고 들었을 것이다.

"…이왕가와의 혼인이 결과적으로 꼭 나쁜 것만은 아니지 않사옵니까."

마리는 떨떠름하게 중얼거렸다. 조선 이왕가와의 혼인은 황실의 뜻이지만, 그렇다고 조선 이왕가에 딸을 시집보내는 부모들이 눈물로 딸의 앞날을 걱정하는 것은 아니었다. 사실 이우 공이 황실의 명에 대놓고 반기를 들고 약혼녀를 데려온 것이 문제이지, 이우 공을 사위 삼고 싶어 하는 어머니들은 적지 않았다. 망한 나라의 왕족일 뿐이라고는 하지만, 나라가 망했어도 한 나라의 왕실, 아니, 황실 가문이었다. 이왕가는 원래 갖고 있던 재산도 적지 않았고, 여기에 왕공족에게 하사되는 품위유지비를 더하면 어지간한 황족 못지않게 부유했다.

처음에 이왕세자와 혼담이 오갈 때는 마사코 여왕을 동정했던 사람들도, 세월이 흐르며 이왕비 마사코가 그만하면 혼인을 잘한 것이라고 이야기하곤 했다. 이왕가는 황족 바로 아래, 화족보다 높은 지위인 데다, 부유하면서도 정작 당쟁에 휘말릴 일은 거의 없었다. 일본과 조선의 관계 때문에 마음고생은 할지언정,

남편과 가문의 권력 투쟁에 휘말려 흥망성쇠가 손바닥 뒤집듯이 갈리는 일은 없을 듯하더라는 것이, 딸을 둔 귀부인들의 이야기였다. 일본과 조선의 관계가 더욱 굳건해지고, 이왕가 사람들을 황족의 일원으로 받아들인다는 명분은 그다음이었다. 게다가 이우 공은 키가 크고 이목구비가 반듯하며 잘생기기로 소문이 자자한 미남이었다. 황실의 명예에 먹칠을 하든 말든 제 뜻을 관철하겠다는 그의 뻔뻔한 속내와는 상관없이, 그 얼굴은 사람들의 동경과 호감을 사기에 충분하고도 남았다.

사와코 여왕도, 그 어머니인 가네노미야도, 다 알고 이 혼담을 받아들인 것이다.

"나쁜 일은 아니지요. 비전하께서도 많은 일들을 겪으셨지만 지금은 행복하시고요. 하지만 굳이 약혼녀인 찬주 아씨를 밀어내면서까지 하는 혼인을, 이우 공께서 받아들이시느냐가 문제 아닙니까."

"그렇사옵니다만…. 황후 폐하의 뜻이지 않습니까. 신하라면 마땅히 받잡고 따라야지요."

"달리 다른 길은 없다, 사와코 여왕 전하도 전적으로 나라를 위해 희생을 감내하는 것이다, 그런 명분이라면 어쩔 수 없지만. 이우 공은 당신을 사위 삼고 싶어 하는 집안이 꽤 많다는 것도 알고 계십니다. 사와코 여왕 전하께서 희생하는 것이 아니라는 것도 잘 알고 계시지요. 그런 상황에서 굳이 그 혼인을 받아들이시겠습니까."

바람이 불었다. 실내인데도.

길고 긴 바람 소리가 한순간 거실을 뒤흔들고, 그리고 다시 멀어져 갔다. 마리는 주위를 두리번거렸다. 아무것도, 아무도 없었다. 후유코는 아무 일도 없었던 것처럼 이우 공에 대해, 그리고 박찬주 양에 대해 하던 이야기만 계속 늘어놓을 뿐이었다. 마리는 등줄기에 소름이 돋았다. 뭔가 잘못되어 있다. 뒤틀려 있다. 후유코가 박찬주 양을 입에 침이 마르게 칭찬하는 것도 어쩐지 말이 되지 않는 것처럼 느껴졌다. 무언가에 홀린 듯이, 귀신에라도 씐 듯이.

대체 무엇이 문제일까.

***

처음에는 낯선 곳에 중책을 맡고 왔으니 긴장이 되어 그런 것일까 생각하기도 했다. 하지만 며칠이 지나도, 한 달 가까이 지나도, 여기 운현궁 별저에서 느껴지는 불길함은 쉬이 가시지 않았다. 집 안 곳곳을 살피고, 방비를 하고, 혹시 여우 신령이 지나는 길일까 싶어 유부를 공물로 바쳐 보기도 했지만 소용없었다.

어쩌면 이 불길함은, 이 집의 주인이 문제일지도 모른다. 서늘하고 아름다운 얼굴을 한, 황실의 결정에 대놓고 반기를 들려 하는, 당돌하고 담대한, 나라 잃은 왕족.

이우 공은 어떤 사람일까. 마리가 알기로 그는 유년학교와 사관학교 시절 내내 문제 학생이었다고 들었다. 수업을 따라가지 못하거나 군사훈련을 견뎌내지 못한 것은 아니었다. 오히려 성적만 보면 우등생이었다. 하지만 그는 싸움이 나면 반드시 조선어로 욕을 했고, 조선인 생도에게는 일부러 보란 듯이 조선말을 썼다. 평소에는 일본 노래도, 군가도 시원시원하게 잘 불렀지만, 술에 취하면 조선 노래를 불렀다고 한다. 그다지 술에 약한 것도, 주정을 부리는 것도 아니면서.

마리는 물었다.

"…운현궁 전하는 어떤 분이시옵니까?"

한창 사랑에 빠진 약혼녀 박찬주 양은 조용히 대답했다.

"그분은 제게 하늘과 같은 분이시지요. 그분 앞에 서면 저는 땅도 아니라 그 아래에 있는 것 같답니다."

다시, 마리는 물었다.

"…운현궁 전하는 어떤 분이시옵니까?"

후유코는 살짝 홍조를 띤 얼굴로 몸을 배배 꼬며 마리의 어깨를 툭툭 쳤다.

"처음에는 사와코 전하와의 혼담이 싫어서 가짜 약혼녀를 데려왔구나 하고 생각했는데, 막상 두 분이 함께하시는 것을 보니 정말 서로 사모하시는구나 하는 생각이 들어요. 이 나이가 되었는데도 두 분 모습을 보면 가슴이 설렌달까…. 저도 이우 공께서 감히 황후 폐하의 의중을 거슬러서야 되겠느냐는 생각이었습니다만, 막상 이 상황이 되니 두 분을 갈라놓는 것이 더욱 못할 일이 아닌가 싶을 때도 있어요. 그러면서도 정말, 훌륭한 사내로구나 싶은 것이지요. 내가 딸이 있다면 저런 사내를 사위 삼고 싶다는 생각이 들 정도로요."

또다시, 마리는 물었다.

"…운현궁 전하는 어떤 분이시옵니까?"

나가사키는 마리가 정말로 원하는 대답이 무엇인지 가늠해 보려는 듯 잠시 눈을 찡그리다가, 담백하게 대답했다.

"쾌남이십니다. 모든 면에서, 진심으로 감복하지 않을 수 없는 분이지요."

여우에게 홀린 듯한 기분이었다. 사관학교를 졸업하고 이제 장교로 부임하기 위해 훈련을 받고 있던 이우 공을 모시고 있는, 무가 출신의 군인인 나가사키도, 모리마사 왕비 이쓰코와 이왕비 마사코를 모셔 온 후유코도, 그렇게 호락호락한 사람은 아닐 것이다. 그런 이들이 유독 이우 공에 대해서만은 헤실헤실 풀어져서 헛소리를 하는 것이, 아무리 생각해도 이해가 가지 않았다.

"…다들 운현궁 전하께 반한 듯한 이야기만 하고 계시는데, 대체 운현궁 전하는 어떤 분이신지 저도 몰라서 여쭙는 것입니다. 설마, 황후 폐하께서 보내서 온 제가 전하께 무슨 해코지라도 할까 저어하시는 것입니까."

마리가 역정을 냈다. 나가사키는 잠시 생각하다가, 고개를 끄덕였다.

"조선의 대원왕인 흥선대원군께는 두 아드님이 계셨는데, 한 분은 조선의 고종 황제 이태왕 전하셨고, 다른 한 분은 흥친왕 전하셨습니다. 흥친왕 전하가 돌아가신 뒤 흥선대원군의 저택인 운현궁은 그 아드님인 영선군 이준 공께서 물려받으셨는데, 이준 공은 슬하에 자식을 두지 못하고 돌아가셨지요."

"이우 공이 이준 공의 양자라는 이야기는 들었습니다. 의친왕의 둘째 아드님이시지요."

"그렇습니다. 이준 공께서 돌아가신 뒤 조선에서는 운현궁의 대를 누가 잇느냐로 논쟁이 벌어졌다고 합니다. 이는 대원위 대감의 대를 잇는 것이자, 공가의 대를 잇는 일이었으니까요. 이때 이왕가의 친척 중에 대원위 대감의 형님인 흥완군의 후손 이달용 자작이 있었는데, 이 사람이 자신이 공가의 대를 잇겠다고 나섰습니다. 총독부도 반대하지 않았고요. 하지만 이태왕 전하도, 또 이준 공비도 이를 원하시지 않았다 합니다."

나가사키는 길게 설명하지 않았지만, 이유는 마리도 짐작할 수 있었다.

"…이달용이 총독부에 충성하는 사람이기 때문이군요."

"그 이유도 있었겠으나, 엄연히 흥선대원군의 혈맥인 이태왕 전하의 후손들이 계신데, 형님의 후손으로 대를 잇는 것이 마땅치 않다는 명분이 컸습니다. 이태왕 전하는 임자년에 태어나셨는데, 전하의 아드님인 의친왕 전하의 둘째 아들인 이우 도련님도 임자년에 태어나셨습니다. 그래서 이태왕 전하께서는 이우 도련님을 친히 운현궁으로 데려가 양자로 삼게 하시며, 그런 말씀을 하셨다고 합니다. 과인이 임자년에 태어나 양자로 이 집을 떠났으니, 다시 임자년에 태어난 손자를 이 집에 돌려보낸다."

평범한 이야기였다. 몰락한 왕족의 둘째 아들로 태어나 요절한 효명세자의 양자가 되어 국왕이 되고, 다시 대한제국의 황제가 되었다가 강제 퇴위당하여 이태왕이라 불렸던 노인은, 어쩌면 자신이 한 갑자를 빙 돌아온 나이에 얻은 손자를 조카의 양자로 보내며, 마치 자신이 어릴 때 떠나왔던 그리운 옛집에 돌아가는 느낌을 받았는지도 모른다. 그냥 단순하게 생각하면, 자신이 다스리던 나라를 잃은 고독한 노인이 늘그막에 그렇게라도 마음의 위안을 얻었다고 생각하면 그만이다.

하지만 마리는, 그 이야기를 듣는 순간부터 무척이나 기분이 나빠졌다. 정확히는 머리가 지끈거리고, 으스스할 정도로 등줄기에 소름이 돋았다. 마치 질 나쁜 주술이나 저주의 이야기를 들었을 때, 몸이 먼저 반응하는 것처럼.

이런 것은 황궁 안에서 사소한 장난을 치는 여우 신령 같은 것과는 본질적으로 다르다. 그랬다. 수상쩍은 미신들을 믿고, 여우 신령에게 유부를 공물이라며 바치던 황궁의 사람들도, 정말로 사람을 해치는 여우에게는 가차가 없다. 마리의 생각에는 지금 이 상황도 그랬다. 아무래도 이 집의 '여우 신령'은 공물로 유부 따위를 바치는 정도로는 해결될 것 같지 않았다.

✻✻✻

홀린 듯이 후원을 가로질렀다. 독한 술에라도 취한 사람처럼 비틀거리며, 설령 여우 신령이 사람에게 해를 끼친다면 죽일 뿐이라고, 주문을 외우듯이 입술을 달싹이면서. 하지만 어떻게? 이우 공은 조선의 왕족이자 공(公)이다. 그런 사람을 대체 어떻게 해칠 수 있단 말인가.

물론 신분 높은 사람이라도, 신의 자손인 황족이라 해도, 사람의 몸뚱이를 입고 있는 이상 칼로 찌르면 피가 나오고, 배를 가르면 내장이 쏟아지고, 목을 치면 숨이 끊어지는 법이다. 하물며 이왕가의 자손이야, 죽이려고 마음먹는다면 불가능할 리 없다. 이 결혼을 막고 이우 공을 얌전히 사와코 여왕과 혼인시키는 게 목적이라면야, 아무리 정숙하고 훌륭한 숙녀라 해도 박영효의 손녀를 해치우는 것이 더 간단하겠지만, 지금 마리의 눈에는 아무것도 보이지 않았다. 정말 무언가에 홀린 듯, 두려움에 몸을 떨며 그저 이우 공을 해치울 생각만을 거듭할 뿐이었다.

이왕가의 왕족이자 사관학교를 졸업하고, 이제 곧 장교로 임관할 이우 공에게는 아직 달리 돌봐야 할 가족들이 없었고, 시종들은 대부분 군인 출신이었다. 저택은 활기 넘치는 작은 병영처럼 보이기도 했다. 하지만 오늘 밤에는 기묘할 정도로 인기척이 느껴지지 않았다. 시종무관인 나가사키조차도 잠이 든 것 같은, 그런 고요한 밤이었다. 복도의 마룻바닥에서 삐걱 하는 소리가 나는 순간, 마리는 자신이 맨발이라는 것을 깨달았다. 신발은 대체 어디에서 잃어버린 것일까. 생각이 미치기도 전에, 복도 저편에 걸려 있는 국화 문장 시계가 보였다. 세상 떠난 다이쇼 덴노가 이우 공에게 하사한 것이었다. 그 아래, 어둠 속에서도 금빛 찬란하게 빛나는 군도가 보였다. 마리는 다가가 칼집에서 군도를 뽑았다. 으스름 달빛이 칼날에 서려 파르스름하게 빛났다.

흐느적거리며 계단을 밟아 올라갔다. 이우 공의 침실은 2층, 동쪽에 있었다. 그리 올라가는 동안 아무도 만나지 않는다는 것이 가능한 일이었던가. 순간 마리는 정신이 드는 듯했지만, 다시 무언가가 마리의 귓가에 속삭이는 듯했다. 마리의 키에는 버거운 긴 칼날이 계단의 금속 난간에 부딪치며 날카로운 소리를 냈다. 무언가가 복도를 달려가는 소리, 문을 긁는 소리, 유부를 조리는 국물 냄새가 얼굴을 치듯이 스쳐 지나갔다. 틀어 올린 머리카락이 줄줄 풀리는 것도 알지 못한 채, 마리는 걷고 또 걸었다. 2층으로 올라가는 계단은 영원히 끝나지 않을 것처럼 길었다.

이 세계는 태어난 가문으로 모든 것이 결정된다. 신분의 높고 낮음이란, 그 사람이 어떤 가문에서 태어났는지를 말해 주는 법이다. 능력이 좋다고 해도, 단번에 치고 올라가는 일이란 있을 수 없다. 더 높은 지위로 승차를 하는 것도, 복도에서 마주쳤을 때 인사를 하는 것도, 황후 폐하께서 쓰시던 물건을 하사받는 것 하나조차도, 상급자부터 하급자까지 촘촘하게 짜인 서열 안에서 이루어진다. 그것이 정의이자, 공정한 일이었다. 무가 출신인 마리가 공가 출신인 다른 시녀들보다 낮은 지위인 미나카마에서 출발하는 것도, 공가 출신인 시녀들이 처음 황궁에 들어와 갖게 되는 지위인 나이시의 말석에 오르기까지 여러 해 동안 고생한 것도. 그 과정에서 다른 시녀들이 자신을 두고 야심가라고, 성공하기 위해서는 무슨 짓이든 할 여자라고 조롱하는 것도, 개인적으로는 고생스럽고 고통스러운 일이었지만 사실은 당연한 일이다. 그게 세상의 질서였다.

하지만 이왕가는 달랐다. 그들은 갑자기, 하늘에서 뚝 떨어진 것처럼 이 세계에 떨어져, 모든 고귀한 화족 가문들을 제치고 황실의 바로 아랫자리를 차지했다. 아무리 대한 '제국'이었다고 해도, 이우 공 본인의 말마따나 망한 나라의 왕족일 뿐인데. 그런데도 황족의 피를 잇지 않았어도 '이왕'이라 불리고, '공'이라 불리며, 마치 황족에 준하는 이들처럼 모든 귀족들의 윗자리에 앉았다. 언젠가 이 나라가 류큐를, 만주를, 중국을, 대만을 손에 넣고 나면, 그때에도 그들이 황족의 아래, 우리 모두의 윗자리에 오게 될까. 내친왕들과 여왕들이 그런 자들과 혼인하고, 다시 외국의 왕족들로 이루어진 커다란 궁가를 이루게 되는 걸까. 그런 것은, 불합리했다. 부당했다. 처음 세상이 만들어질 때부터 하늘을 섬기는, 신에 가장 가까운 이들이 있어 황실을 이루었고, 세월이 가며 황실의 후예들과 신관의 후예들, 공경과 귀족들, 정이대장군을 정점으로 하는 막부와 무가들, 사족과 평민들, 천민들이 나뉘어 지금의 세상을 이루었다. 본래 있던 것이 나뉘는 것도 아니고, 밖에서 끼어들어 온 무언가가 질서를 어지럽히고 대뜸 윗자리를 차지하는 것은, 부당하기 그지없는 일이었다. 그런 사람이 갑자기, 무가 출신이 고생이 많았느니 어쩌니 하는 것도.

조선인 주제에 분에 넘치게 왕공 대접을 받으면서, 그런 게 다 뭐라는 거야.

마리는 이우 공의 침실 앞에 섰다. 손을 대자마자, 마치 손잡이가 고장나 있었던 것처럼 문이 밖으로 열렸다. 문이 열렸을 때, 이우 공의 침실 창문은 활짝 열려 있었고, 그 침실 안에서는 마치 태풍이라도 불어오는 것처럼 바람이 휘감아 돌며 음산하게 울부짖고 있었다. 침대에 다가가 칼을 들었다. 마리의 등 뒤로 부드러운 갈색을 띤 여우 꼬리가 들려 올라갔다. 그리고 마리는 침대를 향해 칼을 내리꽂았다.

피가 튀었다.

뜨겁고 비린 날핏내가 훅 밀려왔다. 마리는 그제서야 정신이 든 채, 손을 덜덜 떨며 침대를 내려다보았다. 침대 위로 피가 번졌다. 누워 있던 자가 천천히 고개를 들었다.

그것은 상반신이 온통 피투성이인, 산 채로 살가죽을 벗겨낸 듯한 사람의 모습이었다.

마리는 와들와들 떨다가 그 자리에 주저앉았다. 그는 마리를 내려다보다가 웃었다.

"좋은 것 하나 알려줄까?"

그 목소리만은 틀림없이 이우 공의 목소리였지만.

마리는 주저앉은 채 뒷걸음질을 치려 했다. 하지만 뭔가 푹신 푹신한 털뭉치 같은 것이 다리에 감겨 움직일 수가 없었다. 치맛자락 밖으로 삐져나온 그의 맨발에는 마치 짐승 털 같은 것이 돋아나고 있었다.

"난, 나는… 여우를 죽이려고 했는데…."

"이봐, 그대의 발을 봐야지. 여우라면 내가 아니라 그대가 아니었나."

"아니야…."

마리는 혼란스러워 몸을 떨었다. 역겨운 피 냄새에 토기가 올라왔다. 그는 바닥에 먹은 것을 쏟아 내면서도, 어떻게든 도망치려 했다. 그때 피투성이 손이 마리의 머리카락을 붙잡았다.

마치 천연두의 수포를 뒤집어쓴 듯이 검붉은 종기가 돋아나 피고름이 뚝뚝 떨어지는 다른 손이, 마리의 입을 막았다. 다른 손이 마리의 발목을 붙잡았다. 털이 부숭부숭 난 짐승의 발을. 다른 손이 군도를 집어 내던졌다. 살점이 녹아내리는 다른 손이 그의 목을 졸라 왔다. 마리는 부들부들 떨며, 살았다고도 죽었다고도 말할 수 없는 그런 손들에게 붙잡혔다. 손들이 마리를 끌고, 그대로 침실 문을 밀며 뛰쳐나갔다. 마리는 비명을 질렀다. 손발에 여우 털이 숭숭 돋아나고, 거대한 여우 꼬리가 질질 끌리는, 여우 괴물로 변한 자신을 누구도 보아선 안 될 것 같았지만, 그렇다고 이대로 저런 피투성이 악신(惡神)에게 끌려갈 수는 없었다. 하지만 피투성이 손을 밀어내며 아무리 비명을 질러도, 아무도, 세상 그 누구도, 운현궁의 그 많은 군인 출신의 시종들 누구 하나도 보이지 않았다. 마리는 그렇게 복도를 구르듯 끌려 나가, 운현궁 별저의 마당에 내팽개쳐졌다.

그리고 그 마당 한가운데에, 웬 조선 여자가 불그레한 달빛을 받으며 서 있었다.

남빛 치마에, 길이가 무릎까지 오는 초록빛 원삼을 입은 여자였다. 옷은 가슴 한가운데에서 여며져 그대로 내려왔고, 치마와 같은 색 비단에 금박을 찍어 화려하게 장식한 허리띠를 둘렀다. 머리 한가운데에는 족두리를 얹고, 그 위에 어여머리를 둘러 큰 머리를 얹은 것이, 조선의 왕궁에서 일하는 상궁은 상궁이로되 지위가 각별히 높은 이처럼 보였다.

그 여자가 피눈물을 흘리며 천천히, 마리를 돌아보았다.

"사, 사, 살려… 살려 주십시오…."

"우습고 또 우습구나. 여우를 잡겠다며 칼을 들고 올라간 자가, 여우가 되어 돌아오다니."

상궁은 마리를 내려다보며 혀를 찼다.

공가의 딸들인 이곳의 시녀들과 달리, 조선의 상궁들은 양반 가문의 딸들이 아닌, 중인의 딸들이라고 들은 적이 있었다. 이태왕 고종의 아들이라고 해도 의친왕의 어미는 천한 궁녀였다고, 의친왕의 둘째 아들이라 해도 이우 공의 어미 역시 궁녀였다고. 그러니 어디 황족은 물론이고, 공경의 딸들이라 해도 혼인을 시키겠느냐고. 이 집에 올 때 그렇게 생각했었다. 하지만 지금, 사방에서 피냄새가 풍기는데도 아무도 나와 보지 않는 이 아득한 고요 속에서, 마리가 매달릴 사람은 저 조선 상궁, 한 사람뿐이었다.

하지만 그는, 아무래도 마리에게 우호적인 사람 같지 않았다.

"그대들 왜인들은 제 마음에 들지 않으면 산 사람을 여우로 모느냐."

"살려 주십시오, 제발 살려 주십시오."

"내 서른여덟 해 전에도 여우 사냥이라는 이야기를 들었느니라. 내 아드님이 열여덟 살 되던 해였지."

마리는 그 말을 알아듣지 못했다. 서른여덟 해 전에 조선에서 무슨 일이 일어났는지, 그런 것은 마리가 알 바가 아니었다. 하지만 오연히 그를 내려다보던 상궁은, 문득 허리를 숙여 마리의 얼굴을 들여다보았다.

"나를 모질게도 내쫓은 그분을, 그대 나라의 낭인들이 무참히 살해하며 여우를 사냥했노라, 늙은 여우를 죽였노라 말하였다지. 내게는 연적이었다 하나, 네놈들이 감히 한 나라의 왕비셨던 분을."

"살려 주십시오, 제발 목숨만 살려 주십시오."

"그래 놓고는 이제, 조선의 왕손인 내 손자에게까지 손을 대려 하느냐. 감히."

상궁이 손을 뻗어 마리의 옷깃을 쥐었다. 원삼의 소맷단에 댄 희고 긴 한삼 자락이 달빛 아래 핏빛으로 물들었다. 무시무시한

힘으로 마리를 들어 올리자, 상궁의 치마폭에서 수많은 손들이 다시 튀어나왔다. 마리는 비명을 질렀다. 상궁은 마리를 높이 들어 올려, 그 얼굴을 올려다보다 문득 웃었다. 나무로 깎아 만든 가면처럼 기묘한 표정이었다.

"저 아이의 장례식 날이, 조선이 일본으로부터 벗어나는 날이겠지."

"예… 예…?"

"잘 기억해 두거라. 내 손자가 죽는 날이 일본이 패망하는 날이요, 내 손자의 장례식 날이 마침내 조선이 일본으로부터 벗어나는 날이 될 것이다. 그 아이는 그런 곡절을 타고났으니, 함부로 해치려 한들 네 나라의 명을 재촉할 뿐이니라."

그게 무슨 말일까. 이 여자는 대체 누구일까. 이우 공을 손자라고 부르는 사람이라면, 의친왕의 어머니라도 된다는 것일까. 혼란스러운 가운데, 상궁은 마리를 더욱 높이 들어 올렸다. 점차 어두워져 핏빛처럼 보이던 달빛이 한순간 사라지더니, 마리는 정신을 잃었다.

* * *

눈을 떴을 때, 머리 위에는 휘영청 밝은 달이 떠올라 있었다.

* * *

그로부터 얼마 지나지 않아, 조선총독부 중추원 부의장인 박영효가 손녀인 박찬주 양을 만나기 위해 일본에 왔다. 젊어서는 조선 국왕 철종의 딸인 영혜옹주와 혼인한 부마였고, 나이 들어서는 일본에 적극 협력하여 조선귀족이 되고, 귀족원 칙선 의원까지 된 그는, 직접 궁내성과 추밀원, 귀족원을 설득하여 이우 공과 박찬주 양의 혼인을 성사시키려 했다.

쇼와 9년(1934년), 마침내 궁내성은 두 사람의 약혼을 인정하였다. 이듬해인 쇼와 10년(1935년), 쇼와 덴노는 이우 공과 박찬주 양의 혼인을 인정하는 칙허를 발표했고, 박찬주 양은 별저에서 마차를 타고 운현궁 별저로 들어가 혼례를 올렸다. 이우 공과 혼담이 오가던 기타시라카와노미야 사와코 여왕은 그보다 앞서 혼인하여 히가시소노 자작부인이 되었다.

그로부터 십 년 뒤인 쇼와 20년(1945년) 8월 6일, 히로시마에 부임한 이우 공이 참모본부로 출근하던 시각, 원폭이 투하되었다. 이우 공은 곧장 발견되어 해군병원으로 후송되었으나, 다음

날 새벽 숨졌고, 조선으로 운구되었다. 그의 장례식은 8월 15일 12시, 경성운동장에서 열리기로 예정되었으나, 1945년 8월 15일 일본 표준시 정오에 쇼와 덴노가 일본제국의 무조건 항복을 알리는 「대동아전쟁 종결의 조서(大東亜戦争終結ノ詔書)」를 발표하며 같은 날 17시로 미루어졌다.

4.

만주 기담 (1932년 봄)

"엄밀히 말해서 난 한간(漢奸)은 아니지."

요시코는 밤이 내려앉은 어두운 창가에서 길게 담배 연기를 내뿜으며 중얼거렸다. 까만 밤하늘과 하얀 궐련, 그 끝에 묻은 새빨간 루주의, 그 강렬하고 센슈얼한 대비가 요시코의 손가락 끝에 걸려 있었다. 그는 붉게 칠한 입술을 반쯤 벌리며 소리 내어 웃었다.

"한족도 아닌 내가 한간은 무슨 한간. 그렇지?"

살짝 백치처럼 보이는, 아름답고 불안한 웃음이었다. 그는 몸을 돌려, 조금 전 손님이 다녀간 흔적을 부지런히 닦아 치우던 마리를 향해 말했다.

"뭐라고 대답을 좀 해 봐, 마리. 어차피 황실을 무너뜨린 건 저 한족들이잖아."

"그렇습니다."

"황실의 군군(郡君)이자 만주족인 내가 그 한족들 마음에 안 드는 짓을 조금 하기로서니. 한간이라 부르는 게 말이 돼? 오히려 그 한족들이 황실의 배신자지."

요시코는 입을 비쭉거리며 투덜거렸다. 마리는 살짝 고개를 끄덕이다가 입을 다물었다. 그러고는 잠시 머뭇거리다가, 나직한 목소리로 중얼거렸다.

"한간… 이라는 말에 어울리는 사람은 제 쪽이겠지요."

한간, 한족의 배신자. 그 말에 더 어울리는 사람은 숙친왕(肅親王)의 열네 번째 딸로 태어나 가와시마 나니와(川島浪速)의 양녀가 된 젊고 아름다운 군군이 아니라, 한족 출신이면서도 그런 요시코의 곁에 있겠다고 맹세한 마리 쪽일 것이다. 요시코는 찌르는 듯한 시선으로 마리를 쳐다보다가, 나직하게 속삭였다.

"후회해?"

"그럴 리가요."

마리는 고개를 들었다. 흑단 같은 머리카락을 짧게 자른, 눈처럼 하얀 피부와 새빨간 입술을 지닌 요시코를, 마리는 마치 동화 속의 공주님인 듯 마음을 다해 숭배하고 있었다.

"격격(格格), 격격께서는 제가 가진 모든 것을 주신 분이세요. 격격께서 저를 구해 주시지 않았다면, 저는 이미 이 세상 사람이 아니었을 것입니다."

"그렇게까지 진지하게 생각하라는 건 아니었는데."

요시코가 웃었다. 그는 담배를 눌러 끄며, 마리에게 손짓을 했다. 마리는 눈을 내리깔고 다가와 요시코의 곁에 무릎을 꿇고 앉았다.

"그냥, 난 그때 심심했고. 심심했는데 네가 거기 있었던 것뿐이야."

"그렇더라도요."

"정말이라니까. 나쁜 놈들에게 끌려가는 여자아이를 구해야겠다, 뭐 그런 의로운 마음으로 한 일이었다면 아예 창관 앞에 버티고 서서 너보다는 예쁜 아이를 구해냈겠지. 그냥 변덕을 부린 것뿐이야. 심심해서 부린 변덕이라고."

요시코가 투덜거렸다. 마리는 고개를 들었다. 그의 주인은 악명 높은 친일파였다. 그는 청나라 황가의 성씨인 아이신줴뤄(愛新覺羅)를 버리고 일본 이름인 가와시마 요시코로 불렸고, 일본이 만주에 세운 만주국 정부를 위해 일하고 있었다. 여자의 몸으로 머리카락을 짧게 자르고, 날씬하게 재단한 군복이나 남성복을 입고서 말을 타고 다니는 그를 두고, 어떤 사람들은 동방의 진주, 만주국의 잔 다르크라 부르며 사랑했고, 어떤 사람들은 모든 관습과 예절을 무시하며 국제적으로 말썽을 일으키는 말괄량이이자 여자 스파이라고 불렀다. 그리고 어떤 이들은 요시코를 두고 일본과 손잡고 나라를 팔아먹은 반역자, 친일파, 한간, 매국노라고 불렀다. 그 모든 말들은 전부 사실이었고, 또 보는 관점에 따라서는 새빨간 거짓말이었다. 요시코의 인생 자체가 그러했듯이.

그리고 마리는 그런 요시코를 사모했다. 애끓는 사모의 정이 결코 보답받을 수 없는 종류의 것이라 해도, 그 사모를 멈출 수는 없었다. 그러면서도 마리는 요시코를 증오했다. 자신에게 구원의 손길을 내밀던 사람이, 다른 수많은 죄 없는 사람들의 목숨을 가차 없이 내버리는 것을 보고도 그를 증오하지 않을 수는 없었다. 마리는 사모와 증오 사이에서 한없이 흔들리며, 무릎을 꿇은 채, 두 손으로 자신의 뺨을 감싸는 요시코의 머리를 끌어안았다. 담배와 코냑의 향기에 취할 것 같다고 생각하며, 마리는 그 새빨간 입술에 입을 맞추었다.

***

만주의 여진족이 후금을 세우고 중원으로 내려와 청 제국의 기치를 높이 올린 이래, 한족 사람들은 계속 같은 질문을 되풀이했다. 누가 배신자인가, 누가 저 만주족과 내통했는가. 어떤 이들은 팔군기의 깃발 아래 모여 서서, 만주족의 하늘 아래에서도 벼슬에 오르고 부귀를 누렸지만, 어떤 이들은 끝까지 그들을 오랑캐라 부르며, 달도 차면 기울듯이 청 제국이 무너질 날 또한 오리라고, 학식과 예의가 부족한 저 오랑캐들은 그렇게 다시 오랑캐들의 땅으로 쫓겨나고, 한족들이 다시 이 땅을 지배할 것이라고 말했다. 시간은 참고 기다리는 자의 편이요, 땔나무 무더기에 등을 기대고 앉아 쓰디쓴 쓸개를 맛보듯 굴욕을 견디다 보면 언젠가는 저들을 몰아낼 날이 오리라고, 그때가 되면 저 만주족에 빌붙어 영화를 누리던 자들은 모두 개만도 못한 취급을 받으며 저잣거리 흙바닥에 뒹굴 거라고. 사내들은 술잔을 기울이며, 끓어오르는 의분을 주체하지 못한 채 말하곤 했다.

사내들은 애써 학문을 닦으면서도 오랑캐에게 머리를 숙이고 더러운 벼슬을 얻느니 차라리 굶어 죽는 게 깨끗하다며 백이숙제의 고사를 이야기했다. 더러는 세상을 욕하고 하늘을 타매하듯 주먹을 들어 올리다 반역자로 몰려 끌려가기도 했다. 하지만 그렇게 온갖 지조는 다 지킬 것처럼 굴면서도, 한족의 사내들은 오랑캐를 따라 머리를 변발로 밀었다. 어찌 되었든 산 사람은 살아야 하니, 불량배의 가랑이 사이를 기어서 지나간 한신처럼 숙일 때는 숙일 줄도 알아야 한다면서. 그러면서도 전통을 지켜나가야 한다며 오랑캐들이 중원을 차지한 삼백 년 동안에도 여자들의 발등뼈를 부러뜨리고 발을 꽁꽁 묶었다.

"비록 오랑캐를 따라 머리를 밀고, 오랑캐의 옷을 입었으나, 그 정신과 전통을 지켜 나간다면 우리는 저 오랑캐들에게 굴복하는 것이 아니야."

뼈를 부러뜨리고 공기도 통하지 않게 단단히 싸매어, 상처가 곪고 썩어 때로는 생명이 위태로워진다 해도, 여자의 발이 세 치가 넘지 않는 것이 무슨 미덕이고 자랑인 것처럼, 그들은 전족이라는 풍습을 계속 강요했다. 혼자 힘으로는 겨우 서 있거나 몇 걸음 걷는 것이 고작일 뿐, 누군가의 부축을 받지 않고는 살아갈 수 없는 몸으로 만들면서, 어떤 성현의 가르침에도 나오지 않는 그것을 우리가 마땅히 지켜가야 할 전통이자 지조라고 말했다.

"발이 예뻐야 시집을 잘 간단다."

매파들은 징그러운 웃음을 지으며 결혼을 앞둔 어린 아가씨들의 발을 품평했다.

"남자들은 발이 작은 여자를 좋아하지."

혼자서는 뛰지도 달리지도 못하는 작은 발이 뭐가 그렇게 아름다울까. 전쟁이라도 터지면 혼자 힘으로는 도망칠 수도 없는 몸으로 만들어 놓고. 새장 속 새처럼 만들어 집 안에 가두는 것만이 사내들이 생각하는 자랑스러운 지조였을까.

물론 만주족의 귀부인들도, 어릴 때는 발이 너무 크게 자라지 않도록 꼭 맞는 신발을 신긴다고 했다. 성인이 되어 결혼을 하고 예복을 입을 때에는 마치 전족을 한 것처럼, 좁고 높은 굽이 달린 화분혜라는 구두를 신고 시녀들의 부축을 받으며 뒤뚱뒤뚱 걸었다고 한다. 하지만 발등을 부러뜨려 꽁꽁 묶지 않은 만주족 여자들은 제 발에 맞는 가죽신을 신고 말을 탔다. 서양 여자들처럼 말을 타거나 춤을 추고, 때로는 얼어붙은 호수 위에서 빙희를 즐기기도 했다.

"발을 묶지 않은 여자들은 천한 오랑캐나 다름없어."

그리고 마리는, 원래는 후이(慧)라고 불렸던 그는, 발을 묶지 않았다는 바로 그 이유로 사람들에게 오랑캐 소리를 들으며 자랐다. 어머니가 돌아가셔서, 아버지는 병들어 자리에만 누워 계시고, 친척들도 먹고살기 어려워 마리의 일까지 신경 쓸 수가 없어서, 전족 같은 것을 할 수 없었던 것뿐인데도. 아니, 지금 생각해 보면 발을 묶지 않았던 것이야말로 행운이었다. 이미 개화된 사람들은 진작에 어린 딸들의 발을 묶는 것을 그만두고, 어떤 이들은 딸들을 미국이나 일본으로 유학까지 보내는 시대였다. 저 신생활 운동을 일으키는 쑹메이링(宋美齡) 여사의 자매들도 다들 미국 유학을 다녀왔고, 전족 같은 것은 하지 않았다. 도시에서 온 젊고 아름다운 학교 선생님이며, 잔심부름하는 하녀인 어린 후이를 마리라는 이름으로 부르던 교회당의 선교사는, 발을 묶는 것은 미개하고 잔인하며 여자를 집 안에만 가두어 두는 악습이라고 말했다. 오직 마을 밖의 세상을 알지 못하는 그 사람들만이, 발을 핑계 삼아 마리를 무시하고 모욕할 뿐이었다.

"발도 묶지 않았는데, 그런 여자를 어느 남자가 데려가겠니. 여자아이가 아무리 얼굴이 반반해도, 시집을 못 가면 다 소용없는 거란다."

"얼굴은 예쁘장하니, 기껏해야 어딘가의 하녀가 되었다가 남의 첩이나 되면 다행이겠지."

그 누구도 마리를 보호해 주거나, 마리가 전족 할 때를 놓친 이유에 대해 변명해 주지 않았다. 학교나 교회당에서는 개화된 세상에 대해 말했지만, 그 세상은 선교사 댁에서 청소 일을 하며 겨우 글자를 배우고, 학교의 잔심부름을 하며 수업을 귀동냥하던 하녀인 마리의 것이 될 수 없었다. 그의 현실은 오랜 병고에 시달린 끝에 끝내 눈이 멀어 버린 아버지와 흙으로 지은 다 쓰러져 가는 집에 있었다.

심한 가뭄과 함께 기근이 들었다. 학교는 해산되었고 선교사들과 학교 선생들은 마을을 떠났다. 사람들은 주인 없는 교회당에 쳐들어가 돈이 될 만한 것들을 들고나왔다. 그다음은 사람 없는 빈집들, 기근을 피해 피란을 간 사람들의 집이었다. 마리의 집은 그다음이었다. 사람들은 마리의 집에 제멋대로 들어와 돈이며 식량은 물론, 농기구며 쓸 수 있거나 팔아서 돈으로 바꿀 만한 물건들을 모조리 들고 나가면서도, 어쩔 도리가 없는 일이라고만 말했다. 아버지가 누워 계신 침대 하나만이 남았을 때, 불량배들이 들어와 아버지를 살해했을 때에도, 그 불량배들이 침대는 물론 마리까지 꽁꽁 묶어 끌고 나가며 젊은 여자애니까 팔면 돈이 된다며 낄낄거릴 때에도, 그들은 같은 말을 했다. 어쩔 도리가 없다고. 어쩌면 그들은 진작 그 생각을 못 해서 원통하다고 여겼을지도 모른다. 젊은 여자애를 팔았으면 수중에 몇 푼이라도 더 들어왔을 텐데, 고작 낡은 식탁이나 쟁기 따위만 들고 나가다니 어리석었다고. 한껏 굶주린 사람들이니까, 죽은 사람의 시신도 썩기 전에는 고기라며 아버지의 시신에 덤벼들면서도 그렇게 말할 테지. 어쩔 도리가 없다고. 산 사람은 살아야 하지 않느냐고.

죽이고 싶었다. 어쩔 도리가 없다는 사람들을, 산 사람은 살아야 하지 않느냐고 말하는 비겁한 사람들을. 손발이 꽁꽁 묶이고 지저분한 천에 입이 틀어막힌 채 개처럼 끌려가면서도, 마리는 남은 힘을 그러모으듯 그들 모두를 증오했다. 절망하는 대신 원망했다. 그리고 그때, 총성이 울렸다.

마리는 키가 큰 군마를 올려다보았다. 군마를 타고 있는 사람은, 군인처럼 보였지만 군복을 입고 머리를 짧게 깎았을 뿐 여자였다. 그 여자는 새빨간 입술을 반쯤 벌린 채 주위를 둘러보다가, 그가 쏜 총에 머리가 반쯤 날아가 꿈틀거리는 사내들을 내려다보며 중얼거렸다.

"이 총 엉망이네. 깔끔하게 뒈지질 않고."

여자는 말에서 내렸다. 그러더니 마리의 몰골을 보고 한숨을 한 번 푹 쉬고, 군용 대검을 꺼내 마리의 손에 묶인 끈을 끊어 버렸다.

"너, 이름이 뭐야?"

마리는 입을 틀어막았던 더러운 천을 빼내며 숨을 캑캑댔다. 여자는 기가 막히다는 듯 마리를 내려다보며 한 번 더 물었다.

"이름이 뭐냐고. 너, 가족은 있어?"

"리후이…."

마리가 본명을 대다가, 고개를 가로저었다.

"…마리예요."

"마리? 너 신여성이었어?"

"아뇨, 그건 아니지만…. 선교사 선생님이 그렇게 부르곤 하셨어요."

"글자는 읽을 줄 알아?"

"예."

"리후이로 살고 싶지 않은 거구나, 너."

마리가 고개를 끄덕였다. 그는 고개를 외로 꼬며 웃었다.

"그거 뭔지 알아. 나도 그렇거든."

"아…."

"내 이름은 가와시마 요시코야. 공주님이라고 불러도 돼."

"공주님…?"

"보아하니 이 마을에서는 살 수 없을 것 같은데. 데려가고 싶지만 나를 따라오면 네가 곤란해질 수도 있어. 사람들은 나를 여자 스파이니, 한간이니, 그런 이름으로 부르거든."

"제게는… 생명의 은인이세요."

"너는 한족이지?"

"…한족으로 태어난 덕분에 뭔가 잘되었던 것은 하나도 없지만요."

요시코는 웃음을 터뜨렸다. 그는 마리에게 손을 쭉 내밀며 물었다.

"같이 갈 거지?"

마리가 고개를 끄덕였다. 요시코는 마리의 손을 붙잡아 일으켰다. 그리고 며칠째 굶어 볼품없는 마리의 말라비틀어진 몸을 부축해 자신이 타고 온 말에 태웠다. 요시코는 날렵하게 말에 올라 한 팔로 마리의 허리를 끌어안았다.

"으, 냄새. 가면 목욕부터 해야겠어."

"죄송해요."

"피를 뒤집어쓴 거야 네 탓은 아니지. 가자."

지금도 그때의 꿈을 꾼다.

뱃가죽이 등에 달라붙도록 굶주리던 그 끔찍한 기근을, 언제 죽을지도 모르는 채, 꺽꺽거리던 아버지의 숨소리를 듣던 날을, 흙을 이겨 쌓아 올린 집의 바람벽이 반쯤 무너지고, 그가 알고 있던 이웃들이 밑바닥을 보이던 날을. 가난하고 못 배우고 전족도 하지 않은 비천한 계집아이라고 멸시할지언정 자신들은 한 족의 지조를 지키는 고결한 사람들인 척하던 이들이, 남의 집 가재도구를 약탈해다 제 입에 들어갈 먹을 것으로 바꾸는 꼴을. 사람을 죽이고 젊은 여자를 납치해 팔아 버리려는 자들을 보며 부러워하던, 그 짐승만도 못한 자들의 시선이 불한당들의 등에 업혀 끌려가는 자신의 몸을 찌르듯 노려보던 그 순간을. 언제 죽어도 이상하지 않다고 생각했던 순간들과, 아버지의 피를 뒤집어쓰고, 반쯤 정신이 나간 채 저 불한당들에게 끌려 나가면서, 차라리 여기서 죽었으면 좋겠다고 생각했던 그 찰나의 일을.

열다섯 살의 리후이는 그날 죽었지. 끌려갔든, 팔려 갔든, 그 집에 혼자 남았다가 결국에는 굶어 죽었든. 어떤 식으로든 살아남지 못했을 거야. 하지만 그럼에도 불구하고, 그 어느 때보다도 간절히 살고 싶었다. 아무리 비천하고 추한 꼴로 남은 평생을 살아야 한다고 해도, 여기서 죽고 싶지 않았다. 그 간절한 마음이 하늘에 닿은 것처럼, 피를 뒤집어쓰고 마리는 태어났지. 이상할 것도 특별할 것도 없는 이야기야. 원래 사람이란 제 어머니의 피를 뒤집어쓰고 태어나는 법이니까. 나를 끌고 가 팔아치우려던 불량배들이 죽었지만, 이분은 사람을 죽인 게 아니야. 나를 꽁꽁 묶고 가두었던 낡디낡은 태를 찢고 나를 꺼내 준 것뿐이야. 숨이 막혀서 죽어 버리기 전에. 겨우 죽음 속에서 건져 올려진 초라한 소녀는 흔들리는 말 위에서 요시코의 품에 안긴 채 생각했다. 말발굽 소리가 땅을 울리듯이 가슴이 두근거렸다.

***

요시코는 평범해지는 것보다 큰 죄악은 없다는 듯이 늘 화려하게 자신을 과시하며 살았다. 해가 저물면 요시코는 무도회장이나 도박장을 돌아다니며 돈을 물 쓰듯이 했다. 어떤 날은 남자 옷을 입고 수많은 여자들의 마음을 뒤흔드는 로맨틱한 모습으로 나타나 왈츠 대회에서 1등을 차지하고, 어떤 날은 어깨가 다 드러나고 작은 크리스털이 잔뜩 달린 요란한 드레스를 입고 모던걸 스타일의 머리에 리본과 깃털을 잔뜩 단 모습으로 나타나 남자들을 희롱했다. 그는 '남장 여자'로, '여성 모험가'로, 때로는 이전에도 이후에도 없었던 기이한 인물로 불렸다. 그를 비난하는 사람들은 중국 출신으로 일본인 야심가에게 붙은 한간이라거나, 청나라의 공주였으면서 나라를 팔아먹은 매국노, 혹은 남녀 가리지 않는 매춘부라고 말했고, 그를 사모하는 남자들이 서로 죽고 죽이며 길바닥에 피를 쏟더라는 이야기도 들려왔지만, 그는 눈 하나 깜짝하지 않았다. 요시코는 아침이 되면 어김없이 집으로 돌아와 자기 침대에서 잠들었고, 점심 무렵이 되면 일어나 베토벤의 피아노 소나타를 치곤 했다.

"좀 일찍 주무세요."

"일찍 자고 있잖아."

"아침 일찍 주무시는 것 말고요. 건강도 생각하셔야죠."

"그런 말을 들어야 할 정도로 늙진 않았어."

새하얀 침의 차림으로 피아노 앞에 앉아 있던 요시코가 문득 손가락을 꼽아 보며 한숨을 쉬었다.

"내가 올해로 스물다섯 살인가, 스물여섯이었나. 생각해 보니 적은 나이는 아니었군."

"그런 뜻이 아니에요, 격격. 하지만 무도회라면 모를까, 마작을 하실 때는 독한 술도 많이 즐기시잖아요. 저는 격격이 건강을 해치실까 봐 걱정이 되어서 그래요."

요시코는 대답 대신 손을 내밀어 마리의 허리를 휘감았다.

"격격… 이지. 내 아버지는 숙친왕이고, 나는 청나라 황실의 공주이고."

"…예, 격격."

이상한 일이었다. 때때로 그는 자신이 청나라의 공주라는 사실을 확인받고 싶어 하는 듯했다. 태어났을 때부터 공주였으면서, 아직도 그 사실이 믿어지지 않는다는 듯이.

1931년 8월, 관동군 사령관으로 임명된 혼조 시게루는 부임하자마자 봉천과 장춘 인근을 시찰했다. 그리고 9월 중순 무렵, 그의 시찰이 끝나자마자, 심양 외곽의 만주철도가 폭발하는 사고가 있었다. 관동군은 이를 국민당의 장쉐량이 이끄는 군대가 폭파한 것이라 발표하고, 바로 만주 전역을 공격하여 만주철도의 주요 도시들과 봉천비행장 같은 군사 요지를 차지했다. 만주 침략을 시작하고 닷새 만에 관동군은 요동성과 길림성을 차지했다.

가와시마 요시코가 한때 리후이라 불렸던 마리를 불량배들의 손에서 구출한 것은, 만주사변이 일어나고 얼마 지나지 않았던 10월 초의 일이었다. 그때 요시코는 상해에서 만주로 가던 길이었다. 만주의 관동군이 청나라의 마지막 황제이자, 요시코의 친척인 아이신줴뤄 푸이를 왕으로 옹립해 만주국을 세운 것이었다.

"그곳에 가면 내가 할 일이 있을 것 같거든."

그때 요시코는 사뭇 명랑하게 말했다.

"어쩌면 왕비가 될지도 모르고."

"왕비라고요?"

"그래, 황실의 공주로 태어난 사람이 그것 말고 달리 할 일이 뭐가 있겠어?"

마리는 그 말을 듣고, 놀라서 입을 딱 벌렸다. 하지만 요시코는 곧, 고개를 가로저었다.

"농담이야. 왕비가 되기엔 큰 문제가 있거든. 그것도 둘이나."

"그게 뭔데요."

"하나는 내가 벌써 결혼을 했다는 거고. 유감스럽게도."

"…결혼하셨어요?"

"설마, 나같이 과년한 여자가 결혼도 안 했을 거라고 생각하는 거야? 당연히 태어나자마자 혼약이 되어 있었고, 때가 되니까 시집도 갔지."

"…그러셨군요. 그럼 부군께서는."

"쓸데없는 질문을 하는구나, 너?"

"예?"

"나는 남자도 여자도 아니야. 그래서 결혼 같은 걸 해 봤자 소용도 없지."

마리는 그 말을 이해하지는 못했다. 하지만 만주에 도착하고 얼마 지나지 않아, 요시코가 천진에서 지내고 있는 완룽 황후를 모셔 오는 임무를 가지고 돌아오자 마리는 내심 안도했다.

"폐하께서도 이미 결혼을 하신 거였군요."

"무슨 소리야, 당연하잖아. 폐하께서는 열여섯 살에 이미 결혼했다고. 그것도 완전 예쁜 두 여자를 동시에 부인으로 삼았단 말이야."

"그러면 황후 폐하 말고 또 다른 분이 계신 거예요?"

"응, 숙비가 있었지. 이름은 원슈라고 해. 하지만 이혼했어."

"이혼을 해요? 황제 폐하의 부인인데요?"

"이혼만 했겠어? 작년에 다른 사람이랑 재혼도 했다는 것 같은데."

"그런 게 가능해요?"

"실제로야 어떻든 공식적인 부인을 둘씩 셋씩 두던 시대는 지났지. 이런 시대에 숙비 마마라고, 청나라 전 황제의 둘째 부인이라고 자기소개를 하고 싶겠어?"

요시코는 코웃음을 쳤다.

"그러고 보니 나와 결혼했던 남자도 지금은 다른 여자와 결혼해서 살고 있어. 그 남자가 '첫째 부인'인 나와 공식적으로 이혼을 했던 기억은 없는데, 그럼 그 여자는 둘째 부인인 건가. 나이가 들어도 잘 모르겠네, 왕족들의 결혼이라는 것은."

요시코가 아무렇지도 않게 툭툭 던지는 이야기들을, 마리는 이해할 수 없었다. 하지만 그 와중에도 요시코가 결혼했다는 것, 하지만 진심으로 누군가의 아내가 될 생각이 없다는 것, 남자도 여자도 아니라는 것이 무슨 뜻인지는 모르겠지만, 그에게 필요한 것은 남편보다는 조신한 아내라는 사실만은 분명해 보였다.

그리고 마리는, 누군가의 아내가 되어야만 하는 것이 여자의 운명이라면, 요시코의 아내가 되고 싶다고 생각했다. 요시코는 공주님이고, 군인이고, 누구보다도 멋지고 로맨틱한 사람이라서, 그가 남자든 여자든 그의 아내가 되고 싶다고 생각하는 사람이 한둘이 아니겠지만, 어쩌면 황실 사람이라서 수십 명과 결혼을 할 수 있는 것일지도 모르지만, 마리는 할 수 있다면 그의 아흔아홉 번째 부인이라도 되고 싶다고 생각했다.

자기도 모르게 얼굴이 새빨개진 마리를 보고, 요시코가 소리 내어 웃었다.

"천진으로 가자, 어서 짐을 꾸려."

"예?"

"황후 폐하를 모시러 간다고 했잖아. 한 명이라도 더, 쓸 만한 여자가 있는 게 낫지."

***

"이미 몇 번이나 말했잖아. 나는 황후 자리에 더는 미련이 없다고."

황후 완룽은 팔이 드러난 화려한 치파오에 하이힐을 신은 신식 옷차림으로 그들을 맞이했다. 아편을 피운 듯, 방 안에서 느끼하고 달콤한 향기가 났다. 완룽이 안락의자에 앉자, 강아지 한 마리가 그의 발치에 맴돌다가 무릎 위로 뛰어올랐다. 그는 강아지를 쓰다듬으며, 승마바지에 가죽점퍼를 입고, 고글이 달린 비행사 모자를 쓰고 나타난 요시코와 얼굴에 딱 붙는 보브 컷에 작은 종처럼 생긴 클로슈 모자를 쓰고, 날씬해 보이는 카디건 수트를 입은 마리, 그리고 여장을 한 소년 시종을 보고 눈살을 찌푸렸다.

"그대는 일전에, 남자도 여자도 아니라고 했지? 그런 점은 폐하와도 잘 맞을 것 같은데. 차라리 그대가 나 대신 황후가 되는 건 어때?"

"그것도 나쁘지 않지만, 황제 폐하를 제 둘째 남편으로 삼는 건 좀 예의가 아니지 않나요."

"계집처럼 남의 남자와 접붙고 다니시면서, 그 꼴을 보고 원슈가 질려서 도망쳤더니 자기 체면을 구겼다고 펄쩍펄쩍 뛰기나 하는 황제 폐하께 무슨 예의를 그렇게 차리겠다고 그래? 앉아. 나도 그 사람에게는 완전히 질렸으니까, 날 데려갈 생각은 하지 말고."

시녀가 차를 가져오자, 완룽은 강아지를 놓아주었다. 요시코는 완룽이 권하기도 전에 제 앞으로 찻잔을 끌어당기며 생긋 웃었다.

"황후 자리에 미련이 있든 없든, 한번은 황제 폐하께 가셔야 할 겁니다. 지금 위독하시거든요."

"위독하다고?"

"대련에서 풍토병에 걸리셨어요. 위독하신 것을 직접 보고 왔습니다."

요시코가 눈 하나 깜짝하지 않고 거짓말을 하자, 완룽은 기가 막힌 듯 눈썹을 꿈틀거렸다. 마리는 이런 상황에서도 완룽이 입을 딱 벌리고 넋 나간 표정을 짓지 않는 것에 조금 감탄했다. 황후 자리에 미련은 없다고 말하면서도, 그는 황후의 품위를 지키기 위해 필사적으로 애쓰는 것처럼 보였다.

"조상들의 땅으로 돌아가겠다며 일본 놈들이 시키는 대로 끌려가더니, 거기서 병에 걸렸다고?"

"대련은 거친 땅이죠. 그동안 북경의 일본 조계지에서 편안하게 사셨잖아요? 갑자기 그런 곳에 가셨으니, 몸이 허약하신 데다 옆에서 돌봐 줄 황후 폐하도, 숙비 마마도 안 계시니 가엾은 폐하께서 병에 걸리실 수밖에 없지요. 경우에 따라서는 임종을 지키셔야 할지도 모르는데, 정말로 안 가실 건가요?"

"나는 어리석은 짓은 그만두라고 분명히 말했어."

완룽은 찻잔에는 손도 대지 않은 채 입술을 지그시 깨물었다.

"중화민국이 들어섰을 때, 그는 고작 여섯 살이었어. 여섯 살 이후 그의 영토란 건청문 안쪽의 내정뿐이었지. 민국은 외국 군주를 대하는 예로 대청 황제를 대하겠다고 약속했어. 그게 전부였지. 황실은 망했고, 민국의 자비로 형태만을 유지하고 있는 꼴이었어. 나는…. 우리 두 사람 다 나이가 들면 외국으로 가자고, 우리를 아는 사람이 없는 곳에서 평화롭게 살고 싶다고 말했어. 그런데도 그는, 청나라를 다시 일으키게 해 주겠다는 일본 놈들의 말만 믿고 만주로 갔지. 그런 멍청이가 죽든 살든, 인제 와서 내가 무슨 상관이겠어?"

"민국은 한 가지를 더 약속하지 않았나요? 종묘와 능침을 보호하고, 폐하께서 종묘를 모시는 일을 존중하겠다고요."

요시코는 완룽을 향해 얼굴을 들이밀었다.

"국민당 놈들이 역대 폐하들의 능을 도굴하려 들지만 않았어도, 폐하께서 그런 선택을 하셨을까요?"

"그렇다고 일본에 나라를 팔아?"

"황후 폐하, 이 모든 건 국민당의 잘못이에요. 폐하께서 다소 실수를 하셨더라도, 그리고 불행히 풍토병에 걸리셨더라도, 폐하의 잘못도, 조상들의 땅인 만주에 다시 제국을 세우도록 돕겠다는 일본의 잘못도 아니에요. 무엇보다도 목숨은 소중한 거잖아요? 황후 자리에 미련이 있든 없든, 폐하의 임종을 지키러 가시든 말든, 일단 천진에서는 도망치셔야죠."

"내가 왜?"

"곧 이곳은 불바다가 될 테니까요."

"만주에 사변을 일으킨 게 일본 관동군이라는 이야기는 들었는데."

"어머나, 그건 중국 국민당 놈들이 만주철도를 폭파해서 벌어진 일이죠. 자업자득이랄까요."

"그 배후가 관동군이라는 건 어린애들도 다 알아."

완룽은 요시코를 흘끔 바라보았다.

"그게 아니면, 세상 사람들이 말하는 대로 그대가 만주사변의 배후에 있기라도 한 건가."

"그럴 리가요. 제가 그렇게 할 수 있었다면 정말로 좋았겠지만, 불행히도 저는 관동군이 상황을 정리한 다음에야 만주에 도착했답니다. 이 아가씨가 증인이에요."

요시코는 의자 뒤에 얌전히 서 있던 마리의 허리에 팔을 감으며 소리 내어 웃었다.

"불한당들에게 잡혀서 팔려 가려는 것을, 제가 만주로 가는 길에 구해냈답니다. 잘했죠?"

"그대가 중국인을 돕는 일도 다 있고."

"뭐, 운때가 맞았다고 해야 할까요."

요시코가 마리의 가슴에 머리를 기대는 것을, 완룽은 아무 말하지 않고 노려보기만 했다. 마리는 그 한순간 황후의 눈빛이 기이하게 일렁였다고 생각했다.

"어쨌든 제가 그런 일을 할 수 있었다면 꽤 통쾌했겠죠. 저는 이 중국 땅이 자기들만의 것인 줄 단단히 착각하는 한족들을 정말 싫어하거든요."

"그래서 죽이겠다?"

"상해를 폭격해서 불바다로 만드는 꿈도 가끔 꾼답니다. 폐하께서는 그렇지 않으신가 보죠?"

"내가 황후로 책봉된 것은 신해년 이후의 일이었지."

완룽은 우아한 손짓으로 찻잔을 집어 들며 중얼거렸다.

"그러니 나는 황후라 해도 국모도 무엇도 아니야. 그저 폐하의 정실일 뿐이지. 쑨원이나 위안스카이 같은 반역자들이 황실을 몰아내고, 공화국이니, 중화민국이니, 중화제국 같은 것을 세웠다고 해도, 나와는 상관없어."

"그래서, 그들을 전혀 미워하지 않는다는 건가요? 부처님처럼 마음이 넓으시네요."

"안 될 것 있어? 만약 내가 황태후가 되었다면 사람들은 나를 부처님(노불야, 老佛爺)이라고 불렀을 텐데."

"마음이 넓으신 김에 이번에는, 한 번만 폐하께 가 주세요."

그 순간 완룽의 표정이 기묘하게 흔들렸다. 요시코는 은근한 미소를 지으며 다시 한번, 완룽을 향해 몸을 숙였다. 요시코는 부츠 끝으로 완룽의 치파오 자락을 슬그머니 걷어 올리며 속삭였다.

"제가 이렇게 부탁드리잖아요, 예?"

* * *

요시코는 탈출에 적합한 때가 오기를 기다린다며 며칠 동안 완룽의 저택에 눌러앉았다. 그사이 천진의 하녀들 사이에는 사실과 거짓이 반반 섞인 소문 하나가 퍼지고 있었다. 그것은 완룽 저택에서 벌어진 갑작스러운 죽음에 대한 소문이었다.

숙친왕의 열네 번째 딸인 군군이 가정교사와 함께 완룽 저택에 방문했는데, 가정교사가 그만 갑자기 세상을 떠났다는 이야기였다. 군군은 무척 애통해하며, 가정교사의 시신을 모시고 돌아갈 수 있도록 도와 달라고 완룽 황후께 간청했다는 이야기가 퍼져나갔다.

"원래 거짓말을 잘하려면 먼저 사실이 있어야 한다니까."

소문을 퍼뜨린 장본인인 요시코는, 창밖을 내다보며 달콤한 향이 나는 담뱃대를 입에 물었다. 완룽이 피우고 있던 것과 같은 아편이었다.

"사실 이 소문을 내기 위해 여기까지 왕림한 거나 다름없지."

"격격께서 황후 폐하를 방문하셨다는 것요?"

"그래, 여기 저택에도 국민당의 감시원들이 있으니까 전부 다 속여야 하거든. 소문이 적당히 나 주었으니까, 이제 나는 황후 폐하를 내 수행원으로 꾸며서 여길 떠나야지. 관도 하나 마련해야 하고."

"관을요?"

"안에 든 시신이 상하지 않게 납으로 밀봉까지 한 커다란 관을 배에 싣고 돌아갈 거야. 그 안에 황후 폐하의 이삿짐들을 넣어야 하거든. 내 소중한 가정교사를 고향 땅에 묻어드리겠다는데 누가 감히 뭐라고 하겠어?"

요시코는 어울리지 않게 검은 수트를 꺼내 입었다. 커다란 관이 저택으로 들어올 때, 그는 문밖까지 나가서 관을 확인하고 안으로 들였다. 몇 번이나 눈물을 찍어 내는 모습을 보인 것은 물론이었다. 관이 들어오자, 마리는 완룽의 침실 옆방에 몰래 관을 들여놓고 황후의 옷과 애장품들을 그 안에 집어넣었다. 저택 사람들에게는 절대로 들켜서는 안 될 계획이었기 때문에, 이 일은 마리 혼자서 해야만 했다. 때때로 침실에서 완룽과 요시코의 목소리가 들려왔지만, 마리의 두 손은 그 순간에도 부지런히 할 일을 했다.

"…대체 황후 폐하께 무슨 짓을 하시는 거예요."

관에 짐을 정리해 넣는 일이 거의 다 끝난 뒤에야, 마리는 얼굴을 붉히며 물었다. 요시코는 별일 아니라는 듯 어깨만 으쓱거렸다.

"고지식하게 굴지 마. 어차피 나도, 완룽도, 푸이도, 아무것도 남기지 못할 텐데."

"하지만…."

마리는 어쩔 줄 몰라 하다가, 덜덜 떨리는 손으로 요시코의 뺨을 그저 어루만졌다. 요시코는 많이 겪어 본 일이라는 듯 태연히 웃었다.

"이리 와."

야무진 손끝에 블라우스의 단추가 풀려나가고, 마리는 순식간에 요시코의 품에 안겼다. 창밖의 총성도, 만주로 돌아갈 때까지의 앞날도, 아무것도 떠오르지 않았다.

며칠 뒤, 완룽은 클로슈 모자를 쓰고 원피스를 입은 채 마리의 이름으로, 마리는 멜빵 바지에 재킷을 입고 소년 시종의 이름으로 배에 올랐다. 여장을 하고 온 소년 시종의 모습은 며칠째 보이지 않았고, 마리는 그의 행방이 어떻게 되었는지 차마 묻지 못했다.

관이 배에 실렸다. 배는 출항을 앞두고 첫 번째 기적을 울리기 시작했다. 그때 완룽이 처음으로 당황하는 표정을 보였다.

"슈슈!"

"예?"

"슈슈를 두고 왔어, 내 개 말이야."

배는 곧 떠날 것이다. 하지만 완룽은 완강했다.

"슈슈를 데리고 가지 못한다면, 나는 못 가."

마리는 시계를 쳐다보았다. 지금 달려간다면, 시간에 맞출 수 있을까. 아슬아슬했지만 불가능할 것 같진 않았다. 무엇보다도 요시코가 여기 있다면, 어떻게든 기다려 줄 것만 같았다. 마리가 요시코를 향해 머리를 숙였다.

"격격, 제가 다녀오도록 허락해 주세요."

요시코가 웃으며 고개를 끄덕였다. 마리는 가짜 신분증을 품에 넣은 채, 배에서 내렸다. 그리고 항구에 묶여 있던 자전거를 훔쳐 타고 달리기 시작했다. 숨이 턱까지 차도록 페달을 밟아, 언덕 위에 자리한 완룽 저택으로 향했다. 몰래 저택에 숨어들어 하녀 옷을 뒤집어쓰고, 그대로 완룽의 방으로 뛰어 올라갔다. 개는 그곳에 없었다. 다시 완룽의 거실로, 자신이 숨어서 일했던 옆방으로 돌아다니는데, 복도에서 하녀들의 목소리가 들렸다, 마리는 커튼 뒤에 몸을 숨겼다. 햇살을 쬐어 따뜻해진 커튼 뒤에, 완룽의 새하얀 강아지가 웅크린 채 잠들어 있었다. 마리는 슈슈를 얼른 품에 안고, 난로에 불을 넣기 위해 하녀들이 사용하는 숨겨진 복도를 통해 밖으로 나왔다. 그리고 남자 옷 위에 하녀 옷을 걸친 괴상한 차림으로 자전거에 올랐다. 개가 밖으로 튀어 나가지 않도록 앞치마로 감싸 묶은 뒤, 페달을 밟아 비탈을 달려 내려갔다. 배는 이제 출발을 앞두고 거의 마지막 기적을 울리고 있었다.

***

만주로 돌아간 뒤, 요시코는 아버지인 숙친왕이 어린 시절 지냈던 저택 중 작고 아담한 집을 얻어 잠시 지냈다. 그 집은 마치 과거의 북경과 자금성, 일본과 상해가 뒤섞인 것 같은, 혼란스럽고 아름다운 곳이었다.

이곳에서 마리는 요시코의 그림자처럼 살았다. 요시코는 어떤 날은 마리에게 치파오를, 어떤 날은 소년 급사 같은 옷을 입혔고, 또 어떤 날은 화려한 후리소데 기모노를 입혀 놓고 일본식으로 마리코라고 불렀고, 아주 뜬금없이 지즈코나 하루코 같은 낯선 일본 이름으로 부르기도 했다. 어떤 날은 커다란 침대에서 하루 종일 함께 뒹굴다가, 사진이 잔뜩 든 상자를 가져와 옛 사진들을 보여 주기도 했다.

"여기 사진 속 집은 낯이 익어요."

"그래, 지금은 폐하께서 살고 계신 곳이야. 우리 가족이 한때 살았었지."

요시코는 달콤하기 그지없는 목소리로, 자신의 과거에 대해 이야기했다. 청나라 황족인 숙친왕의 딸로 태어났지만, 아버지의 친구이자 청나라 황실 재건을 돕겠다고 입버릇처럼 말하던 가와시마 나니와의 양녀가 되어 어린 나이에 일본으로 갔던 것, 그곳에서 양어머니의 구박을 받았던 일들을. 자신을 청 황실의 후예라고 생각하지만, 중국인이라고 생각하지 않는다는 것과 그렇다고 일본인이 될 수도 없었다는 이야기까지 전부 다.

"오죽하면 말야, 내가 어렸을 때 누군가가 내게 중국어로 묻더라. 당신은 어느 나라 사람이냐고. 나는 뭐라고 대답해야 좋을지 몰라서 그냥, 일본에서 자라서 중국어를 못 알아듣는 척, 고개만 갸웃거렸어."

"하지만 격격께서는 일본인의 양녀가 되셨잖아요. 이름도 바꾸셨잖아요."

"가와시마 아버지는 나를 입적하지 않았어. 일본에서 자라고 공부했지만, 나는 일본인이 될 수도 없었던 거지. 법적으로 일본인이 아니었으니까 학교에도 정식으로는 갈 수 없었어, 잘은 모르지만 청강생 같은 것으로 다녔던 것 같아."

"대체 왜요?"

"내가 만주인으로, 청나라 공주로 남아 있어야 했으니까."

"…왜요?"

"그래야 언젠가 청나라의 후손이자 일본에서 자란 나를 중심으로, 일본의 뜻대로 움직이는 청나라를 부활시킬 수 있을 거라고 생각했으니까. 가와시마 아버지는 늘 말씀하셨어. 만주야말로 동아시아의 중추신경 같은 곳이라고. 만주와 일본이 손을 잡아야 아시아가 평화롭다고."

"격격께서도… 그 말씀에 동의하시나요?"

요시코는 쓴웃음을 지었다. 하지만 곧 그는 상자를 덮어 밀어 놓으며 대답했다.

"영국 여자가 쓴 건데, 『소공녀』라는 소설 읽어본 적 있어?"

"아뇨."

"거기 보면 다이아몬드 광산 사업에 투자한 크루라는 남자가, 딸을 영국 런던에 있는 훌륭한 기숙학교에 맡겨. 교장은 크루가 큰 부자가 되면 학교도 덕을 볼 거라고 생각하고 그 딸인 세라에게 최고의 교육을 받게 했지. 다이아몬드 광산왕의 딸을 공주님처럼 가르치고 있다며 학교의 얼굴처럼 데리고 다니고, 자랑스러워하고…. 그런데 어떻게 되었는지 알아?"

"어떻게 되었는데요?"

"크루가 죽었어. 다이아몬드 광산에 투자한 돈은 사라졌어. 교장은 세라를 하녀로 만들고, 식사조차 제때 주지 않았지. 세라는 아직 어린아이였는데도."

마리는 요시코가 무슨 말을 하려는 건지 이해했다. 청 황실이

다시 권력을 잡고, 자신이 되살아난 청 황실의 측근이 될 수 없다면, '가와시마 아버지'도 마찬가지였을 거라고. 자신이 아무리 재능이 뛰어나더라도 아무짝에도 쓸모없는 사람처럼 취급하고, 어쩌면 일본 호적도, 자신을 보호할 그 무엇도 갖지 못한 요시코를 길거리에 내버리고도 남았을 거라고. 요시코는 그 말을 하고 싶은 것이다. 마리는 요시코를 끌어안고 서투르게 토닥거렸다.

"그나마 『소공녀』에 나오는 교장은 여자였으니 망정이지."

요시코가 키득거렸다. 그의 손가락 끝에, 지금의 요시코와 닮았지만 너무나 달라 보이는 사진 한 장이 집혔다. 사진 속의 요시코는 일본 인형처럼 화려한 후리소데를 입고, 긴 머리카락을 완벽하게 손질하여 틀어 올린 모습을 하고 있었다.

"가와시마 아버지는 자신이 불우한 왕자인 숙친왕의 가장 가까운 친구이자 의형제라는 것을 늘 자랑스러워하고, 사방에 떠벌였지. 그러다가 아버지가 돌아가신 뒤, 가와시마 아버지는 내게 결혼을 요구했어."

"예?"

"청 제국의 혈통을 이은, 자신의 아들을 낳아 달라고 하더군. 남자들이, 아버지 잃은 젊은 여자들에게 흔히 요구하는 그런 것들이었지."

요시코는 들고 있던, 자신의 후리소데 차림의 사진을 흔들다가 북 찢었다.

"내가 열여섯 살 되던 그해에 가와시마 나니와의 집에서 무슨 일이 일어났는지는 말하지 않겠어. 하지만 그다음 날, 나는 이 사진을 찍고, 머리를 짧게 자르고, 나는 영원히 남자도 여자도 아니라고 선언했지."

마리는 뭐라고도 말을 하지 못한 채, 요시코의 짧게 잘린 까만 머리카락을 내려다보았다. 그때 요시코가 마리의 품으로 파고들며 중얼거렸다.

"내가… 그때 너를 데려온 건… 그래서였을지도 몰라."

가와시마의 양녀가 되어 일본으로 끌려갔던 요시코가 이 땅에 돌아왔을 때에는, 숙친왕도, 요시코의 생모도 이미 이 세상 사람이 아니었다. 형제들은 일본인으로 자란 요시코를 낯설어했고, 북경정변이 일어나 황제와 황후는 자금성에서도 쫓겨난 상태였다. 평생을 두고 그는 낯선 손님이고 이방인이었다. 중국인도 일본인도 될 수 없었던, 어느 아버지의 딸도 될 수 없었고, 남자도 여자도 될 수 없었던 그에게는 오직 길 위만이 있을 뿐, 어디에도 자신의 자리라 할 만한 것이 남아 있지 않았다.

그렇다면 내가, 그 자리가 될게요. 당신이 남자도 여자도 아니어서 곤란하다면, 나도 남자도 여자도 아닌 사람이 될게요. 당신이 중국인도 일본인도 아니라면, 나도 그렇게 할게요. 어떤 식으로든, 어떤 형태로든, 내가 당신의 돌아올 곳이 될게요. 그렇게 되게 해 주세요, 제발. 마리는 눈물로 속삭였다. 요시코는 음, 음, 하고 졸음에 겨운 목소리로 나직하게 대답하며 고개만 끄덕였다.

그리고 이틀 뒤, 요시코는 집에 미용사를 불러 마리를 단장하게 했다. 마리가 난생처음 머리를 올리고, 화려한 후리소데를 입고 서재로 갔을 때, 요시코는 머리를 포마드로 빗어 넘기고, 검은 하오리와 하카마 차림으로 요시코를 기다리고 있었다. 서재 한쪽에서는 사진사가 커다란 사진기를 설치하고 있었다. 마리는 두리번거리다 조심스럽게 물었다.

"지금 뭐 하시는 거예요?"

"약혼 사진."

요시코는 마리를 끌어안았다. 두 사람은 의자를 나란히 놓고 앉았다. 사진이 찍히는 시간은 영원처럼 길게 느껴졌지만, 마리는 조금도 지루하지 않았다. 그저 지금 이 순간의 마음이 언제까지나 계속되기만을 간절히 바랐다.

***

물론 약혼 사진 같은 것을 찍었다고 해서, 요시코가 마리 한 사람에게만 충실한 것은 아니었다. 며칠 지나지도 않아 요시코는 마리를 데리고 다시 상해로 돌아갔다. 그러고는 예전에 살던 집에 쑨원의 아들이자 중화민국의 요인인 쑨커나 후한민 같은 국민당 쪽 인사들, 광동파의 거물들, 여러 군벌들을 두루두루 불러들였다. 그들과 술을 마시고 마작을 하고 잠자리를 하며 얻어 낸 군사 기밀들은 요시코를 자주 찾아오는 일본 총영사관 주재 무관 다나카 류키치 소좌의 손을 빌려 착실하게 일본군에 전달되었다.

"격격께서는, 소좌를 사랑하시는 거죠?"

해가 바뀌고 마리는, 다나카 소좌가 돌아간 뒤 요시코의 침실을 정리하다 말고 물었다. 요시코는 입을 반쯤 벌리며 소리 내어 웃었다.

"그렇게 보여?"

마리는 대답하지 않았다. 젖고 구겨지고 엉망이 된 침대 시트를 갈고 환기를 하는 내내, 얇은 네글리제 한 장만 입은 채 홀짝홀짝 술을 마시는 사람에게 진지하게 대답했다간, 무슨 대답이 돌아오더라도 비참할 것 같아서. 대답 대신 마리는 요시코가 들고 있는 술잔을 물끄러미 바라보았다. 마리의 시선은 요시코의 손끝에서, 그의 붉은 입술과 하얀 뺨, 그리고 새카만 머리카락을 향했다. 눈처럼 하얗고 흑단처럼 검고 피처럼 새빨갛더라는, 옛날이야기에 나오는 공주님이 이렇게 아름다울까.

하지만 그의 공주님은 변덕스럽지. 잠시 다정하게 굴며 사랑해 주는 것 같지만, 그때뿐이다. 어떤 약속도 그의 입술 위에서는 허망해지고, 비익연리 같은 말들은 지루한 농담이 되어 버린다. 처음부터 그에게 무언가를 바랐던 것은 아니었다. 약혼 사진 같은 것도 요시코가 지루함을 이기지 못하고 친 장난 비슷한 것이라 생각했지만, 마리의 마음까지 장난이었던 것은 아니었다.

"어제 신문에, 뭔가 특이한 건 없었니?"

"있었어요. 일본의 천황 폐하께서 관병식에 참가하고 황거로 돌아가시던 중에, 조선인 청년이 폭탄을 던졌다던데요."

"음, 그렇지?"

"별일은 없었다고 했어요. 폭탄은 터지지 않았고, 그 청년은 바로 체포되었고요."

"그래, 그리고 국민당 놈들은 그걸 신이 나서 대서특필했지."

요시코는 기지개를 켜며 중얼거렸다.

"한인이봉창저격일황불행부중(韓人李奉昌狙擊日皇不幸不中)…. 조선인인 이봉창이라는 청년이 천황 폐하께 폭탄을 던졌으나 불행히도 명중시키지 못했다고. 정말, 이럴 때는 가와시마 아버지 말씀도 틀리지 않았다니까."

"그분이 뭐라고 말씀하셨는데요."

"중국은 망가진 차와 같다. 우둔하고, 상스럽고, 모래와 같아서 단단히 뭉치지도 못한다고. 지금이 어떤 상황인데, 조선인이 폭탄을 던졌는데 '불행히도 명중시키지 못했다' 같은 소리나 하고 있고. 멍청이들."

요시코가 입술을 씰룩거리며 고개를 돌렸다. 마리는 입안이 바싹 마르고, 배 속이 타들어 가는 느낌이 들었다. 그런 말을 하면서도 아무렇지 않을 수 있는 사람이구나. 정말로 당신은 자신이 중국인이라는 생각이 전혀 없는 사람이구나. 언제까지나 당신의 시선은 망해 버린 청나라에 못 박혀 있고, 당신의 생각은 만주 땅에 청나라를 다시 일으키자는 일본인들의 속삭임에 묶여 있는 것이었구나. 당신에게 있어 사랑은 가치가 없고, 당신의 몸은 허리가 가벼운 사람들을 함락시켜 비밀을 술술 털어놓게 만들기 위한 도구일 뿐이고, 당신을 바라보는 나의 마음 같은 것은 처음부터, 아무것도 아니었구나. 당신이 애초에 말했던 대로, 당신은 그냥 심심했던 것뿐이었구나. 모험과 모험 사이에, 음모와 배신 사이에, 아주 잠시 인연이 닿아 당신이 나를 구했고, 나는 그렇게 당신에게 반한 채 여기 있는 것이었구나. 눈물이 날 것 같은 것을 꾹 참으며, 마리는 고개를 돌렸다. 요시코는 그런 마리의 마음 따위 개의치 않는 듯, 콧노래를 부르며 백지를 펼치고 뭔가를 적기 시작했다.

"…연애편지 심부름 같은 건 다른 사람에게 맡겨 주세요."

"그런 것 아냐."

"그럼 뭔데요."

"그냥, 오라버니께 부탁드릴 게 있어서 그래. 다녀와 줄 거지, 마리?"

요시코가 오라버니라 부르는 사람은, 숙친왕의 몇 번째 아들이었나 하는 그의 친오빠였다. 이전에도 몇 번이나 심부름을 했었기 때문에, 마리는 별다른 말 없이 요시코가 봉해서 내미는 편지를 받아들었다.

편지를 전하고 며칠 뒤, 상해에서 무슨 수건 공장의 십장이라는 남자가 찾아왔다. 요시코와 만날 만한 사람이 아니라 여겨 돌려보내려 했는데, '오라버니'가 보내서 왔다는 말에 안으로 들여보냈다. 그리고 또 며칠 뒤에는 다나카 소좌가 보낸 사람이라는 일본인 청년 두어 명이 저택에 찾아왔다.

다섯 명의 일본인 승려가, 수건을 만드는 삼우실업이라는 회사 앞을 지나갔다. 어지간하면 일본인들이 몸을 사리던 시기, 그들은 그 앞에서 독경을 하다가 수건 공장 노동자들과 시비가 붙었다. 승려들이 두들겨 맞았고, 다음 날 상해의 일본인들이 항의에 나섰다. 그중 한 명이 보란 듯이 삼우실업에 불을 질렀다. 중국 관헌들이 이를 막으러 나서자, 불을 지른 일본인이 관헌 두 명을 일본도로 베었다. 상해 시민들이 들고일어났다. 너희는 살인자라고, 여기는 일본인의 땅이 아니라고, 일본으로 돌아가라고 외쳤다. 상해 곳곳에서 싸움이 벌어졌다. 그리고 일본군은 서른 척의 함정을 상해 앞바다에 집결시켰다.

상해사변의 시작이었다.

***

마리는 비록 학교에 다니진 못했지만, 글을 읽을 줄 알았고 영어를 할 줄 알았다. 요시코와 함께 지낸 백 일 동안, 마리는 망국의 공주인 요시코가 어떻게 화려한 생활을 할 수 있는지, 어째서 그는 군복을 입고, 중국의 군벌들과 일본군 장교들과 어울리는지, 그 비밀을 전부 깨달았다.

일이 돌아가는 방식을 알았다고 해도, 어쩔 수 없다고도 생각하려 했다. 요시코는 화려한 사람이었고, 자신 같은 수수한 시골 처녀와는 어울리지 않는 사람이었다. 그저 한 번, 목숨을 구해 주었고 또 한 번, 평생의 기념이 될 것 같은 약혼 사진을 찍어 준 것만으로도, 자신은 평생 요시코를 사랑할 수 있었다. 하지만 연일 창밖에서 들려오는 총성과 창문을 열면 코를 찌르는 화약 냄새와 피비린내는, 마리의 멱살을 잡고 그를 꿈속에서 끌어올렸다.

계엄령이 선포되었다. 상해를 수비하던 십구로군은 황포강에 포대를 설치하고 방어에 나섰다. 상해 앞바다에서 군함으로 농성하던 일본군이 상륙했다. 북사천로에서 충돌이 시작되었다. 국민당 정부가 상해에 최정예 부대를 지원하자, 일본군도 다시 본국에서 병력을 데려왔다. 한 달이 조금 넘도록, 상해는 아시아에서 가장 첨예한 전쟁터가 되어 있었다. 20만 명 가까이 되는 중국인들이 고립되고, 수천 명이 살해당했다. 언젠가 요시코가 완룽 앞에서 말했던 것처럼, 그는 상해를 불바다로 만드는 데 성공했다.

알고 있었다. 만주에 청 제국을 다시 세운다는 요시코의 꿈은, 결국 만주 땅에 일본의 꼭두각시 정부를 만들겠다는 것과 같은 이야기라는 것을. 요시코에게 있어 중국은 청나라 황실을 몰아내고 제멋대로 공화정부를 세운 반역자의 도당과 같겠지만, 마리에게도 그런 것은 아니었다. 요시코는 어릴 때 일본인의 양녀가 되어 일본을 조국보다 더 가까이 여기는 친일파 정도가 아니라, 청 제국을 다시 세우기 위해 중국을 일본에 팔아넘길 각오가 된 매국노였다. 그동안 그가 했던 수많은 일들이, 결국은 그런 일이라는 것을 알고 있었는데도.

그런데도 모르는 체하고 있었다. 사랑하게 되어 버려서.

"격격."

잠든 요시코를 내려다보다, 마리는 문득 중얼거렸다. 신문에 실린 자신의 사진 아래에 한간이라는 말이 붙어 있는 것을 두고 저녁 내내 투덜거리던 요시코는, 기분 좋게 술에 취한 채 마리의 품에 안겨 잠들었다. 이대로 이 사람을 죽여 버릴까. 이 사람을 죽이고, 나도 죽으면 모든 죄가 사해질까. 그럴 리 없었다. 입술을 겹치고, 눈물로 그의 뺨을 닦아 내고, 마리는 조용히 일어났다. 그리고 술에 취해 잠든 요시코의 침대를 내려다보며, 창틀을 밟고 올라가 목을 맸다.

***

한간이라는 말은, 처음에는 한족의 배신자라는 말로 쓰였다. 하지만 혼란스러운 근대화의 과정 속에서, 한간이라는 말은 중국을 배신하고 외국 침략자와 내통한 사람들, 특히 일본에 부역한 매국노를 뜻하는 말로 쓰이게 되었다.

스파이로서 군 기밀을 빼내고 사변을 일으키며, 가와시마 요시코는 망국의 공주이자 화려한 스파이로, 미모와 스캔들로 명성을 떨치며 화려한 시절을 보냈다. 그가 열하 경계부대의 사령관으로서 군복을 입고 칼을 찬 사진은 널리 알려졌다. 그리고 전쟁이 끝난 뒤, 가와시마 요시코는 그간의 행각을 선정적으로 묘사한 소설과 신문기사, 그리고 사령관 계급장을 달고 찍은 그 사진이 증거가 되어, 민족 반역자로 체포되었다. 요시코를 구명하려는 이들은 적지 않았다. 요시코는 어린 시절 가와시마 나니와의 양녀가 된 일본 국적자이니, 중국의 민족 반역자가 아니라 일본인 포로라고 설득하려는 이들도 있었다. 하지만 요시코는 서류상으로도 여전히 중국인이었기 때문에, 결국엔 반역자로서 총살당했다.

이 유명한 스파이 신화를 믿던 이들은, 군인들이 요시코의 미모에 반해 공포탄만 쏘고 요시코를 놓아주었다고 주장하기도 하고, 누군가는 몇십 년이 지난 뒤, 사실은 자기 마을에 살던 할머니가 청나라 공주이자 유명한 한간인 가와시마 요시코였다고 증언하기도 했다. 하지만 기적도 이변도 없었다. 그는 마지막 순간에 절명시를 남겼고, 그대로 처형당했다.

가와시마 요시코는 처형장으로 끌려가기 전, 유리 건판 사진 하나를 품속에 넣었다고 한다. 하지만 마침내 가와시마 나니와가 요시코의 시신을 수습했을 때, 요시코가 품고 있던 유리 건판은 피에 물들고 산산히 부서져, 그 형체를 알아볼 수 없었다.

5.

포와 기담
(1933년 여름)

하올레들은 말이 많았다. 그들은 우리가 자기의 말을 알아듣지 못할 거라고 생각하는지, 그들이 생각하는 '피부가 노랗고 검은 사람들'에 대해 제멋대로 떠들어댔다. 일본이나 중국에서 온 사람들이라고, 그곳의 남자들은 술과 노름이며 아편에 빠져 있어서 못 써먹을 사람들인데, 이곳에서 부지런히 돈을 벌어 고향의 여자들을 돈을 주고 사 왔다고. 조금 배운 사람들은 우리에 대해 그렇게 말하기도 했다. 조선에서 온 사람들은 일본 사람들과 조금 다른 사람들이라고, 그들은 일본 여권을 갖고 있지만, 말이며 풍습이 다르다고. 하지만 그들 역시도 고향의 여자들을 돈을 주고 사 왔노라고 말이다. 그들은 돈을 주고 신부를 사 왔기에, 신부를 마구 두들겨 패고 학대한다고, 저 여자들은 가엾은 사람들이라고 말하는 이들도 있었다. 그리고 이곳에서 적어도 9년, 길게는 31년 가까이 살아 온 조선 여자들은 그런 이야기들을 들을 때마다 속으로 코웃음을 쳤다.

"듣고 있으면 참, 우습지도 않다는 거다."

올해로 하와이, 조선 사람들은 포와라 부르는 이 섬에 온 지 16년이 된 토미 엄마는 하올레들이 가게를 나서자마자 그들을 비웃었다.

"조선 땅이 찢어지게 가난하긴 하지만 말이다. 그래, 뭐. 백번 양보해서 돈 때문에 딸자식들 팔아 치우는 아비들이 없는 것도 아니긴 하지만."

"사람을 사고팔기로 치면 고작 100달러, 200달러로는 턱도 없지요."

"내 말이 그 말이야. 윤 소사는 얼마 받고 왔어?"

"180달러요."

"나는 100달러였는데. 아니, 그걸로는 여기까지 오는 뱃삯에, 여권 만드는 돈에, 중매쟁이들 거간비만 해도 간당간당한데. 그래도 윤 소사는 나보다는 낫네, 그래."

"토미 어머니 오실 때보다 물가가 올랐을 거예요. 저도 여비며 각종 수속이며, 중매해 주시는 박 여사님 거간비 드리고 나니까 딱, 입을 옷 한 벌 장만할 돈이 겨우 남더라고요."

"그런데도 말이야, 하올레들은 몰라서 그렇다고 치고. 아니, 조선 남자들은 왜 그렇게 생색을 내나? 결혼하면서 처가에 크게 한밑천 떼어 준 것도 아니고. 꼴랑 오는 경비 하면 남는 것도 없는 돈을 줘 놓고는, 그걸로 사람을 사 온 줄 알고 아주 뽕을 뽑아 먹으려 들고."

"그것뿐인가요."

마리가 쓴웃음을 지으며 대꾸했다.

"저는 진짜, 나이를 열 살쯤 속인 것도 아니고 어떻게 서른 살이나 속일 수가 있어요. 아무리 조선에서 하와이까지가 멀다 해도 그렇지, 제가 물을 건너오는 동안 30년이나 흘렀나 했어요. 그래도 토미 아버님은 나이 같은 걸로는 사람을 속이질 않으셨지요."

"나이는 안 속였지만 상판은 속였지. 남의 사진을 찍어서 보냈을 줄 누가 알았겠나?"

마리와 토미 엄마는 머리를 맞대고 낄낄 웃다가, 허탈한 한숨을 쉬었다.

"그래도 말이다, 처음에는 그렇게 못된 생각들 하던 서방들도 살 맞대고 살고 아이도 낳고 하다 보면 또 좀 달라지기도 하더라. 윤 소사 너야 그럴 복은 없었다지만…."

"뭐, 그거야 제가 박복한 탓이고요."

"하올레들이 문제다, 하올레들이. 우리랑 살 것도 아니면서 괜히 걱정하는 척 헛소리들이나 하는 것이…. 우리가 정말로 못 알아듣는 줄 아는 건지, 아니면 알아듣기는 알아들어도, 먼 나라 와서 세탁 일이나 하는 여자들은 같은 사람이라고 생각하질 않으니까 저렇게 막말을 하는 건지."

"정말 못 알아듣는 줄 알던데요."

"정말로?"

"우리가 영어 못 하는 줄 알아요. 그러니까 예스, 노, 그런 것 말고 좀 길게 이야기하면 깜짝 놀라는 것을 보면요. 아니, 우리가 여기 한두 해 산 것도 아닌데."

마리의 말에, 토미 엄마는 머리를 절레절레 흔들며 혀를 찼다.

"듣자 하니 하올레 지들도 처음부터 여기에서 살았던 건 아니라면서."

"하와이에도 원래 여왕이 있었지요. 여기 미국 백인들을 그대로 뒀다간 나라가 망할 거라고, 미국인들이 정치에 간섭하지 못하게 하려다가 폐위당했지만."

"오메, 일본 놈들이나 여기 하올레들이나 그 밥에 그 나물이었구먼."

토미 엄마가 구시렁거렸다. 그러다 무슨 생각이 들었는지 마리를 흘끔 쳐다보았다.

"그래서, 그 여왕은 죽었다던가?"

"아뇨, 나라를 되찾을 방법을 여기저기 수소문하다가 잠깐 징역살이를 했다던가…. 미국인들이 죽이진 않았다는 것 같아요. 나이 들어서는 결국 포기하고 조용히 살았다고."

"저런, 저런."

나라를 빼앗긴 여왕이라는 말에, 토미 엄마는 손끝으로 눈물을 찍어냈다. 하지만 그 여왕이 살아 있었다면, 여기 와서 일하는 조선인들 역시 미국인들의 하수인이라 생각하고 미워했을지도 모른다. 애초에 남북전쟁 때문에 설탕 공급에 차질이 생기자, 이곳 하와이에 거대한 사탕수수 농장을 만들었던 것이 바로 미국인들이었다. 미국인들은 사탕수수 농장에서 농사를 지을 인력이 부족하다며 중국인 노동자들을 불러들였고, 그다음에는 일본인 노동자들을 끌어들였다. 그리고 시간이 지나 일본인 노동자들이 농장을 떠나거나 동맹 파업을 하게 되자, 그다음으로 끌어들인 것이 일본 국적을 가진 조선인 노동자들이었다. 그런 내막까지는 모르는 토미 엄마는 세제를 넣어 둔 양철통 위에 엉덩이를 들이밀고 쭈그려 앉으며 한숨을 쉬었다.

"왕이 나라를 빼앗겼으면 그렇게 좀, 나라를 되찾겠다고 열심히 뭐라도 해야지…. 조선 왕족들은 그런 것 보면 다 파이지 않나. 일본에서 귀족이라고 으스댄다는데…. 그런 것 보면 이승만 박사가 얼마나 대단한지 몰라. 전주 이씨, 그러니까 왕족의 먼 친척인데도 여기 하와이까지 와서 독립운동을 하고 계신 것이 말이야."

"…그러게요."

"이씨라고 다 왕족이냐는 사람들도 있지만, 그래도 이 박사는 할아버지가 무슨 대군이시라잖아. 얼마든지 떵떵거리고 살 수 있는 분인데 나라를 찾겠다고 이렇게 포와까지 와서 고생을 하시고…."

그렇다고는 한다. 그 자랑하는 대군 할아버지가 양녕대군이라서 그렇지.

세종대왕의 형님인 양녕대군이면, 거의 오백 년 전 사람이었다. 오백 년 전 조상이 왕족이었으니 자기도 왕족이라 주장하는 것에 마리는 요만큼도 동의할 수 없었지만, 토미 엄마가 눈을 빛내며 말하는 것을 보고 성의 없이 고개를 끄덕였다. 토미 엄마는 하와이에 망명한 이승만이 세운 한인기독교회에 매주 나가는 열성적인 신도였다. 이승만은 조선인 이민자들이 흩어져 있는 하와이 군도 여덟 개 섬을 조선 팔도에 비유하며, 한인기독교회를 세워 이곳을 중심으로 조선인들의 커뮤니티를 만들려 했다.

"어떻게든 조선이 독립되어야 우리도 심(心)을 펴고 살 텐데. 그런데 윤 소사는, 우리 교회에 정말 안 나올 거고?"

많은 조선 사람들은 한인기독교회를 중심으로 모여들었다. 이들은 조선의 독립에 대해 이야기하고, 조선인들끼리 서로 돕고 살려 했다. 하지만 마리의 눈에, 이곳은 교회라기보다는 향약 같은 것에 가까웠다. 마리가 보기에 이곳의 신은 하느님도, 예수님도 아니었다. 이곳 사람들은 이승만을 존경하고 추앙했다. 심지어는 상해 임시정부의 초대 임시 대통령이 된 이승만이 수많은 문제를 일으켜 탄핵을 당한 뒤에도, 이들은 임시정부가 아니라 이승만의 편을 들었다.

"저도 정말 가고 싶은데, 교회에만 다녀오면 때도 아닌데 달거리가 쏟아지고 몸이 아픈 걸 어떡하나요."

"달거리 쏟아지는 건, 그건 혼인을 해서 서방이랑 살아야 나을

병인데."

"저희 집이 대대로 불심이 워낙 깊으셨어서 그런가 봐요. 애초에 제가 여기까지 온 것도, 제가 과부가 되거나 비구니가 될 팔자라고 그래서 온 거였어요. 태평양을 건너오면 이 사나운 팔자를 좀 고칠까 하고."

"그래, 그런데 뭍에 닿아 겨우 혼인신고를 하자마자 신랑이 딱 죽어 고꾸라질 줄 누가 알았겠어."

"그러게 말이에요. 팔자라는 게 무섭기는 무섭데요. 아, 그리고 이거…. 얼마 안 되지만 학교에 아이들 책이라도 사 주는 데 쓰고 싶은데요."

"목사님 심방 오시면 직접 드려. 매번 내가 전해 주면, 윤 소사가 그렇게 정성을 다하는 줄 누가 알겠어…. 목사님 눈에 한 번이라도 더 띄고, 어떻게 이 박사 눈에도 띄고 해야 사람들이 윤 소사를 오해하는 일이 없지. 내가 보기에는 윤 소사만 한 사람도 없는데. 아니 그래?"

"예…."

마리는 고개를 끄덕였다. 목사든, 이승만이든, 마리의 알 바는 아니었지만, 혼인신고만 하고 바로 과부가 되어 이곳에서 홀로 살아가는 마리가 한인기독교회와 아주 척을 지는 것도 어리석은 일이었다. 마리는 한인기독교회에 나가진 않았지만, 때때로 교회나 학교에 성금을 보냈다. 사람들이 이승만을 칭송하는 소리를 들으면서도, 속마음이야 어떻든 겉으로는 그런가 보다

하는 표정으로 고개를 끄덕였다. 어쩌면 이승만은 정말로 조선이 독립되는 것보다, 조선이 독립되지 않은 이 상태에서 목에 힘 주고 망국의 왕을 자처하는 지금을 더 마음에 들어 할 것 같았지만, 마리는 굳이 그런 생각을 입 밖에 내지 않았다. 조선에서도 이곳에서도, 마리에게 가장 급한 것은 살아남는 일이었다.

***

"윤 소사는 왜 헌금만 내고 교회에는 오지 않는대…?"

"말 마시오, 집안 대대로 불심이 깊어서 교회에 나오면 그리 몸이 아프답니다."

사람들은 교회에는 나가지 않고 학교 일에 써 달라며 이런저런 명목으로 기부금만 보내는 마리를 두고 수군거렸다. 마리는 그때마다 '불심이 깊어서, 몸이 아파져 교회에는 나가지 못하지만 교회의 뜻에 찬성한다'라는 말만 전했다. 사실은 여러분과 싸울 생각이 없다고, 반쯤은 정말로 조선인 아이들을 위한 학교에 쓰이기를 기대하고, 반쯤은 이곳에서 평화롭게 지내기 위한 세금처럼 생각하며 내는 헌금이었다. 하지만 사람들은 여전히 마리를 두고 말이 많았다.

"아니, 그럴수록 교회에 나와야지. 그게 다 귀신이 붙어서 그런 것 아닌가."

"절이 귀신이요?"

"귀신은 아니지만 미신이지…. 오자마자 서방 잡아먹은 꼴을 좀 봐."

이곳의 조선인 남자들은 마리를 두고, 서방을 잡아먹은 년이라며 수군거렸다. 마리에게 사진과 초청장을 보내 그를 사진 신부로 데려온 신랑 정 씨는, 이민국에 담보금을 내고 마리를 조선에서 데려온 정식 부부라고 인정받은 뒤 몇 시간도 지나지 않아 심장마비로 숨을 거두었다. 그 일을 두고 남자들은 마리가 뭔가 잘못한 게 틀림없다고, 그렇지 않으면 억세게 재수 없는 여자일 것이라고 말하곤 했다.

"미신은 무슨…. 고향에서 아들딸 잘되라고 장독대에 물 떠 놓고 기원하시는 오마니께도 그거 미신이라고 그래 보시오."

"아, 무슨 말을 그렇게 흉하게 해…."

"그리고 교회에만 나오지 않을 뿐이지, 윤 소사가 어디 딴짓을 하오, 술을 마시오? 죽은 정 씨 같은 술고래에 비하면야, 어딜 봐도 훌륭한 일꾼인 사람을."

하지만 엄밀히 말해 이 모든 일은, 처음부터 끝까지 마리가 속은 것이나 다름없는 상황이었다. 서른여섯 살이라던 정 씨는 사실 예순여섯 살이었다. 이민국에 낼 담보금도 부족해서, 마리는 호놀룰루에 도착하고도 열흘 가까이 이민국에 억류되어 있었다. 그 열흘 동안 정 씨가 어디서 빌려 온 담보금은, 결국 신랑 정 씨의 초상부터 치른 뒤 마리가 일해서 무시무시한 이자까지 전부

갔았다. 그런데도 남자들은 마리를 두고, 죽은 정 씨가 뼈 빠지게 번 돈으로 사 왔더니 데려오자마자 죽어 버렸다며, 억세게 운 좋은 계집이라고 헐뜯곤 했다. 뭐, 그것까지는 노력해 보면 어찌어찌 이해할 수도 있겠다. 이곳의 남자들은 대부분 사진과 초청장, 그리고 여비를 조선에 보내 신붓감을 얻은 사람들이니까, 정 씨의 난데없는 죽음이 마치 자기 일처럼 마음이 아파서 그런 것일 수도 있다. 하지만 관에 한 발을 담근 것 같은 늙은 남자가 젊디젊은 신부와 초야를 앞두고 술을 퍼마시다가 흥분해서 그만, 신방에 들기도 전에 심장마비가 온 것이 왜 마리의 탓인지. 굳이 누군가를 탓해야 한다면, 신랑의 나이는 생각도 않고 독한 싸구려 술을 잔뜩 권한 놈들을 탓해야 하는 게 아니냔 말이다.

그래도 이곳 아낙들은, 속아서 늙은 신랑과 혼인하고, 혼인하자마자 젊은 과부가 된 마리를 위로했다. 젊은 과부가 처신을 잘못하면 마을의 풍기가 나빠진다며 경계하던 이들도, 마리가 조선에서 학교를 나와, 일본어는 물론 영어와 셈도 조금은 할 줄 안다는 것을 알자, 솔직히 정 씨 같은 주정뱅이 남편 따위 없는 편이 속 편하다며 조금은 부러워하기도 했다. 마리를 두고 이런저런 뒷말을 하는 이들이 없지만은 않았지만, 돈 계산이며 하올레들을 상대로 뭔가 따지는 일에 마리가 적극적으로 나서서 돕자 여자들은 마리를 두고 똑똑하긴 한데 팔자가 사나운 여자라며 안쓰럽게 여기는 눈치였다.

"윤 소사처럼 성실하게 일해서, 한 푼 두 푼 아껴서 학교며 교회에 헌납하는 이가 또 어디 있다고. 교회에 안 나오는 것 그것 하나가 흠인 것이지, 윤 소사는 그야말로 타의 모범이 되는 그런 사람이 아니오."

"타의 모범은 무슨…. 팔자 사나운 계집을 두고. 그거, 팔자가 그렇게 사나우니 사실은 무슨 무당 될 팔자고 그런 것 아니야? 그러니 교회 문턱도 못 넘고 몸이 아프다고 그러지."

"사람이, 사람이…. 지금 미신 믿는 게 누군데 그러시오."

불심이 깊어서 교회에 안 나가긴 무슨.

마리의 어머니는 본래 무당이었다. 마리가 아직 옥이라고 불리던 어린 시절에, 무당 어머니는 병에 걸렸다. 신을 모시고 앞날을 보던 어머니는 머잖아 당신이 숨을 거두리라는 것을 알고 어떻게든 마리를 잘 키워 줄 사람을 찾고 또 찾았다. 그렇게 어머니가 고른 사람이, 아내와 함께 마을에 온 외국인 선교사 아서 필립스였다. 나는 비록 무당이고 이 아이 또한 신을 받을 팔자이나, 예수를 믿으면 무당이 되지 않는다고 들었다고, 영리하고 눈치가 빨라 어디 가도 제 몫은 할 것이니, 제발 선교사님이 이 아이를 데려가 달라고. 어머니는 통곡을 하며 필립스 부인의 치맛자락에 매달렸다.

어린 딸을 둔 어머니가 죽을병에 걸렸기 때문이었을까, 그게 아니면 무당 팔자를 타고난 아이에게 신식 교육을 시켜 번듯하고 모범적이며 개화된 신여성으로 키우는 것이야말로 하느님을 섬기는 사람으로서의 본분이라고 생각해서였을까. 무당의 딸인 다섯 살 난 윤옥이는 그렇게 세례를 받고 윤마리가 되었고, 선교사 필립스 부부의 수양딸이 되어 경성으로 갔다. 어려서는 앤 필립스 부인의 심부름을 하며 영어와 한글을 배웠고, 조금 자라서는 이화학당 보통과에 들어갔다가 고등과까지 밟았다. 어릴 때부터 필립스 선교사 댁에서도, 또 학당에서도 매일 아침 성경 구절 암송으로 하루를 시작했으니, 모르긴 몰라도 성경 암송으로 내기를 하려 들면, 일요일마다 예배당에 앉아서 졸다 깨다 졸다 깨다 하여도 신심 깊은 척은 있는 대로 하는 성도들은 물론, 한인기독교회의 어지간한 집사니 권사니 하는 이들보다 더 잘 외울 자신도 있었다.

그럼에도 불구하고 마리가 교회에 안 가는 이유의 팔 할은 이승만 때문이었다.

"윤 소사, 다음 주 바자회에는 윤 소사도 같이 교회에 가지."

"하지만…."

"교회 안까지 들어가자는 게 아니야. 바자회야 안마당에서 하는 거고, 우리 교회 안 다니는 사람들도 종종 들어오는데. 가서 물건 정리하는 일 좀 거들어 주우. 이번 주에는 이 박사님도 바자회에 오신다잖아. 이럴 때 눈도장이라도 한 번 더 찍어야지."

이곳, 한인기독교회에서 이승만은 마치 신이나 왕족 같은 존재이자, 조선을 독립시킬 구세주처럼 여겨졌다. 사람들의 마음을 하느님의 가르침으로 이끌어야 하는 목사부터가 이승만을 섬기듯이 숭배하고 있으니, 신도 개개인이야 이루 말할 것도 없었다. 피땀 흘리며 고된 노동을 하는 이곳의 조선인들은 한 푼 두 푼 모은 소중한 돈을 조국을 위해 쓸 수 있다고 기뻐하며 교회에, 그리고 이승만에게 희사했다.

"저는…. 교회도 제대로 다니지 않는 제가 이 박사님께 인사를 하는 건 좀 부끄러워서…."

"매번 이렇게 훌륭한 자수를 놓으면서, 정작 본인은 안 가는 게 말이 되니? 이 박사님도 이런 자수를 놓은 부인이 누구인가, 궁금해하시지 않겠어?"

로즈 엄마는 마리의 무릎 위에 놓인 둥근 수틀을 집어 들다가, 한숨을 쉬며 감탄했다.

"난 정말 윤 소사는 어떻게 이렇게 못하는 게 없나 모르겠어. 영어도 잘해, 한글도 잘 써, 바느질도 잘하고, 이젠 서양 자수까지 이렇게 잘 놓고."

"그건…. 여기서 옷 수선을 하다 보니까요."

마리는 옥양목에 성경 말씀을 수놓은 천을 다시 받아 들며 겸손하게 머리를 숙였다. 이번 바자회에도 "네 시작은 비록 미약하나 끝은 창대하리라" 같은 성경 말씀들을 액자로 만들어 팔 예정이었고, 마리가 놓은 말씀 자수는 매번 인기가 대단했다. 그들 말대로, 이승만이 바자회에 온다면 반드시 들여다볼 만한 인기 상품이었다.

"우리는 뭐 세탁하고 수선하고 안 하나? 윤 소사는 뭐든지 유난히 잘해."

"교회 못 들어오는 거야 마음의 문제라지만, 윤 소사만큼 애국하는 부인도 없을 거야."

"제가 뭘요…."

"조선 사람이 나랏일 하시는 분께 돈을 모아서 헌금하는데, 그것만 한 애국이 어디 있나."

"그래, 맞는다. 그러고 보니 동지회에서 회계를 보는데, 셈이 빠른 사람이 있으면 좋겠다고 늘 말을 하던데. 윤 소사는 영어도 잘하고 셈도 밝으니 그런 일을 하면 얼마나 좋아. 홀몸에 고생도 덜하고."

토미 엄마와 로즈 엄마가 마리의 손을 잡아끌며 한마디씩 했다. 동지회라는 말에, 마리는 또 한숨이 나왔다.

"동지회는 임시정부를 후원하는 곳이었지요? 저는 여기 온 지 이만큼 세월이 흘렀어도 세상 돌아가는 물정을 영 모르겠어서."

"교회에 안 나와서 그래, 교회에."

로즈 엄마가 혀를 찼다.

"임시정부는 배신자들이야. 이 박사를 내쫓고 자기들끼리 뭘 얼마나 잘해 보겠다고."

"그러면 동지회에서 모집하는 성금은 주로 어디에 쓰이는 거예요?"

"그거야 당연히 독립운동에 쓰이지."

토미 엄마가 자랑스러운 듯 가슴을 폈다.

"물론 잘 모르는 사람들은, 이승만 박사 개인을 위한 단체가 아니냐고 말하기도 해. 동지회의 뜻에 공감하는 사람 중에도 대표를 투표로 뽑지 않고 이 박사가 종신 총재 노릇을 하는 것이 이상하다고 말하는 사람이 있기는 있지. 하지만 이 박사님은 독립운동을 위해 모든 것을 바치는 분이고, 당장 나라를 되찾는 일이 중요한 지금 이 박사님께 힘을 모아드리는 것이야말로 나라를 위해 일하는 게 아니겠어?"

"어렵네요…."

"어렵지 않아. 윤 소사가 계속 세탁 일만 하느라 세상 돌아가는 걸 잘 몰라서 그래."

이 사람들이 나쁜 것은 아니다. 이 사람들이 뭔가 모자란 사람들이어서 이승만에게 속고 있는 것도 아니었다. 9년 전, 마리가 급한 대로 사진 신부가 되어 조선에서 도망친 직후 미국의 이민법이 바뀐 것이 문제였다. 1924년 미국의 이민법이 바뀌고, 동양인들의 이민을 받아들이지 않는 '존슨-리드 법'이 제정되면서, 조선인 노동자들과 사진 신부들은 마리가 타고 온 배를 거의 마지막으로 더는 태평양을 건너올 수 없게 되었다. 사람들이 오가고 새로운 소식이 들어와야 생각이라는 것도 바뀔 텐데, 그러한 교류가 막히면서, 이곳 조선 이민자들은 임시정부가 아니라 이승만의 말만을 철석같이 믿게 되었다.

나름 고등과 졸업반까지 다니고, 나라를 위해 할 수 있는 일이 없을까 하여 학교에 다니면서도 의열단의 일을 남몰래 도울 만큼 의기가 넘쳤던 마리였다. 그런 마리가 보기에 이승만은 하와이에서 일하는 조선인들이 고된 노동으로 피땀 흘려 번, 어려운 상황 속에서도 조국을 위해 한 푼 두 푼 모은 소중한 돈으로 제 잇속만 차리는 날강도이자 임시정부를 쥐락펴락하려다가 탄핵당해 쫓겨난 주제에 이곳에서는 자신만이 진정한 애국자인 양하는 협잡배였다.

상해 임시정부의 국무총리이자 한성 임시정부의 집정관총재로 선출되었던 이승만은, 정작 사람들이 피 흘려 독립운동을 하는 상해에는 채 6개월도 머무르지 않았다. 대신 그는 안전한 미국에서 멋대로 조선의 왕족인 '프린스 리', 혹은 '프레지던트 리'를 자처하고 다녔다. 상해 임시정부의 사람들은 일본과 싸워 완전한 독립을 쟁취하고 싶어 했지만, 이승만은 외교를 통해 독립을 할 수 있다며 미국 정부에 국제연맹에서 한국을 위임통치 해달라는 청원을 넣고 다녔다. 조선 민족은 독립할 의지도 능력도 없고, 일본 아닌 다른 누군가의 지배를 받아야만 한다는 식이었다. 결정적으로 그는 한성정부 총재 명의로 애국공채를 발행해 미국에 이민 와 있던 조선인들에게서 성금을 거둬들이고는 그 돈의 통제권을 자신이 가지려 했다. 그리고 임시정부에서 탄핵당한 뒤, 그는 하와이에서 한인 교회를 중심으로 사람들의 존경과 지지만 받고 싶어 했다. 애초에도, 안창호 선생이 조직했던 대한인국민회의 하와이 지방총회를 장악하며 박용만과 대립한 끝에 국민회를 혼란에 빠뜨려 놓고는, 대한인국민회가 임시정부의 교민단령에 따라 대한인교민단으로 개편되자 쏙 빠져나와 대한

인동지회라는 자기 조직을 만든 작자였다.

마리가 보고 듣기에 이승만이라는 자는 조선의 독립 따위가 아니라 제 한 몸 왕 노릇 하는 데만 관심이 많은 작자였다. 망한 나라의 왕실과 같은 성을 지니고 있다는 이유로 세계에서 왕족 대접 받으며 편안히 살 수 있다면, 그는 수많은 조선 사람들이 고통받더라도 눈 하나 깜짝하지 않을 터였다. 조선에서, 그리고 상해와 만주에서, 사람들은 피를 흘리며 독립운동을 하고 있는데, 안전한 곳에서 권력과 명예만 누리고 싶어 하는 이승만 박사를 숭배해 봤자 달라지는 것은 아무것도 없다. 그런 이에게 돈을 모아 준들, 조선의 독립도, 하와이에서 조선 사람들의 대우가 나아질 일도 요원하기만 했다.

…하지만 이곳 사람들은, 그런 말을 믿지 않겠지.

마리는 한숨을 쉬었다. 이승만과 대립하던, 그러나 이곳에서 나름 세를 모으며 존경받았던 박용만은 변절을 의심받고 의열단의 손에 암살당했다. 물론 이승만이 한 짓은 아니었다. 그는 무력 투쟁도 싫어했고, 박용만처럼 상해와 만주를 오가며 손에 화약 냄새를 묻히는 것도 싫어했다. 하지만 박용만의 죽음으로 어부지리처럼 그가 이득을 본 것도 사실이었다. 임정이나 의열단이 이쪽의 사정을 알았다면, 그가 변절을 했든 하지 않았든 어떻게든 살려서 이승만을 치는 데 쓸 수도 있었을 텐데. 처음부터 이승만이 왕이나 대통령이 될 꿈에만 부풀어 자기 잇속만 차리려 들었을 거라고는 생각하지 않지만, 어떤 자들은 오직 자신의 영달을 위해 너무 많은 사람들의 꿈과 기대를 끌어모아 멋대로 전횡하려 드는 것도 사실이다.

"제가 여기 도착하자마자 혼자가 되어서, 이 타지에서 먹고살기 어려워서 공부가 너무 부족했나 봐요. 이제 조금 자리가 잡혔으니, 나라를 위해서도 일해야지요."

"그럼, 바자회에 올 거지?"

"윤 소사, 우린 하느님께서 윤 소사를 우리에게 이끌어 주실 거라고 믿고 있었어."

마리는 이승만이라는 작자를, 한 번은 봐 두어야겠다고 마음먹었다. 여차하면 두 번째 만날 때에는 죽여 버릴 수도 있겠지. 토미 엄마와 로즈 엄마가 알면 놀라 자빠질 일이지만, 필요하다면 그럴 수도 있겠다고 생각했다. 암살이 모든 일의 정답일 수는 없지만, 어떤 문제에는 가장 빠르고 간단한 해결책이 되기도 하니까. 이화학당에 다닐 땐 의열단에 몸담으면서 독립을 위해 죽기를 각오했었다. 죽기를 각오했기에, 살고자 도망친 이곳에서 예순여섯 살의 노인이 내가 너를 돈 주고 산 네 서방이라며 역겨운 음심이 담긴 표정으로 쳐다보는데도 눈 하나 깜짝하지 않을 수 있었다. 마리는 차분히 웃으며 대답했다.

"조국을 위한 일인걸요. 제가 할 수 있는 일이 있다면 뭐든 해야지요."

할 수 있는 일이 있다면 뭐든 해야 했다. 열네 해 전, 마리의 운명이 뒤흔들렸던 그때에도 그랬다. 봄이 오고 있었지만 차마 봄이 아니었던 저 기미년의 봄에도.

* * *

그해 초, 고종 황제가 덕수궁에서 서거했다.

조선국 국왕에서 대한제국 황제로, 일본에 나라를 빼앗긴 뒤 이태왕 전하로 불리며 망국의 한을 곱씹던 황제는 그해 예순일곱이었다.

보통 사람들이야 예순을 넘기면 한 갑자를 넘겨 장수한 것을 축하하여 환갑잔치를 한다지만, 황제는 환갑 나이에 자식을 볼 만큼 건강했다. 그는 섭생에 부족함도 없었고, 다른 병을 앓던 것도 없었으며, 매일같이 아침저녁으로 어의들이 건강을 살피고 있었다. 그런 황제는 가벼운 고뿔로 하루이틀 자리에 누웠더라는 이야기조차 없이, 그해 1월 21일 아침에 갑작스럽게 세상을 떠났다. 의심스러울 정도로 난데없는 붕어(崩御)였다.

"날이라도 한여름 염천이면 모를까, 아직 꽃도 피지 않은 이 계절에. 어떻게 영해(令骸)가 빈전에 들기도 전에 그렇게 상할 수 있어."

황제의 염은 외척인 민영달과 민영휘, 내관인 강석호와 나세환이 맡았는데, 서거하고 이틀도 되지 않았는데 이가 다 빠지고 혀가 반은 녹아 있었으며, 목에서 명치까지 검게 올라오는 등 하루이틀 만에 시신이 부풀고 상한 것이 꼭 달포는 된 시신 같더라는 이야기가 퍼져나갔다.

"폐하께서 돌아가시기 전날 궁에서 번을 서던 이가 누구인지 들었나. 바로 그 이완용이었다네. 나라도 팔아먹은 놈이, 폐하께 그러지 않으리라는 법이 어디 있나."

"그러고 보니 황제 폐하께서 돌아가시고 얼마 지나지 않아, 궁녀가 거적에 말려 나왔다더구먼."

"죽었다고?"

"피를 토하고 죽었다던데."

"정말로 심상치가 않네그려."

조선의 변절자들은 돈과 무력을 갖춘 일본과 손을 잡았다. 오백 년을 지탱했던 나라는 그렇게 무너졌다. 을사늑약의 부당함을 증언하기 위해 헤이그로 갔던 특사들은 뜻을 이루지 못했다. 이준은 헤이그에서 순국했고, 통감부는 이상설과 이위종, 이미 세상 떠난 이준까지 기소해 궐석 재판에서 그들에게 사형과 종신형을 선고했다. 이상설과 이위종은 조선으로 돌아오지 못한 채 루스벨트를 만나러 미국으로 갔다가, 다시 블라디보스토크로 건너갔다. 이상설은 한일합병 이후 망명정부인 대한 광복군 정부를 이끌었고, 이위종은 러시아로 귀화해 군인이 되었다. 그들은 생을 마치도록 조선에 돌아오지 못했다. 일본에 볼모로 잡혀간 황태자는 일본의 황족인 마사코 여왕과의 결혼을 앞두고 있었지만, 황제는 이 결혼을 반대했다. 그런 상황에서 황제가 갑작스럽게 세상을 떠났다. 사람들은 독살이라고, 황제가 저 몹쓸 왜놈들이며 왜놈에 빌붙은 매국노들에게 살해당한 것이라고 수군거렸다. 사람들은 황제의 서거를, 마치 이 조선의 마지막 숨통이 끊어진 일인 듯 무겁게 받아들이며 경성으로 몰려들었다. 인산일인 3월 3일이 다가오자, 흰옷에 흰 갓을 쓴 선비들, 어깨치마에 저고리를 입거나 잿빛 두루마기 또는 군복처럼 목을 덮는 검은 학생복 차림에 교모를 쓴 학생들, 종교 지도자들, 황제의 서거를 애도하고 조선의 상황에 비분강개하며 나라를 빼앗김에 서러워하고 민족의 앞날을 걱정하는 이들이 남녀노소와 지위고하를 가리지 않고 대한문에서 종로통 사이를 가득 메웠다.

국장의 예행연습이 있기로 예정된 3월 1일에 거사가 있을 것이라는 소문이 파다했다. 경성의 학생들은 여기저기에서 육당 최남선이 쓴 독립선언서를 철필로 베껴 쓰고, 밤새워 등사를 했다. 1일에는 대규모 만세운동이 벌어지고, 국장이 끝나고 사람들이 전국 각지로 돌아가는 5일에 학생들은 그 기세를 몰아 한 번 더 만세운동을 벌일 예정이었다. 이화학당 내의 학생단체인 이문회(以文會) 회원이던 유관순도 그들 중 한 사람이었다.

보통과 졸업을 앞두고 있던 마리는, 복도를 내달리는 소리와 학당장 선생님의 고성에 깜짝 놀라 교실 밖으로 나와 보았다. 관순을 비롯한 고등과 학생들이 학당장 선생님과 다른 선생님들을 밀쳐 내고 밖으로 나가고 있었다. 그들은 잠긴 대문으로 나가는 대신, 교정의 배나무에 기어올라 담을 넘었다. 마리와 동갑이지만 한 해 먼저 고등과에 진학한 서명학이 그 뒤를 따라 달려가려다가, 학당장인 프라이 선생에게 붙잡혔다.

"지금 나가면 무슨 일이 벌어지는지 알기나 합니까?"

"알고말고요! 조선이 독립되는 거지요!"

"조선 독립이 그렇게 간단히 이루어지는 일인 줄 압니까? 이제 열네 살밖에 안 된 명학이 그리 나갔다가 붙잡히면, 저들에게 무슨 꼴을 당할지 알고서 그래요? 나는 그런 꼴은 못 봅니다."

프라이 학당장은 명학을 붙잡아 사감실 옆의 창고로 끌고 간 뒤 밖에서 빗장을 걸고 자물쇠를 채웠다.

"고등과 학생들이 전부 무사히 돌아올 때까지, 여기 얌전히 있도록 해요."

학당장은 몸을 돌려, 관순과 다른 고등과 학생들을 찾아 밖으로 뛰어나갔다. 그리고 그 모습을 멀리서 지켜보았던 마리는, 학당장이 사라지자마자 달려가 창고 문을 흔들었다.

"명학아, 명학아!"

"마리니? 이거 밖에서 열 수 있어?"

"정말 나갈 거야?"

"서른세 분의 민족 대표가 모여 독립선언문을 발표한 건 알고 있지? 손 목사님도. 목사님은 거기 서명하시진 않았지만, 여러 종교 지도자들을 설득해서 마음을 모으게 하신 것도?"

"손 목사님이? 그분은 지금 평양에 계시지 않아?"

재작년까지 정동교회의 목사였던 손정도 목사는 나라를 사랑하는 마음이 지극한 사람으로, 안창호 선생을 만나고 크게 영향을 받아 독립운동에 나서고 있었다. 게다가 손 목사의 딸인 진실 언니도 지난해 이화학당을 졸업한, 명학과 마리가 잘 아는 선배였다.

"손 목사님은 지금 왜놈들에게 쫓기고 계신 것 같다더라. 관순 언니가 진실 언니에게 편지를 받았던 모양이야. 듣기에 손 목사님 어머님께서 독립운동을 위한 여성들의 모임을 만드셨다는데, 진실 언니는 지금 그 일을 하고 있대…. 아이, 참. 지금 그게 문제가 아니지 않아. 마리야, 우리 고등과는 무슨 일이 있어도 만세운동에 나가기로 맹세했어. 내가 다른 고등과 동기들보다 비록 나이는 어리지만, 나 한 사람만 여기서 안전하게 있을 수는 없지 않니. 부탁이야, 마리야. 어떻게든 좀 해 줘!"

명학의 말에, 마리는 다시 한번 문을 세차게 흔들어 보았다. 빗장은 단단했지만 자물쇠는 그리 튼튼한 물건이 아니었다. 마리는 사감실에서 쇠주전자를 가져다가 자물쇠를 향해 휘둘렀다. 금속이 부딪는 날카로운 소리가 몇 번 울려 퍼지고, 자물쇠가 열렸다. 마리는 찌그러진 주전자와 자물쇠를 바닥에 얌전히 내려놓고 얼른 빗장을 풀었다.

"어서 나와. 나도 가자."

"마리야…."

"난 보통과지만, 너와 나이가 같잖아."

"괜찮겠어?"

"난, 나는 겁이 많으니까 구경만 할게. 괜찮을 거야."

명학이 고개를 끄덕였다. 마리는 명학을 따라, 정문 반대편의 담장 아래, 개구멍으로 기어 나갔다. 저고리에 흙이 묻어 엉망이 되었지만, 고개를 들자 그 밖에는 태극기를 든 수많은 사람들이 만세를 부르며, 마치 강물이 흘러가듯 걷고 있었다. 마리는 그 모습이 마치 역사의 물결이 흐르는 것 같다고 생각했다. 때 묻은 저고리 같은 것은 부끄러울 겨를조차 없었다. 누군가가 잉크 냄새가 진하게 풍기는 독립선언문을 나눠 주었다. 누군가는 종이에 그린 태극기를 건네주었다. 그것들이 귀하여 차마 접지도 구기지도 못한 채, 마리는 양손에 태극기와 독립선언문을 들고 걷고 또 걸으며 만세를 불렀다. 만세를 부르는 내내 눈물이 흐르는 것도 알지 못했다.

돌아와 보니 학교는 발칵 뒤집혀 있었다. 고등과는 물론, 마리 같은 보통과 학생들도 몇 명이나 교사들의 눈을 피해 만세운동을 하러 나간 것에, 프라이 학당장이 단단히 혼쭐을 내겠다고 벼르고 있던 것이다. 그는 만세운동에 나간 학생들을 한 명 한 명 불러 타이르고, 손을 잡고 기도했다. 학생들 전원을 모아 놓고 몇 번이나 간곡하게 말했다. 이번 한 번은 이렇게까지 만세운동이 커질 줄 몰라서 그랬다 쳐도, 다음번에는 아마도 총독부에서 가만히 있지 않을 거라고. 담장을 높이고, 문도 굳게 닫았다. 하지만 한번 가슴에 불이 붙은 이들은 닷새 뒤, 남대문역으로 또다시 달려 나갔다. 전부는 아니었다. 3월 5일 낮, 보통과 학생들이 소란을 일으키는 사이, 고등과의 유관순은 서명학, 국현숙, 김복순, 김희자와 함께 또다시 학교를 빠져나가 남대문역 학생단 만세 시위에 참가했다.

프라이 학당장의 우려대로, 이번에는 총독부도 학생들의 시위를 가만히 내버려 두지 않았다. 유관순을 비롯한 다섯 명의 결사대는 남산에 있던 경무총감부로 붙잡혀 갔다. 프라이 학당장과 외국인 교사들, 선교사들은 총감부로 찾아가 어린 학생들을 풀어 달라고 요구했다. 총감부에서는 두 번은 없다고 거들먹거리며 학생들을 풀어 주었다.

그리고 바로 그날 저녁, 마리는 학교로 찾아온 필립스 부부에게 붙잡혀 있었다.

"집으로 돌아가자."

"싫어요."

"이번에 네 선배들을 비롯해서, 시위에 나간 학생들 상당수가 총감부에 붙들려 갔을 때, 우리도 거기 있었다. 그 학생들을 풀어 달라고. 두 번은 그런 행운이 없을 거야. 우리도 내년에는 잠시 미국으로 돌아갈 테니, 너도 같이 미국으로 가자꾸나."

"싫어요."

"네가 싫어도 돌아갈 수밖에 없어. 총독부는 곧 휴교령을 내릴 거다. 이번 만세 시위를 주동한 것이 학생들이라고 여겨서, 아예 학교를 닫아 버리려 하고 있어. 여기서 자중하지 않으면 정말로 학교가 없어질지도 모른다. 그러니… 미국으로 가자꾸나, 마리.

네 친어머니도 그걸 바라실 거야."

"싫어요."

"가서 대학에도 가고, 그리고."

"여긴 아버지의 조국이 아니잖아요."

마리의 날선 대답에 아서 필립스 선교사는 상처 입은 표정으로 마리를 바라보았다.

"여긴 우리의 조국이잖아요. 우리 선배들도, 나라를 위해 거리로 나간 거잖아요. 우리가 아무 소리 못 하고 식민지가 된 게 아니라고, 조선 민족이 이렇게 여기 있다고 세상에 알리려고."

"네 말은 알겠다. 하지만 세상일이란 그렇게 단순하게 돌아가지 않아. 여기서 태극기를 들고 소리를 지른다고 해서, 세상이 얼마나 바뀔 것 같으냐. 너희가 모여서 깃발을 흔든다고 해서, 세계가 조선의 억울함을 알고, 만국의 사람들이 조선 민족이 여기 살아 있다고 알게 될 것 같으냐."

"조선이 알고, 일본이 알겠지요. 그뿐인가요. 러시아가, 미국이, 프랑스가 알겠지요. 아버지, 아시잖아요. 여긴 경성이에요. 문을 걸어 닫은 조선의 수도가 아니라, 한낱 일본 식민지에 자리잡은 그저그런 도시 하나가 아니라, 세계 사람들이 오가는 국제도시인 것을요."

마리는 자신의 손을 한 쪽씩 붙잡은, 앤과 아서 부부의 손을 밀어내며 대꾸했다.

"저는 그날 사람들을 따라 걷고 또 걸었어요. 프랑스 영사관 앞에서 이 일을 본국에 알려 달라고 함께 소리쳤고, 또 미국 영사관 앞에서 누군가 혈서를 흔들며 조선인들의 독립 요구를 만방에 알려 달라 외치는 모습도 보았어요. 예, 만세운동이 그날 하루뿐이라면 덮을 수 있겠지요. 하지만 이런 일이 계속된다면 결국에는 세계도 알고야 말 거예요. 이번에 뛰쳐나간 고등과 언니들은, 대한독립기를 앞세운 사람들과 함께 남대문에서 대한문, 을지로를 거쳐 보신각에서 만세를 불렀다고 해요. 국장을 마치고 돌아가던 사람들이 그 모습을 보았으니, 이제 조선 땅 방방곡곡에서 그 이야기가 퍼져 나가겠지요. 얼마나 자랑스러운 일인가요."

앤은 조용히 울었다. 아서는 한숨을 쉬다가, 일단은 마리를 잡아 일으켰다. 진급을 앞두고 있던 3월 6일 새벽, 마리는 필립스 부부의 손에 이끌려 그들의 집으로 돌아갔다. 동갑내기 명학이며 선배인 관순, 예도와 손을 맞잡으며 슬퍼하는 마리에게 앤은 부드럽게 달래듯 말했다. 지금 이 고비만 지나면 다시 학교로 돌아와도 된다고. 꼭 미국으로 같이 가진 않아도 된다고. 어차피 학교는 당분간 휴교할 것이니, 일단 집으로 돌아가자고.

그 말대로 며칠 뒤인 3월 10일, 총독부는 중등학교 이상 학교에 대한 임시 휴교령을 반포했다.

그리고 얼마 지나지 않아, 앤 필립스는 신문을 들고 마리의 방으로 올라왔다.

"마리야, 이 학생… 네 선배 아니니?"

그것은 학교가 휴교하자 고향으로 돌아간 고등부 관순의 소식이었다. 고향에 돌아가더라도 만세운동을 계속하겠다던 관순은 음력으로 3월 1일이었던 4월 1일, 고향인 천안의 병천면 아우내 장터에서 벌어진 만세운동을 주동하다가 체포되었다. 그것은 그저 작은 시골 마을에서 벌어진 만세운동이 아니었다. 천안은 북으로는 서울과 경기, 남으로는 경상도인 대구와 경주, 서쪽으로는 전라도와 이어지는 삼남의 길목이었고, 관순은 교회와 유림, 집성촌들을 중심으로 소식을 전파해 천안으로 장을 보러 오는 안성, 진천, 청주, 연기, 목천의 사람들까지 두루 모았다. 삼천리강산이 들끓고 있는데 우리 동네만 잠잠해서야 되겠느냐며 사람들을 설득하고, 밤새 태극기를 그리며 시위를 주동한 관순의 의기는, 결국 충청도를 중심으로, 다시 전국으로 퍼져 나갔다.

"관순 언니를 만나야 해요."

마리는 앤과 아서에게 간곡히 부탁했다. 마리를 감옥에 데려가는 것은 불가능했다. 다만 두 번 다시 만세운동에 참여하지 않겠다는 마리의 약속을 받아 낸 뒤 아서는 이전부터 이화학당의 학생들과 인연이 있는 감리교단 선교사의 자격으로, 공주 감옥에 수감된 관순을 만나러 가 주었다. 마리와 다른 친구들과 선생님들의 편지를 들고서.

그렇게 몇 달이 더 지나고, 마리는 학교로 돌아가 고등과로 진급할 수 있었다. 하지만 관순은 돌아오지 못했다. 관순은 공주법원에서 징역 5년을 선고받고 서대문형무소로 이감되었다. 해가 바뀌고, 관순이 옥중에서도 3월 1일에 옥중 만세를 불렀다는 소식이 들려왔다. 더러는 관순 언니의 의기가 대단하다고 말했고, 더러는 지겹지도 않은가, 무섭지도 않은가 수군거렸다. 같은 날 배화학당 학생들이 만세운동 1주년을 맞아 만세를 부르다가 일본 순사들에게 잡혀갔다는 소문이 들리기도 했다.

그리고 또다시 몇 달이 더 지난 뒤, 늘 서글서글하게 웃으며 친구들이며 후배들을 챙기던 관순은 옥중에서 열여덟 살의 젊은 나이로 목숨을 잃고 말았다. 서대문형무소에서 시신조차 돌려주지 않으려 하던 것을, 학당장인 월터 선생이 해외 언론과 세계에 일본의 만행을 폭로하겠다고 항의하는 덕분에 장례나마 치를 수 있게 된 것이었다. 결국, 해외 언론에 알리지 않고 장례만 조용히 치른다는 조건을 걸고서야 학교로 돌아온 관순의 시신은 고문과 영양실조로 참혹한 상태였다. 월터 선생은 눈물을 흘리며 관순에게 수의를 입혔고, 학생들은 관 안에 꽃과 성경을 넣어 주며 그 젊은 죽음을 추모했다.

"나는 두 번 다시 만세운동에는 나가지 않겠다고 했어."

그리고 마리는, 관순의 마지막 얼굴을 들여다보다 문득 중얼거렸다.

"태극기를 흔들며 만세를 부르기만 했는데도, 사람을 이렇게 죽였지. 그런 무도한 놈들은 그냥 죽여 버리는 게 나아. 남의 나라를 침략하고, 사람을 죽이고. 그런 놈들에게 평화니 비폭력이니 만세운동 같은 좋은 말로 해선, 될 일도 안 될 거야."

그 무렵, 김원봉이 이끄는 의열단이 전국 곳곳에서 친일파와 일본 고관들의 암살에 나서고 있었다. 9월에 부산경찰서 서장실에 폭탄을 던져 넣어 서장을 살해한 것을 시작으로, 12월에는 밀양경찰서에 폭탄을 투척하는 등, 그들은 조선 독립의 뜻을 이루기 위해 폭발물을 만들어 무력 투쟁에 나섰다.

마리는 남몰래 의열단을 위해 일하기 시작했다. 그는 어린 여학생이라 의심을 덜 받는다는 이점을 살려 의열단원 사이를 오가며 거사와 관련된 쪽지를 전달했고, 폭발물 제조법과 사격술도 배웠다. 학교에서는 아무렇지도 않은 듯 평범한 학생처럼 지냈지만, 그의 가방 속에는 밀정과 매국노의 명단이 들어 있었고, 머릿속에는 오직 의열단의 다음 거사, 다음 임무뿐이었다. 만세운동 이후 제복을 입은 총감부의 고관들이 수시로 학교에 나타나 불령한 일은 없는지 휘둘러보고 갈 때마다, 마리는 언젠가 조선총독부를 제 손으로 무너뜨리리라고 다짐했다.

***

바자회 날은 마치 책에서만 읽던 축제 같았다. 교회 앞마당 구석에서는 녹두부침개를 부치는 고소한 냄새가 풍겨 왔다. 긴 탁자 위에는 직접 담근 김치며 먹거리들이 놓였고, 오후에는 국수를 끓일 거라는 이야기도 들렸다. 마리는 구석에서 여자들이 직접 만든 슬리퍼나 뜨개질해 만든 담요, 하올레들이 버린 헌 옷을 염색하고 수선해 새것처럼 만든 작업복들, 자수를 놓은 손수건 같은 것을 정리하는 일을 거들었다. 마리가 자수로 놓은 성경 구절들은 판판한 널빤지에 고정되어 액자에 들어갔다. 공이 많이 들어간 물건이니, 좋은 가격에 팔릴 거라고 다들 입을 모아 칭찬했다.

여자들이 부침개를 부치고 물건들을 파는 동안, 남자들은 먹고 마시며 유쾌한 시간을 보냈다. 그러다가 누군가가 얼른 자리에서 일어나 외쳤다.

"이 박사님이시다!"

자리에 앉아 빈둥거리던 남자들은 너도나도 자리에서 일어났다. 부침개를 부치던 지미 엄마가 얼른 부치던 것을 내려놓고, 반죽을 뒤적여 고기 건더기가 듬뿍 들어가도록 새로 한 국자를 떠서 부치더니, 그 위에 얇게 썬 청고추 홍고추로 꽃무늬 고명을 얹었다. 음식을 만들던 여자들은 누구 할 것 없이, 가장 좋은 몫을 덜어 놓았다.

이승만은 어떤 사람이었을까. 마리가 알기로 그는, 미국의 정가에서는 조선의 왕족이자 대통령을 자처하고 다닌 사람, 이곳 사람들이 피땀 흘려 모은 돈을 임시정부에 보내기는커녕 자신이 관리하려 했던 사람이었다. 이곳 사람들의, 저런 정성 어린 대접과 존경과 추앙을 받을 만한 인물이 결코 아닌, 조선 독립보다 제 한 몸의 영달을 더 바라는 변변치 못한 자였다. 입을 크게 벌리고 지미 엄마가 갓 구워 낸 녹두부침개를 입에 쑤셔 넣는 그는, 마리가 생각했던 것보다 왜소한 데다, 교활해 보이기까지 하는 생쥐 같은 인상의 남자였다.

그 순간 머릿속에, 마치 예감처럼 떠올랐다.

저 사람은 반드시 수많은 조선인을 죽게 만들 것이라고. 살 수도 있는 사람들을 내팽개치고, 도망칠 수 없었던 사람들을 적으로 몰아 죽일 것이라고. 마리의 머릿속에, 맨발로 눈길을 달리는 한 젊은 여자의 모습이 떠올랐다. 아기를 안은 채, 눈 쌓인 산비탈을 오르던 젊은 여자의 등 뒤에서 총소리가 들렸다. 그리고 여자는 아기와 함께, 피를 쏟으며 눈밭에 쓰러졌다. 그 위로 눈이 소복소복 쌓이는 모습이, 마치 직접 눈앞에서 본 듯이 생생했다. 문득 깨달았다. 이것이 예전에, 기억도 나지 않을 만큼 아주 오래전에, 그의 친어머니가 보던 그런 모습이었을 거라고. 동네 무당의 딸로 태어나 무당이 되어, 자신이 죽을 날을 내다보았던 젊디젊은 어머니가, 어린 딸에게 무당이 되지 않고도 살길을 찾아주기 위해 필립스 선교사 부부를 찾아갔던 그 날이 떠올랐다. 그때 어머니는 웃고 있었는데. 마리는 눈을 질끈 감았다. 그때였다.

"혹시, 이화학당 나오지 않았습니까?"

이승만을 따라온 초로의 남자가, 마리에게 물었다.

"예?"

"아니…. 예전에 보았던 분과 닮아서. 왜, 예전에 만세운동이 있었잖습니까. 그 무렵에 이화학당에 다녔던 이를 알아서요. 혹시, 아닙니까?"

마리는 고개를 저었다. 입을 열면 묻어 두었던 과거가 모두 드러날 것 같아서, 차마 대답을 할 수 없었다. 그는 고개를 숙이고, 묵묵히 판매대를 정리했다. 남자는 마리가 자수를 놓은 액자 하나를 샀다. 남자가 구입한 액자를 보고 이승만도 다가와 액자를 구입하고, 누가 이 자수를 놓았는지 물었다. 여자들은 모두 마리를 가리켰다. 로즈 엄마가 얼른 다가와 이승만에게, 손재주가 빼어나고 머리가 무척 좋은 데다 셈도 빠른 사람이라고 칭찬했다. 그럴수록 마리는 고개를 푹 숙였다.

"그러면 부군은?"

"여기 오고 얼마 지나지 않아 세상을 떴답니다. 청춘과부가 되었는데도 정숙하고 음전하니, 여기 세탁소에서 일도 하고, 또 하올레들 옷 수선도 능숙하게 하고. 저기 하올레들이 입다가 버린 군복 같은 것들을 새로 염색해서 새것처럼 만들어 바자회에 내놓자 한 것도 윤 소사가 나서서 한 일이었지요."

"그런데 어째 오늘 처음 보는 것 같은데."

"그게…. 원래 조선에서는 불심이 깊었던 이라 교회에는 나오지 않는답니다."

"하지만 그렇게 알뜰살뜰 모은 돈으로 학교에 써 달라, 독립운동에 써 달라며 헌금도 열심히 하는 사람이지요. 조선 사람이 조선 독립을 위하는 데 아까울 게 무엇이 있겠느냐면서요."

로즈 엄마와 토미 엄마가 서로 앞서거니 뒤서거니, 묻지도 않은 말들을 떠들어대는 동안 마리는 슬그머니 뒤로 물러났다. 속이 메스껍고 구역질이 났다. 그렇지 않아도 이승만을 보자마자 떠오른 환상에 머리가 어지러웠는데, 갑자기 자신의 과거를 아는 이가 나타나니 더는 견딜 수가 없었다. 마리는 아무 문이나 열고 뛰어들었다. 그리고 안에서 문을 닫아걸었다. 행사에 쓰이는 테이블들을 내어 가고 반쯤 빈 창고 안은 먼지 냄새가 나고 후덥지근했다. 마리는 바닥에 무너지듯 주저앉았다. 이화학당의, 명학이 갇혀 있던 사감실 옆 창고가 떠올랐다.

고개를 들었다. 저 안에 찌그러진 주전자며, 창고를 짓고 남은 자재인지 나무판이며 못 같은 것들이 보였다. 마리는 팔을 허우적거리며 그쪽으로 다가갔다. 연장통을 열자 망치며 송곳 같은 것들이 들어 있었다. 마리는 녹까지 슬어 있어 불그레하게 보이는 긴 끌 하나를 집어 들었다.

***

그때 의열단에 가담하였지만, 사람을 직접 죽인 적은 없었다. 사람을 죽이고 해치울 방법만은 다양하게도 배웠지만, 실제로 사람을 해칠 기회는 오지 않았다.

의열단 사람들은 마리에게, 네가 어려서 이런 일을 할 수 없다 말하진 않았다. 일본 놈들을 죽이겠다고, 조선의 적들을 모두 해치우겠다고 먼저 맹세한 어른들이 한둘이 아니니, 네게는 아직 순서가 오지 않았다고만 말할 뿐이었다. 검정 치마에 흰 저고리를 입은 여학생의 차림으로, 마리는 경성 여기저기를 누비며 말을 전하고 쪽지를 전달했다. 그들이 조금씩 여기저기서 들여온 돈이며 물자를 장부에 기입하고, 다시 나누어 보내는 일을 거들었다. 조선총독부 비서과에 폭탄을 투척하고, 일본 육군대장 다나카를 살해하러 마닐라로 떠나고, 종로경찰서에 폭탄을 던지고, 김상옥이 다무라 형사부장과 아와타 경부를 사살한 그 모든 일이, 장부 위에서 숫자로 움직였다. 상해의 조계지 폭탄 공장에서 처음으로 만든 폭탄들이 천진으로 운반될 무렵, 마리는 어엿한 고등과 졸업반이 되어 있었다.

"졸업을 하면 마리 양은 미국으로 갈 거지요?"

룰루 프라이와 지네트 월터의 뒤를 이어 이화학당의 학당장이 된 앨리스 아펜젤러 선생이 물었다. 그는 배재학당을 세운 선교사 아펜젤러의 딸로, 필립스 부부와도 친분이 깊은 사람이었다. 앤과 아서는 두 해 전인 1921년, 미국으로 돌아갔다. 두 사람은 미국으로 돌아갈 일정을 예정보다 늦추고, 마리의 학교생활이 안정된 것을 확인하고서야 미국행 여객선에 올랐다.

"나는 사실 마리 양이 우리 이화학당에서 대학과까지 마쳤으면 하는 바람도 있습니다만, 필립스 선생님께서 마리를 위해 더 많은 고민을 하셨을 거라고 믿어요."

그들을 생각하면 솔직히 마음이 무거웠다. 친부모는 아니라 해도, 다섯 살 때부터 마리를 키워 온 두 사람이었다. 그들을 속이고, 만세운동에는 두 번 다시 나서지 않겠다고 약속하고, 언젠가는 미국에 가겠다고 약속했다. 그리고 지금 마리는, 남몰래 의열단에 가담해 있었다. 약속을 아주 어긴 것은 아니라고 생각하면서도, 마리는 두 사람을 생각할 때마다 가슴 한쪽이 뜨끔거리곤 했다.

"…저는 다만 주님께서 이끄시는 대로 가겠습니다."

겸손을 가장해 머리를 숙여 눈빛을 숨기곤 학당장실에서 물러났다. 아직 젊은 아펜젤러 학당장은 마리의 가슴에 들어 있는 것들을 눈치채지 못했다. 이 학교의 울타리 안에 사람을 죽이고 폭탄 만드는 법을 밤새워 공부하는 학생이 있다는 것은, 그의 상상력의 한계를 아득히 넘어선 일이었을 거다.

미국에 가더라도, 혹은 가지 않더라도, 마리는 의열단을 위해 자신이 할 수 있는 일이 있다면 뭐든 할 생각이었다. 그것이 조국을 위한 일이고, 죽은 관순 언니에 대한 복수라고 생각했다. 무선 전신을 배우고, 장부를 정리하고, 사람들을 만났다. 때때로 일본인 형사가 말을 걸어 오며 어딜 갔다 오는지, 누굴 만났는지 캐물을 때도 있었지만, 그때마다 마리는 사람들이 생각하는 '청순한 여학생'인 척하며 표정을 숨겼다.

하지만 거기까지였다. 배신자가 나왔다. 그를 매수한 이는 평북 경찰부 고등과의 조선인 형사였다. 신의주까지 운반해 온 폭탄 반입은 실패했고, 그와 연관된 이들이 줄줄이 체포되기 시작했다. 마리와 연결된 사람들까지 소식이 두절되었을 때, 마리는 평소처럼 외출을 했다가 그대로 모습을 감추었다. 의열단의 폭탄 공장과 연결된 자들이 하나하나 체포되는 상황에서, 자신이 이화학당의 학생이라는 사실이 밝혀지면 학교가 발칵 뒤집힐 것이 불 보듯 뻔한 일이었다. 어쩌면 마리의 가까운 동무들이며 선생님들이 고초를 겪고, 학교가 아예 문을 닫을 수도 있었다.

잡히지 않는다면 괜찮을 거다. 그 생각으로 마리는 부산까지 도망쳐 갔다. 그리고 더 이상 도망칠 수 없을 것 같은 상황에서 마리는, 사진 신부가 되어 미국에 갈 결심을 했다.

* * *

지금, 사람을 죽일 수 있을까.

직접 사람의 숨통을 끊어 본 적은 없다. 하지만 한 가지는 분명했다. 증거를 남기지 않고 해치우는 것이 어렵지, 죽기를 각오하고 사람 하나 죽이는 것은 불가능하지 않다. 지금처럼 바자회에서, 모두가 무방비하게 웃고 떠들고 조선 음식을 나누어 먹을 때라면 더욱 빈틈을 노리기 쉬울 것이다. 처음에는 다음 기회를 노려야 한다고 생각했는데, 옷자락에 묻어 들어온 음식 냄새와 먼지 냄새, 이 창고의 후덥지근한 공기가 마리의 가슴을 마구 뒤흔들었다.

죽이자, 죽여야 한다. 그 환상이 참이든 거짓이든, 지금 이 순간에도 그가 조선의 왕족 행세를 하며 제 영달만 차리는 놈이라는 것은 사실일 터. 그런 왜소한 남자라면, 한 번 찌르는 것만으로도 저승에 보낼 수 있을 것이다. 잔뜩 녹이 슨 끌이라면, 단숨에 숨통을 끊지 못하더라도 얼마 지나지 않아 패혈증으로 세상을 뜰 것이다. 마리는 마음을 먹었다. 그리고 녹슬고 긴 연장을 들고 자리에서 일어났다. 그때였다.

"지금 여기서 그가 죽으면, 그는 영웅이 되는 건데."

등줄기에 서늘한 땀이 흘렀다. 마리는 뒤를 돌아보았다. 그 서슬에 찌그러진 주전자가 등 뒤로 굴러 떨어졌다.

그리고 창고의 천장 구석, 어딘가 틈이 벌어졌는지 햇살이 한 줄기 내리꽂히는 그 자리에, 한 여자가 서 있었다.

"당신, 누구야…."

여자는 대답하지 않았다. 그는 돌아가신 무당 어머니 같기도 했고, 세상 떠난 관순 언니 같기도 했다. 아니, 누구라도 상관없을 터였다. 그 여자는 눈부신 빛 속에서 마리를 향해 고개를 저어 보였다.

"아직 일어나지 않은 일이야. 네가 걱정하는 것은."

"그래서 어쩌라고!"

마리가 소리쳤다. 그 순간 끌을 쥐고 있던 손에서 날카로운 통증이 느껴졌다. 녹이 슬어 일어난 거스러미에 손을 베인 모양이었다. 바닥에 피가 뚝 하고 떨어졌다. 별 상처도 아닌데, 머릿속이 아득하게 어지러웠다.

"어떡하라는 거야. 그 사람 때문에 조선인들이, 수도 없이 죽는다잖아. 그자가 죄도 없는 조선인들을 수태 죽일 거라잖아. 그런데, 그런데…."

"예감만으로 사람을 죽이는 것은, 광인의 소행이라고 해."

"하지만!"

마리는 허우적거리며 빛을 향해 다가갔다.

"저 사람이 자신의 영달만을 바라는 자라 해도, 협잡배라 해도, 망국의 왕족을 자처하며 잘난 척을 한다고 해도, 저 사람은 아직 사람을 죽이지도, 나라를 팔아먹지도 않았어. 아직은 그저, 뜻이 다른 것뿐이야. 뜻이 다르다는 이유만으로 사람을 죽이면, 죽은 사람은 영웅이 되고 말지. 네가 그런 것을 바라는 것은 아니잖아."

"하지만…."

"마리야, 윤마리."

쿰쿰한 먼지 냄새와 녹두부침개를 지지던 기름 냄새 사이로, 어디서 플루메리아 향이 풍기는 것 같았다. 이곳, 하와이에 처음 도착하고, 이민국에 갇혀 있다가 이민관 앞에 혼인 선서를 하러 나왔을 때, 그때 사방에서 풍기던 향기였다. 이곳, 하와이 사람들은 저 희고 향기로운 플루메리아로 꽃목걸이를 만들곤 했다. 환영과 축복을 담아서. 설마, 저 빛 속의 여자는 이곳, 하와이 최후의 여왕, 릴리우오칼라니라도 되는 걸까. 마리는 잔뜩 의심하며 그 빛을 향해 걸어갔다. 그때 빛이 확 번지며, 마리를 끌어안는 것처럼 뒤덮었다.

“그래, 세계의 모든 왕들이 무너지는 시대에, 그는 왕 자리에 욕심을 내고 있구나. 하지만 어떤 역사는 반드시, 왕을 거꾸러뜨려야만 이루어지는 것도 있는 법이지.”

“어째서….”

“괜찮아, 네가 모든 것을 떠안지 않아도 돼.”

“하지만, 아직 조선에 독립이 오지 않았는데….”

“여기서 사람을 죽이고, 네 운명을 끝내지 마.”

“하지만….”

수많은 팔들이 마리를 끌어안는 것처럼 느껴졌다. 마리는 다섯 살 난 어린아이가 된 것처럼, 그 팔에 자신을 맡겼다. 그리고 아득하게, 문 열리는 소리가 들렸다.

＊

“어떤 시러베자식이 윤 소사를 겁탈하려 들었던 게지.”

병원에서 눈을 떴을 때 처음 들려온 이야기는, 자신이 외간 남자가 흑심을 품고 접근하자 정조를 지키려 창고로 도망쳐 문을 잠갔다는 이야기였다.

“그러지 않고서야 저 침착한 사람이, 어디서 잔뜩 녹이 슨 연장 같은 것을 꺼내 안고 기절할 리가 있나."

"아니, 지금 우리 교회 남정네들을 의심이라도 하는 거요?"

"다 아는 사람들이니 대놓고 의심하지는 않지만, 그래도 조선 땅에서 그런 일이야 비일비재지. 어디 젊은 과부가 있다 하면, 점잖은 놈부터 왈패들까지 어떻게든 해 보려고 수작 부리던 게 하루 이틀 일인가!"

여자들은 병실 가까이 다가오는 모든 남자들을 몰아낼 기세였다. 그런 일이 아니라고 마리가 뒤늦게 해명하려 했지만, 여자들은 다 이해한다는 듯이 고개를 끄덕였다.

"나 같아도 그런 일이 있으면 아니라고 하지…. 그래도 별 험한 일은 없었던 거지?"

"…예."

"우리 윤 소사가, 옛날 같으면 열녀문을 받았을지도 모르는데…. 차라리 멀끔한 홀아비와 재혼이라도 하면 좀 사정이 나을까. 형님들, 어디 괜찮은 사람 좀 없겠소?"

"그러게, 윤 소사만 마음이 있으면, 어디든 괜찮은 혼처를 좀 알아볼 것인데…."

"저는 괜찮아요…. 그냥, 좀 무리를 해서 그랬나 봐요."

"하긴, 요 며칠 세탁소에 일감이 많긴 했다. 그렇게 몸을 갈아서 일하는 사람인데, 바자회 일까지 부탁했으니. 내가 생각이 짧았지."

토미 엄마가 한숨을 쉬었다. 마리는 아무 말도 하지 않았다.

퇴원하고도, 마리는 사흘을 더 쉬었다. 세탁소 일이 마음에 걸렸지만, 토미 엄마도 로즈 엄마도 한동안은 쉬는 게 좋겠다며 극구 만류했다. 남자들은 서로, 자신은 아무 짓도 하지 않았다, 바자회 내내 그 자리에 있었다며 마리와 얽히지 않으려 들었다. 실제로 누가 마리를 겁탈하려던 것도 아니었으니 상황만 봐선 정말 쓸데없이 용렬한 자들이긴 했다. 하지만 조선에서였다면, 남자가 그러는 게 무슨 큰 흉이 될 문제냐, 과부가 바깥출입을 하는 것이 문제가 아니냐고 뻗대는 놈들이 한둘이 아니었을 터다. 미국 땅에서, 교회 울타리 안에서는 조선 남자들도 조금은 여자들의 눈치를 보기 마련인 모양이다. 사람이라는 것이, 낯선 땅, 새로운 세상에서는 그만큼 변하는 게 당연한 것이겠지. 마리는 이곳에서 자신은 또 얼마나 변했을까, 이화학당에 다니던 시절의 자신과는 또 얼마나 달라졌을까 생각했다. 확실한 것은 기미년 만세운동 이전과 그 이후의 자신은 아주 다른 사람이라는 것이었다.

이곳에 오고 내내, 살아남는 것에만 급급했다. 늙은 '신랑' 정 씨는 혼인하자마자 죽어 버리고, 오자마자 젊은 과부가 되어 사탕수수 농장에 도착한 마리에게 주변은 온통 어떻게 한번 해 보려는 사내들과 남자 없이 혼자 나타난 젊은 여자의 존재를 경계하는 아낙들뿐이었다. 죽은 정 씨의 집에서 그가 남긴 것들을 수습해 보니 빚뿐이었고, 마리는 몇 년 동안 그 빚들을, 미국에 오기 위해 감당했어야 하는 대가라 생각하며 이자까지 전부 갚았다. 그러고 나서야 농장을 떠나 이곳으로 올 수 있었다. 그렇게 살아 오며, 혼자서 조용히 생각할 시간을 가져 본 것이 대체 얼마 만일까.

마리는 침대에 누워 숨을 고르며, 그간의 일을 곱씹었다. 반쯤 열린 창문 밖에서는 사람들 소리, 자동차가 지나가는 소리, 익숙한 일상의 소리 들이 들려왔다. 그 빛 속의 환영이 말한 그대로였다. 이승만은 소인배였지만, 마리가 아직 경성에 있을 때 의열단 사람들이 해치운 친일파들이며, 일본인 경찰들처럼, 조선인들을 해치기 위해 대놓고 악행을 저지르지는 않았다. 자신이 본, 아마도 그가 행할지 모르는 앞날의 가능성만으로 사람을 해쳐서는 안 된다. 그 생각은 이렇게 아무것도 하지 않고 누워서 쉬는 동안에야 겨우 머리에 떠올랐다. 언젠가 그가 정말로 조선 사람들에게 해가 될 일을 했을 때, 제 한 몸만 살자고 수많은 사람들을 버리고 도망쳤을 때, 아기를 안고 도망치는, 너무나 앳되어 보이는 아기 엄마의 등에 대고 총을 쏘았을 때, 그때 그를 벌해도 늦지 않을 것이다. 사실은 그 모든 일이 일어나지 않는 편이 가장 좋을 것이고.

문득 그 창고에서 맡았던 플루메리아 향기가 떠올랐다. 이곳에 처음 도착하고, 이민국에서 '신랑'을 기다릴 때, 반쯤 열린 문 너머에서 풍겨오던 향기. 그 향기는 아무것도 기대하지 않고, 일단 조선 땅을 떠나 도망쳐 살아남는 것만을 생각했던 마리에게 처음으로 다가왔던 희망의 향기이기도 했다. 그 보잘것없던 희망은, 늙어 꼬부라진 정 씨를 만나자마자 사라졌지만. 그럼에도 불구하고 이곳은 여전히 마리에게 기회와 희망의 땅이었다.

만약 그 빛이 마리를 말리지 않았다면, 마리는 그날 이승만을 살해했을 거다. 평화롭던 교회는 피로 얼룩지고, 마리는 그대로 살인자가 되어 체포되었겠지. 누군가는 마리가, 과거 의열단에 몸담았다는 사실을 밝혀내고 말았을지도 모른다. 그렇게 난데없는 곳에서 마리를 알아보는 사람이 있었던 것처럼. 그 빛이 말했던 대로 이승만은 비운의 영웅이 되고, 누군가는 의열단을 비난했을 것이다. 그날 마리가 충동적으로 저지를 뻔한 일에 성공했다 한들, 그 뒤에 기다리는 것은 마리가 가장 바라지 않는 상황들뿐이었다.

그 빛 속의 사람은 누구였을까. 플루메리아 향기를 풍기며 다가와 마리를 말린 그는. 그는 나라를 빼앗긴 하와이의 마지막 여왕이었을 수도, 예수를 낳고 고난을 겪은 마리아였을지도 모른다. 젊디젊은 나이에 나라를 위해 제 뜻을 굽히지 않다 죽은 관순 언니였을 수도, 혹은 다섯 살 난 자신을 떠나보냈던 가여운 어머니였을지도 모른다. 마리는 자리에서 일어나 침대 아래로 내려왔다. 맨 마룻바닥에 무릎을 꿇고, 누구인지 모를 그를 위해 기도를 드렸다.

그때 누군가 세탁소 계단을 올라오는 소리가 들렸다. 발걸음 소리가 토미 엄마도, 로즈 엄마도 아니라고 생각한 순간, 문이 열렸다. 그리고 플루메리아 향이 마리의 온몸을 덮쳐 오는 것 같았다.

"마리…."

마리의 눈이 휘둥그레졌다. 머리가 하얗게 센 여자가 달려 들어와 마리의 어깨를 끌어안았다. 갓 호놀룰루 항에 도착한 것 같은, 아직 싱싱한 하얀 꽃목걸이가 바닥을 뒹굴었다. 창고 안에서 보았던 그 햇살이 자신을 끌어안는 것처럼, 여자는 마치 어린아이를 끌어안듯 마리를 부여안고 눈물만 흘렸다.

"어머니…?"

"이렇게 미국까지 올 거였다면, 왜 진즉 우리에게 오지 않았니…."

곧이어 이제는 백발이 된 아서 필립스 선교사가 묵직한 가방을 들고 마리의 방으로 들어섰다. 문밖에서 토미 엄마와 로즈 엄마가 수군거리며 안을 들여다보았다. 그제야 마리는, 그 빛의 사람이 자신에게 바랐던 내일이 무엇인지 깨달았다. 친어머니와 필립스 부부가 함께 바랐던 것들. 오랫동안 잊고 있었던 행복에 대한 소망이 순간 가슴을 치고 들어왔다. 마리는 눈물을 흘리는 앤을 끌어안은 채, 아서를 올려다보았다. 아서는 잠시 머뭇거리다 그들의 곁에 한쪽 무릎을 꿇고 앉아, 마리를 함께 끌어안은 채 하느님께 감사의 기도를 올렸다.

6.

호령 기담
(1932년 여름)

"배우자, 가르치자!"

"다 함께, 브나로드!"

젊은 학생들의 목소리가 교회의 강당에 울려 퍼졌다. 동아일보사에서 주최한 브나로드운동 강연회였다.

수많은 청년 학도들 사이에서 마리는 떨리는 마음으로 손을 들었다. 농촌으로 가자, 민중 속으로 가자. 당장 내 조국이 독립을 이룰 것이 아니라면, 언젠가 다가올 그날을 위해 힘을 길러 둘 일이다. 학교를 짓고, 아이들을 가르치리라. 그 마음으로 마리는 이곳에 와 있었다.

브나로드는 러시아 말로 "민중 속으로 가자"라는 뜻이라 했다. 제정러시아 말기 러시아의 지식인들은 평등한 이상 사회를 만들기 위해서는 먼저 민중이 깨우쳐야 한다며 브나로드를 외쳤다. 마리가 아직 어린 소녀였을 때에도 전문학교 학생들이나 유학생들은 방학이 되면 고향으로 돌아가 어린아이들을 가르치고, 사람들에게 새로운 지식이며, 조선과 일본의 상황 같은 것을 알리고 다녔다. 그리고 작년인 1931년부터, 동아일보사가 전국 규모로 문맹퇴치 운동을 한다며 이 일에 '브나로드'라는 말을 붙였다. 전문학교 학생들을 모아 강연회를 열고, 수많은 청년 지식인들을 고향으로, 농촌으로 보냈다. 청년들은 브나로드, 브나로드를 외치며 곳곳에 작은 강습소를 지었다. 작은 진료소도 지었다. 시골 마을 곳곳에서 아이들이, 먹이를 받아먹는 제비새끼들처럼 입을 벌리며 『농민독본』의 구절들을 따라 외웠다.

"누구든지 학교로 오너라."

"배우고야 무슨 일이든지 한다."

지난해, 신문의 커다란 광고로 '브나로드'라는 말을 처음 읽었을 때 얼마나 가슴이 떨렸던가. 장차 전문학교에 들어가면, 내 반드시 저 대열에 동참하리라고 마리는 몇 번이나 다짐했었다.

그리고 지금, 조선여자의학강습소 1학년인 마리는, 예전에 동경했던 그대로 젊은 지식인들과 함께, 민중 속으로 나아가기 위한 대오 속에 서 있었다. 주먹을 불끈 쥐고 구호를 외치며, 그의 젊은 가슴은 피가 끓어오르고 있었다. 그는 동경의 마음을 담아, 브나로드운동이 본격적으로 일어나기 전부터 방학마다 고향에 돌아가 학교에 가지 못한 아이들에게 읽고 쓰기를 가르쳐 왔다는 전문학교 학생의 말을 귀 기울여 들었다. 그 마을에는 지금

병원은 고사하고 진료소나, 하다못해 침구사조차 없어 사람이 아파도 속수무책으로 죽어가고 있다는 말에, 마리는 용기를 내어 손을 들고 나서기도 했다.

"이 자리에 모인, 뜻 높은 우리 청년 학도 여러분."

그리고 강연회가 마무리될 무렵, 〈동아일보〉 편집장 이광수가 앞으로 나와, 학생들에게 격려의 인사를 했다.

"여러분에게 당부할 것이 있습니다. 먼저 여러분은 혼자가 아닙니다. 민중 속으로 가고자 하는 사람, 배움을 나누고자 하는 사람, 그리고 배우려 하는 민중 모두가 여러분의 동지입니다. 여러분은 마땅히 지방에 있는 동지들과 협력하여 이 운동을 건실하게 해 나가야 할 것입니다."

"예!"

"우리 민중이 글과 셈을 배우고, 제 몫을 다 할 수 있도록, 실력 향상을 꾀하는 것이야말로 우리 민족을 발전시키는 일이라 하겠습니다. 그러나 여기에 자칫 사상의 때를 잘못 묻히다가는, 당국의 탄압을 받아 우리의 정순한 뜻마저 가로막힐 우려가 있습니다. 여러분은 글과 셈, 여기에 순수한 의료봉사 외에는 아무것도 더하지 말며, 새로운 일을 행할 때에는 마땅히 당국의 허가를 받아야 할 것입니다. 당국의 허가는 우리 〈동아일보〉 지방 지국이 알선할 것이니, 무엇이라도 문의해 주십시오."

"예!"

"마지막으로 우리의 브나로드는 동포에 대한 봉사입니다. 여러분은 마땅히 지식인으로서, 품행에 주의하고 모든 동포 민중들의 모범이 되어야 할 것입니다."

"예!"

청년들은 환호했다. 그들 모두는 가엾고 무구한 사람들, 낫 놓고 기역 자도 모르지만 마음만은 선량한 사람들, 소처럼 둥글고 양순한 눈을 하고 일제에 착취당하는 제 동포들을 위해, 다만 방학 몇 달만이라도 몸과 마음을 바치겠노라 다짐하고 있었다. 마리 역시 마찬가지였다. 아직 출발도 하기 전인데, 마리는 낡은 초가집 문설주에 붓글씨로 써 붙인 '진료소' 세 글자와 함께, 때가 꼬질꼬질한 얼굴에 두 눈만은 반짝이는 아이들의 모습이 눈에 선했다. 그렇게 타오르는 열정으로, 청년들은 더러는 얼싸안고 소리치고, 더러는 감격의 눈물을 흘렸다. 앳된 아가씨인 마리는 그들과 몸을 부딪치며 환호하지는 못하였지만, 그래도 그들 사이에서 작은 두 주먹을 꼭 쥐며 함께 소리쳤다.

"농촌으로!"

* * *

"농촌 같은 소리 한다."

그 뜨거운 마음을 안고 기숙사로 돌아왔을 때, 같은 방을 쓰는 선배인 목화가 대뜸 그 열기에 찬물을 끼얹었다.

"그런 회합에 왔다 갔다 하는 정도는 괜찮은데, 직접 농촌에 가서 뭘 해 보겠다, 그런 생각은 말아. 다 큰 처녀가 철딱서니 없이 굴지 말고."

마리는 기가 막혔다. 물론 세상에는 청년들이 무슨 일을 해 보려고 하면 일단 눈부터 샐쭉하게 뜨는 사람들이 없지 않다. 특히 젊은 여자가 뭘 해 보려고 하면 어떻게든 주저앉히려 드는 이들이야, 고리타분한 학교 앞 복덕방 영감님부터 혼기가 다 찼는데 공부나 한다고 나무라는 아버지 어머니까지 손으로 다 꼽을 수 없을 만큼 많기도 많았다. 하지만 다른 사람도 아니고 민목화다. 조선여자의학강습소의 자랑, 민목화. 졸업 전에 의사 고시에 붙어 자랑스러운 여의사가 될 것이라고 모두가 믿어 의심치 않는, 모두의 모범이 되는 선배 말이다. 그 사람이 철딱서니 운운하다니, 마리는 분해서 눈물이 다 날 것 같았다.

"철딱서니라니요. 사람이 큰 뜻을 품고 민중에 봉사를 하러 간다는데, 격려는 못 할망정."

"경성에서 나고 자란 네가 난데없이 농촌에 민중 봉사를 간다니, 하룻강아지가 범 무서운 줄을 모르더라는 말이 생각나서 그러지."

목화가 고개를 돌렸다. 목화의 말대로 마리는 경성 출신이었다. 증조부 때부터 경성은 아니라도 경성에서 멀지 않은 부평 복사골에 터 잡고 살았으니, 본격적인 농촌이며 시골에 대해 뭘 아느냐 묻는다면 사실 할 말은 없었다. 하지만 이번에 마리가 의료

봉사를 가기로 정한 청석골은, 목화의 고향에서 그리 멀지 않은 곳이었다. 목화에게 브나로드에 대해 이야기하다 보면 고향 이야기도 나올 것이고, 뭐라도 도움이 될 이야기를 얻어 들을지도 모른다고, 마리는 떡 줄 사람은 생각도 않는데 김칫국부터 마시듯 내심 기대하고 있었다.

게다가 아무리 공붓벌레인 목화라 해도 고향이 없는 것도 아닌데. 방학 때에도 고향에 안 가고 경성에 남아 있진 않을 텐데. 어차피 고향 가는 길이면 같이 손잡고 내려가고, 가서 진료소도 함께 짓고 보살피면 얼마나 의지가 되고 좋을까 싶었다. 하지만 목화는 그런 계산 따위 원천 봉쇄하려는 듯 손을 내저었다.

"…혹시라도 같이 가자는 소리일랑 하지 마. 안 갈 테니까."

"그런 말 안 해요."

"안 하기는, 무엇 하나 재미있어 보인다 싶으면 강습소의 언니 동생들을 다 끌고 가는 네가, 정말 아무 생각 없이 내 고향 근처라는 이유만으로 내게 물어봤을 리가 있나."

"그냥 물어보려던 것뿐이에요. 아니, 그리고 언니는 의료봉사에 무슨 원한이라도 맺힌 거예요? 언니네 고향 옆 마을이면, 결국에는 언니네 고향 사람들도 덕을 볼 일인데!"

"덕이라고?"

목화가 피식 웃었다. 그 웃음은 마치 칼날을 입에 문 듯 차갑고 냉혹해 보이는 것이어서, 마리는 자기도 모르게 어깨를 움츠렸다.

"농촌에, 그 시골 청석골에 의료봉사를 가면, 그곳 사람들이 네게 고마워라도 할까 봐서? 가서 병든 사람들을 돌보아 주고, 밤에는 마을 아이들을 모아 글을 가르치면, 누가 너더러 조선의 나이팅게일이라 칭찬이라도 해 줄 것 같니."

"언니는 무슨 말씀을 그렇게 해요."

"내가 아끼는 방 동생이, 제 발로 위험한 데 걸어 들어가려 하는데, 험한 말이라도 해서 붙잡을 수 있으면 붙잡아야지."

"언니는 참, 청석골이 무슨 범 아가리라도 되는 줄 아세요."

"범 아가리는 아니지만, 마리같이 고운 처녀에게는 이리 소굴쯤은 될 수도 있지 않나."

마리의 머릿속이 분주하게 돌아갔다. 옳다구나, 목화가 무엇을 걱정하는지 짐작이 갔다. 농촌이 문제가 아니라, 젊은 처녀가 낯선 곳에서 혼자 지내다가 무슨 변이나 당하지 않을까 싶어서 자꾸 그런 말을 하는 것이다.

하지만 위험하기로 치면 어디 낯선 청석골만 위험하랴. 여기 경성에서도, 앳된 신여성들이 길거리를 지나가면 여기저기에서 흘끔흘끔, 점잖지 못한 눈초리로 머리끝에서 발끝까지 훑어보는 남정네들의 시선이 날아와 꽂혔고, 대낮부터 길을 막고 수작을 부리거나, 직접 나서진 않더라도 마치 들으라는 듯이 더러운 소리들을 내뱉는 사내들도 한둘이 아니었다. 하지만 그런 것 하나하나를 근심해서야, 어떻게 여자가 담장 밖으로 걸어 나가 세상을 향할 수 있을까.

"젊은 처녀 혼자 시골 마을에 갔다가 무슨 봉변이라도 당할까 그러는 거지요?"

"잘 아는구나."

"언니 걱정이야 알지만, 이리 같은 사내야 어디에나 있지요. 점잖지 못하고 짐승 같은 사내들이야, 여기 경성엔들 없을까요."

"경성은 사람 눈이라도 많아, 파락호며 왈패도 남의 눈치는 보기 마련이지."

"하지만 농촌도 사람 사는 곳이고, 저 혼자 가는 것도 아니지 않아요."

"너, 내 말이 귓전에도 안 스치고 그냥 지나갔구나?"

목화가 자신을 걱정하는 것은 잘 알겠다. 언니 같고 어머니 같은 마음으로 염려하고 있다는 것도. 하지만 마리는 그런 목화의 간섭이, 마치 자신을 철없는 어린아이로 보는 것 같아 적잖이 불쾌하였다. 한낱 여흥 삼아 답청을 가겠다는 것도 아니고, 조선 민중을 위해 노력 봉사를 하겠다고 나서는 일이다. 사람이 그렇게 큰마음을 먹었으면, 빈말이라도 손 닿는 대로 도와주겠다거나 참으로 장한 일이라고 치하의 말이라도 하기 마련이다. 올해는 의사 면허 준비로 바빠 함께할 수 없지만, 내 고향 근처니 언제 같이 내려가자거나 하는 다정한 말 정도는 조금 기대하기도 했다. 그런데 출발도 하기 전에 재부터 뿌리다니.

"언니, 언니가 저를 걱정하시는 건 알아요. 하지만 작년에도 재작년에도 브나로드운동으로 농촌에서 봉사하고 온 학도가 한둘이 아닌데, 무슨 일이 있었으면 벌써 소문이 났겠지요."

"너도 참 갑갑하다. 세상 어느 여자가 그런 봉변을 당하고 자기가 무슨 일을 당했는지 떠벌리고 다니겠냐? 하다못해 경성이라면, 왜놈의 앞잡이들이 득실거릴지언정 봉변을 당했다고 달려갈 주재소라도 가까이 있겠지만, 그런 곳에서 일을 당하면 무사히 빠져나오기만 해도 다행이야."

지금 이 고리타분한 사람이 목화 언니가 맞나? 가서 무슨 변이라도 당하라고 고사를 지내는 것도 아니고, 어떻게 이렇게 말끝마다 변을 당한다는 소리만 할 수가 있을까.

"청석골에 간다고? 거기가 어떤 곳인 줄 알고! 네가 무슨 성모 마리아 님이라도 되나? 얘, 너 그렇게 아무것도 모르는 천진난만한 얼굴을 하고 그런 데 가서, 진료소를 차리고 사람들을 돌봐 주면, 들키지만 않으면 법이야 어쨌든 상관없다는 그 촌무지렁이들이 너를 무슨 거룩하다고 존경하고, 범접하지 못할 것 같나? 아서라, 거기선 남의 집 닭이든 개든 잡아먹고 입 씻으면 소용없고, 여자도 마찬가지다. 외지에서 온, 젊고 물정 모르고 연고도 없는 여자 하나 어떻게 하는 거, 남의 집 임자 있는 닭이나 개 잡아먹는 것보다도 쉽지!"

마리는 입을 떡 벌렸다. 고향이라면서, 목화가 말하는 청석골은 마치 같은 하늘을 못 지고 살 철천지 원수의 고장이라도 되는 것 같았다. 그런 데다 말 한마디 한마디가 전부, 그 마을 사람들을 범죄자 보듯이 해서 치가 떨렸다. 이렇게 차갑고 무정한 사람이었던가. 가난하고 배우지 못한 고향 사람들을 부끄러워하는 것도 모자라, 이렇게까지 증오하는 사람이었던가. 마리는 늘 친하게 지냈던 목화가, 마치 처음 보는 사람처럼 낯설고 두려웠다. 다른 사람도 아니고 목화 언니가 저런 말을 할 줄은 몰랐다.

"언니가 그런 말을 하실 줄은 몰랐어요."

"내가?"

"언니는… 언니는…."

목화에게 직접 들은 이야기는 아니다. 하지만 강습소의 모두가 아는 이야기였다. 목화의 부친은 저 유명한 조봉암, 박헌영과 함께 조선공산당을 이끄는 인물 중 하나였다. 민중을 위해 일하겠다는 혁명가의 딸이라면 마땅히 가난한 농민들의 아픔을 함께하고, 아이들에게 글과 셈과 위생과 예절을 가르치며 조선 민족의 앞날을 함께 고민할 줄 알았다. 그런데 그 힘찬 발걸음에 함께하지는 못할망정, 브나로드운동에 나서는 여학생들이 농촌에서 무슨 큰 봉변이나 당할 것처럼 초를 치고 있다니.

"언니는, 언니의 아버님께서 그 말씀을 들으시면 뭐라고 하시겠어요?"

한심스러웠다. 너무나 한심스러운 나머지 마리는, 목화가 제 신변 이야기를 하는 것을 끔찍이 싫어하는 줄 뻔히 알면서도 그 말을 기어이 내뱉고야 말았다.

"아버지라고?"

아니나 다를까, 목화의 얼굴이 차갑게 굳어졌다. 마리는 아차

했지만, 이미 내뱉은 말을 주워 담을 도리는 없었다.

"우리 아버지? 그 개도 안 물어 갈 양반이 뭘 어쨌다고."

"제, 제 말이 아주 틀린 것도 아니잖아요!"

"사상운동에 빠져서 처자식은 돌보지 않고, 저 한 사람만 믿고 깊은 산골짜기, 의원도 약방도 하나 없는 그 마을로 시집온 아내가 오랜 병을 앓다 죽어가는데도 약 한 첩 지어 오는 법이 없이 밖으로만 나돌다가, 초상 치르는 데 홀연히 나타나서는, 생전에 무슨 정이 그렇게 깊었던 것처럼 반나절 비통하게 애곡만 하고 사라지는 사내가, 민중은 무슨 민중?"

목화는 이를 갈았다. 목화의 그런 표정이야말로, 범이나 이리보다도 더한 맹수처럼 보였다.

"아들은 대 이을 귀한 아들이라고 노모 손에 맡기고, 딸은 처가에 보내 놓고는 어디 가서 죽었는지 살았는지 공부를 해서 의사가 될 건지도 모르고, 그러면서 사상의 동반자라며 젊은 여자 얻어서 사는 한심한 사내가 내 아버지라는 자다. 그런 것도 아비라고 본을 받으라고?"

"언니…."

잘못했다. 크게 잘못하였다. 마리는 정말로 큰 낭패를 저질렀구나 싶었다. 하지만 차마 미안하다는 말을 하지 못한 채 바들바들 떨기만 하였다. 미안하다고, 내가 실수했다고, 정말로 큰 잘못을 한 것 같다고 말해 버리면, 저 자존심 강한 목화가 울음을 터뜨리고 말 것 같아서.

"나는 제 앞가림도 못 하면서 사상입네 혁명입네 하는 것 따위 딱 질색이다. 제 처자식이 죽어나는 것도 돌보지 못하면서 조선 민중의 앞날을 걱정합네, 입에 발린 소리나 하면서 잘난 척하는 것도 싫다. 네가 의로운 마음으로 험한 길을 가려는 것을 격려해 주고, 힘이 되어 주지 못해 미안하지만, 나는 내년에 졸업을 해야 하고 올해 반드시 의사 시험에 붙고야 말 것이다. 고향이고 아비고, 그런 것 따위 내 알 바가 아니다."

목화는 잠시 어깨를 파르르 떨다가, 돌아앉았다. 그는 마리의 농촌 봉사 따위에는 아무 관심도 없다는 듯이 입을 굳게 다문 채, 두꺼운 의학 사전과 교과서를 펼쳐 놓았다. 오늘도 밤을 새워 공부할 테니, 쓸데없는 일로 방해하지 말라는 듯이.

＊＊＊

"싸웠나?"

"뭐가."

"목화 너 말이다. 마리 하고 맨날 모찌처럼 철썩 붙어 다녔으면서."

"싸우긴, 의사 시험 때문에 긴장해서 그러는 것뿐이야."

"가시나가, 시험은 너 혼자 보나. 공부가 아무리 중해도 그러는 거 아니다. 오늘 방학이라고 집에 가면, 또 두 달은 못 볼 거 아닌가."

목화의 동급생인 덕순이 솥뚜껑 같은 손으로 목화의 어깨를 찰싹 때렸다. 목화는 아팠는지 낯을 찌푸리며 키도 크고 체격도 좋은 덕순을 서늘하게 한 번 쳐다보았다가, 한숨을 쉬며 걸상 등받이에 등을 기대어 앉았다.

"너는, 고향 가나?"

"그렇지, 뭐."

"지금 중요한 시기인데 고향 가도 괜찮겠나."

"뭐가."

"또 시집가라고 초례상 차려 놓고 기다리시거나 하면. 지금같이 중요한 시기에."

"내가 고향에 간댔지, 언제 집에 간댔나."

"…?"

"좋은 일도 하고, 뭐 유람도 좀 다니고."

"…김덕순."

목화가 어깨를 부르르 떨다가, 갑자기 덕순의 손목을 부여잡고 소리쳤다.

"너 정신 차려라, 네가 무슨 애도 아니고! 내일모레가 의사 시험인데 그렇게 인생에 자신이 넘쳤나!"

두 상급생의 언쟁을, 마리는 창문 너머에서 몸을 잔뜩 움츠린 채 듣고 있었다. 요 며칠 목화는 같은 방에 머무르면서도 필요한 말 외에는 한마디도 하지 않았다. 늘 두 사람이 붙어 다니는 것을 알고 있었던 덕순이 이상한 낌새를 느끼고 쫓아와 꼬치꼬치 캐묻는 통에, 그간의 일을 몇 마디로 간략하게 털어놓았더니 그만 이 사달이 난 것이었다.

사실 덕순에게 처음 이 이야기를 했을 때, 덕순은 사내처럼 껄껄 웃으며 말했다.

"네가 큰 실수를 하기는 했다, 얘. 브나로드라는 말이, 원래는 노서아 지식인들이 쓰던 말이 아니냐."

"민중 속으로, 라는 뜻이잖아요."

"그렇지. 그런데 노서아의 지식인이면, 공산주의 혁명하던 사람들 아니겠어? 그러지 않아도 아버지라면 치를 떠는 목화 앞에서, 그런 이야기를 했으니 심(心)이 상할 만도 하지."

어쨌든 덕순은, 목화라면 자기가 잘 안다, 제가 가서 오해를 풀어 보겠다며 중재를 자처하고 나섰다. 덕순이 목화와 더불어 상급반에서 학년 수석을 두고 다투는, 경쟁자이자 친한 친구인 것이야 이 학교 학생이라면 누구나 알고 있었기 때문에, 마리도 그저 부탁드린다고 이 일을 맡긴 상태였다. 그랬더니 덕순이 달려가서 저 난리를 치는 것이었다.

아니, 아니다. 마리는 덕순을 원망하려는 마음을 억누르며 다시 차분히 생각해 보았다. 덕순이 아무리 체통 없이 군다 한들, 평소의 목화라면 저렇게 매정하게 대하고, 쓸데없는 짓 하지 말고 공부나 하라며 쏘아붙이지는 않았을 것이다. 어쩌면 목화는, 마리가 눈앞에 얼씬거리는 것 자체가 불쾌한지도 모른다. 생각이 그에 미치자 마리의 눈에 눈물이 핑 돌았다. 요 며칠, 목화의 서늘한 시선과 마주칠 때마다, 마리는 정말 쥐구멍에라도 들어가 숨고 싶어졌다. 하지만 그런 것도 하루 이틀이지, 대엿새가 넘어가자, 이젠 정말 될 대로 되라 하는 심정이 되어 버린 것도 사실이었다.

"덕순아."

"너는 그 성질 좀 어떻게 해 본나. 의사가 될 사람이 그렇게 사나워서 어디다 쓸 것이야."

"너야말로, 이 중차대한 시기에 유람은 무슨 유람."

"사람이 공부를 하다 보면, 가끔 머리도 식힐 수 있고…."

"헛짓거리하지 말고 너도 남아 공부나 해. 고향 간답시고 마리 따라 청석골 갔다가 안 해도 될 고생 하지 말고."

"누, 누가 마리를 따라간다고 그래?"

"마리 그것이, 가만히 보니까 잔머리를 살살 굴려서. 나를 꼬시려다 안 되니 이제 너를 꾀어내려 들어. 덕순아, 정신 차리고 공부나 해라. 지금 우리 처지에 브나로드가 무엇이냐."

목화가 치맛자락을 털며 자리에서 일어났다. 마리는 얼른 몸을 더 움츠린 채, 멀어져 가는 목화의 목소리에 귀를 기울였다.

"계집이라고 사내보다 못하라는 법 없고, 아비가 버린 자식이라도 부모 형제 사랑 듬뿍 받으며 손에 물 안 묻히고 곱게만 자라 세상 물정 모르는 아가씨들보다 못하라는 법 없느니…. 나는 올해 반드시 의사 시험에 붙고 말 것이다. 조국이고 민족이고,

지금 내게 그것보다 중한 일이 어디에 있나."

야속하였다. 아직 어리다 해도 전문학교에 들어와 지식인의 말석이나마 차지하였다면 마땅히 민족의 앞날을 걱정해야 하는 게 아닌가 생각한 것뿐인데, 제 그런 뜻을 오해하는 것도 모자라, 곱게만 자라 세상 물정 모르는 아가씨 취급 하는 것이 원망스러웠다. 그런 데다 덕순 언니를 꾀어내긴 누가 꾀어냈다고! 덕순도 목화와 마찬가지로 하삼도(下三道) 호령(湖嶺) 쪽이 고향이라 했으니, 혹시라도 청석골에 대해 알지 않을까 해서 물어본 것뿐이었다. 먼저 신이 나서, 자기도 지금 급한 공부만 마치고 열흘쯤 지나서 따라가 보아도 되겠느냐, 지금이 아니면 언제 그런 장한 일을 해 보겠느냐 나선 건 덕순 쪽이었는데, 사람이 아무리 미워도 없는 말을 지어내며 헐뜯다니. 마리는 눈물이 다 쏟아졌다.

되었다. 같은 방 언니라 하여 아옹다옹하면서도 친동기 같은 정이 쌓였구나 생각했지만, 다 부질없었다. 저가 나를 모함하고 못난 사람 취급한다면, 나도 저를 안 보면 그만이다. 어차피 방학이니 이대로 안 보고 헤어져도 하등 이상할 게 없었다. 마리는 이를 갈았다. 슬프고도 서럽고, 서운한 마음에 앙심까지 깊이 들어, 다시는 목화를 안 봐도 아쉬울 게 없을 것 같았다.

***

“아, 마리 씨.”

경성역 앞에서 키가 크고 남자답게 생긴 사내가 손을 들었다. 훤칠하고 날렵한 미남은 아니었으나, 덩치 좋고 얼굴은 적당히 그을린 데다 팔뚝이 단단해 보이는 다부진 인상의 남자였다.

“김중도입니다.”

“신마리라고 해요.”

“제 고향이 젊은 아가씨 혼자 지내시기 편한 곳은 아닌데…. 먼 길 와 주신다고 하니 감사할 따름입니다.”

청석골에는 이미 작으나마 강습소가 있었다. 청석골이 낳은 수재라는 김중도라는 이가, 방학마다 제 고향에 돌아가 아이들을 가르치고 있다고 했다. 어차피 청석골에 가면 함께 합을 맞추어 일해야 할 것이었으므로, 마리는 아예 경성역에서부터 김중도와 만나 함께 가기로 했던 터였다.

“아니에요, 중도 씨야말로 방학 때마다 고향에서 아이들을 가르치셨다고 들었어요. 이번에 강연회 때에도 중도 씨의 맹활약에 대해 들었습니다.”

“하하하, 부끄럽네요. 저야 민족을 위해 희생 봉사랄 것은 아니고, 청석골은 제 고향이죠. 그 동네 아이들은 모두 제게는 동생이나 조카와 같고요. 그냥 내 주변 아이들을 좀 가르쳐 보겠다 하던 것이, 점점 일이 커져서 이렇게 되었습니다.”

"그래도요. 브나로드운동이 본격적으로 시작되기 전부터 벌써 여러 해 그 일을 하고 계시다 들었는데. 그런 큰일을, 또 꾸준히 하시는 것이 얼마나 훌륭하고 장하신 일이에요."

김중도는 경성에서 전문학교에 다니고 있었다. 어린 시절부터 그 근동에서는 명석하기로 아주 유명했단다. 그런 이야기며, 어떻게 아이들을 가르쳤고 성과가 어땠는지를 구구절절 자기 입으로 말하는 것이 좋게 보일 리가 없었으나, 중도는 그런 말을 듣기 싫지 않게, 심지어는 겸손해 보이게 하는 재주가 있었다.

"중도 씨, 저도 청석골에 머무르는 동안 그 아이들을 힘써 돌보겠어요. 아픈 곳은 낫게 해 주고, 부족한 곳 채워 주면서요."

"어머니처럼요."

"예, 어머니처럼요."

막상 대답을 하고 나니, 아직 어린 나이에 어머니처럼 누군가를 돌본다고 말하는 것이 어색하기도 하고, 공연히 부끄럽기도 하였다. 마리가 고개를 숙이자, 중도는 쾌활하게 웃었다.

"좋군요, 저는 형처럼 삼촌처럼 아버지처럼 그 아이들을 가르치고, 마리 씨는 어머니처럼 그 아이들을 돌볼 테니. 청석골은 우리 두 사람의 가족이 되는 겁니다."

중도의 몫까지 싸 들고 온 찬합과 삶은 달걀을 펼쳐 놓고, 마리는 지주와 맞서 싸우며 강습소를 지켜낸 맹활약이라든가, 농번기에 공부는 무슨 공부냐 공연히 아이들에게 헛바람 넣지 말라시는 마을 어르신들을 설득한 이야기, 장맛비에 다리가 끊어져 아랫마을 아이들이 강습소에 오지 못하게 되자 직접 나무를 베어다 냇물에 걸쳐 놓고 아이들이 건너오게 했던 이야기를 들었다. 그런 이야기를 죽 들으며 오다 보니, 김천역에 도착할 즈음에는 중도를 퍽 우러러보게 되었다.

"XX역으로 가려면 여기서 열차를 갈아타야 합니다. 이리 오십시오."

"XX역이라면…. 거기가 말하자면 읍내인 거지요?"

"그렇습니다. 강습소를 세워야 하는 걸 보면 아시겠지만, 청석골에는 변변한 소학교도 없어서, 어릴 때부터 매일 두어 시간을 걸어서 읍내에 있는 학교로 다녔지요."

"세상에, 정말 대단하셨네요."

"솔직히 공부 같은 것을 계속할 수는 없을 줄 알았어요. 아버지도 일찍 돌아가셨고…. 누님과 막내 누이도 있었고요. 작년에 돌아가신 형님이 아버지 노릇을 대신하셨는데, 그래도 이 근동에서 나름 수재 소리를 듣는 제가 농사나 짓는 것은 안 될 일이라고, 무슨 수를 써서라도 저를 학교에 보내 주겠다 하셨지요."

"그래서 읍내로 공부하러 가신 거군요."

"예, 마리 씨와는 다르겠지만…. 여튼, 그래서 그 가난한 살림에 저만큼은 농사철에도, 비가 와도 눈이 와도 학교에 갈 수 있었어요. 학비는 어떻게 한다고 해도 먹고사는 문제는 늘 고민했지만, 그것만 해도 그 시골에서는 굉장한 거였습니다. 다들, 기약도 없고 당장 농사짓는 데 필요한 것도 아닌 공부보다는 밭에 나가 뭐라도 하는 게 더 중요하다고들 생각하니까."

"중도 씨는, 그 마을의 다른 아이들도 중도 씨처럼 되길 바라는 거군요."

"뭐, 그런 편입니다. 사내로 태어나서, 고향에 남아 농사짓기를 선택할 수도 있지만…. 더 넓은 세상을 보는 쪽을 선택할 수도 있어야죠. 그 선택을 하려면, 아무리 못해도 읽고 쓰는 법 정도는 배워야 하니까요. 하다못해 XX읍에서 뭐라도 해 보고 싶다면 말입니다."

문득 마리는 목화의 일이 궁금했다. 기억이 맞는다면, 목화의 고향이 바로 그 XX읍 근동이었다.

"저희 학교 선배 중에 민목화라는 분이 계신데, 고향이 이쪽이셨다고 들었어요."

"아아. 압니다."

"목화 언니하고 아는 사이세요?"

"뭐, 그쪽은 나를 모르겠지만…. 그때 XX읍에서 학교 다니던 사람 치고, 목화 씨를 모르는 사람은 없었을 겁니다. 아주 뛰어난 학도라고 소문이 자자했지요."

그런데도 목화 언니는, 언니를 그렇게 자랑스러워하는 고향을 미워하고.

마리는 복잡한 마음으로 고개를 끄덕였다. 완행열차가 다시 역으로 들어왔다. 이곳 풍경에는 유난스러울 정도로 새것처럼 보이는 열차는, 가난한 내 민족을 구하겠다는 마음으로 가슴이 뜨거워진 두 남녀를 태우고 다시 XX역으로 향했다.

"여기서부터 청석골까지는 두어 시간만 바싹 힘내서 걸으면 됩니다. 괜찮겠어요?"

"그럼요. 이래 봬도 걷는 건 제법 자신이 있답니다."

XX역 밖으로 나가자, 보이는 것은 온통 비탈길이었다. 가방이 무거웠지만, 마리는 아무렇지도 않은 듯 웃음 지었다. 하지만 한 식경도 되지 않아, 마리는 호기롭게 대답했던 것을 후회했다. 굽이굽이 고갯길, 그것도 포장도 안 된 맨 흙길을 걷는 것은 평평한 신작로를 걸을 때와는 딴판이었다. 마리가 쩔쩔매자, 중도는 피식 웃으며 마리의 가방 하나를 빼앗아 들었다. 마리는 부끄러움에 귀까지 새빨개진 채, 중도의 뒤를 따라 걸었다.

"뭐고, 너 성례했나?"

그렇게 정말로 두어 시간을 걸었을 무렵, 길가 밭두렁에 앉아 있던 흙 때 묻은 젊은 남자 두엇이 화들짝 놀라며 일어나 물었다. 중도가 싱긋 웃으며 마리의 어깨에 손을 얹었다.

"왜, 그래 보이나?"

"짐은 니 혼자 다 들고, 두어 걸음 뒤에 손 모으고 따라오는 품이. 아무리 봐도 안사람 아닌가? 설마 도둑결혼했나! 응? 신혼 재미 좋나?"

대뜸 결혼했느냐고 묻는 고향 친구 앞에서 중도는 갑자기 억양이 강한 말투로 이야기를 하며 낄낄 웃기 시작했다. 조금 전까지의, 사내답지만 경성 물을 먹은 인텔리의 모습과는 사뭇 다른,

그야말로 흙을 대하고 사는 것 같은 사람의 단단한 모습이 느껴졌다. 그리고 마음속 깊은 곳에서 불쾌한 감정이 스멀스멀 기어올랐다.

설마 못 알아듣는다고 생각하는 걸까? 두 사람의 말이 무척 빠르긴 했지만, 목화도 때때로 그런 식으로 말할 때가 있었기 때문에 알아듣는 것은 어렵지 않았다. 남자들이 하는 저속한 농담을 다 알아듣는 것은 아니지만, 표정이나 몸짓만 봐도 불쾌한 이야기구나 하고 바로 눈살을 찌푸리게 되는 순간이 있는데, 지금이 바로 그랬다. 그런데도 중도는 친구들의 말을 제지하지도, 그들의 잘못된 생각을 정정하지도 않고, 실실 웃으며 어깨만 으쓱거리고 있는 것이었다.

"안녕하세요."

"아아, 제수씨!"

중도의 친구들이 싱글벙글 웃으며 다가왔다. 마리는 생긋 웃으며 선을 긋듯이 말했다.

"경성에서 의학 공부를 하는 신마리라고 합니다. 이번에 방학을 맞아 청석골에 진료소를 만들러 왔습니다."

"아, 그래요?"

중도의 친구들은 상관없다는 듯, 마리의 손을 덥석덥석 잡고 흔들었다. 끈적거리는 손바닥이 손을 주물럭거리고 손목을 잡는 것에 소름이 돋았지만, 마리는 내색하지 않으며 살짝 뒷걸음질만 쳤다.

"방학 동안 얼마나 할 수 있을지는 모르겠지만, 그래도 청석골 아이들에게 도움이 될 만한 진료소를 만들도록 노력할게요."

"뭘 방학 동안이에요. 이왕 온 거 그냥 청석골에 터 잡고 살아도 되는데."

"오래 있지는 못할 거예요. 저도 진료소 세우고 나면, 개학하기 전에는 고향에도 또 가 보아야지요."

"고향, 가야지. 그래도 뭐, 정들면 다 고향이지."

사내들이 키득거렸다. 등줄기에 식은땀이 돋았다. 어디선가 목화의 목소리가 들려오는 것 같았다. '남의 집 임자 있는 닭이나 개 잡아먹는 것보다도 쉽지!'

그때였다. 중도가 마리의 앞으로 몸을 내밀며 친구들을 가로막았다.

"그만해라. 선생님 놀라신다. 경성에서 의학교 다니시는 분이 힘들게 여기까지 오셨는데."

그러고는 마리의 어깨를 감싸며 친구들에게서 빠져나갔다. 마리는 중도의 얼굴을 흘끔 올려다보았다. 그러면 그렇지, 아마도 저들의 저속한 농담에 맞장구를 치려던 것이 아니라, 그들에게 무안 주지 않으면서 상황을 빠져나가려고 애쓰던 것인가 보다. 마리는 중도의 팔에 살짝 머리를 기댔다. 중도의 점잖은 목소리가 마리를 안심시켰다.

"아무래도 이 동네는, 혼기의 젊은 여자가 워낙 없다 보니…."

"아아."

"그래서 사내들이 여성분께 어떻게 대해야 하는지를 잘 모르기도 합니다."

"괜찮아요. 지금은 잘 몰라서 그러신 거고, 어떻게든 진료소를 차리고 나면 괜찮아지겠죠."

마을로 들어서며 만나는 사람들마다 혼인했냐, 네 색시냐며 물어 오는 것도, 몇 번 거듭되니 그러려니 하고 넘기게 되었다. 중도의 홀어머니와, 작년에 혼자 되셨다는 형수님이 마리를 반기는 것도, 마치 며느릿감을 대하는 것 같은 느낌이 없진 않았지만, 그건 그 나름대로 이해할 수 있는 일이었다. 사실은 나중에 자신이 의학강습소를 졸업하고, 또 중도가 전문학교를 졸업한 다음이라면, 중도같이 얼굴이 잘나고 뜻도 의로운 남자라면 혼인을 생각해 볼 수도 있을 것 같았다. 만약 그런 날이 온다면 이분들은 마리에게 또 다른 가족이 될지도 모른다. 마리는 그런 생각으로 중도의 가족들에게 공손히 인사를 드렸다.

"자, 먼 길 오느라 힘들었겠우. 저녁 좀 들어요."

중도의 형수가 중도 몫의 식사를 밥상에 올려 방으로 들이고, 다시 여자들과 아이들이 먹을 저녁거리를 꾸려 왔다. 마리는 그래도 손님이고, 이 마을에 의료봉사를 하러 왔는데, 도착한 첫날부터 밥상이 아닌 바닥에서 밥을 먹어야 한다는 것에 조금 놀랐지만 내색하진 않았다. 뭔가 더 생각을 하고 싶어도, 어찌나 피곤한지 머리가 돌질 않았다. 온종일 열차를 타고, 또 두어 시간이 넘도록 흙길을 걸어왔더니 몸이 물에 젖은 솜처럼 무거웠다.

"밥이 입에 안 맞나?"

"경성에서 와서 그런지 입맛이 까탈스럽네."

"아니에요…. 지금 너무 피곤하고 졸려서…."

"그래, 가서 자라고 해라. 중도야."

중도가 밥을 먹다 말고 자리에서 일어났다. 그가 마리의 짐보따리를 덥석 들고 앞장서자, 마리는 방구석에서 애써 졸음을 쫓다 말고 서둘러 뒤따라 방을 나섰다.

"피곤하지요? 이쪽으로 와요."

중도가 안내해 준 곳은, 제집 봉당 옆의 곁방이었다. 가족들의 방과는 곳간 하나를 사이에 두고 있는 그 방은, 중도의 누이들이 시집가기 전에 쓰던 방이라 했다. 여자들이 쓰던 방이라서 그런가, 방은 두 사람이 겨우 누울 수 있을 만큼 작았지만 깨끗했다. 마리는 그 작은방에 짐을 내려놓고 밖을 바라보았다. 중도는 집 뒤쪽을 가리켰다.

"저기 뒤뜰에 작은 우물이 있으니까, 피곤하면 시원한 물 떠다가 발이라도 담그도록 해요."

"예?"

"내일부터는 할 일이 많으니까, 일찍 쉬고."

중도가 눈을 찡긋해 보이고 돌아섰다. 마리는 멍한 얼굴로 중도의 뒷모습만 바라보다가, 하루 종일 익숙지 않은 고생을 한 끝에 잔뜩 부르튼 발을 내려다보았다. 강습소의 동무들이었다면, 누군가 이렇게 발이 붓고 엉망인 채 손가락 하나 까딱할 수 없을 만큼 지쳐 쓰러질 지경일 때 우선은 물이라도 한 사발 떠다 주었을 것이다. 이렇게 말로만 이래라저래라 하는 것이 아니라.

아니, 철없는 생각이다. 자신은 이 마을에 대접받으러 온 게 아니다. 이 마을 사람들에게 봉사하기 위해, 진료소를 차리고 아이들을 가르치기 위해 온 것이다. 손님이 아니라 일꾼이다. 중도 역시도, 무신경하거나 불친절해서 그런 것은 아닐 것이다. 과년한 처녀에게 친절하게 대하며 친근한 척하는 것은 경성에서도 조심스러울 일, 하물며 그의 고향에서는 더욱 그럴 것이다. 마리는 방 안에 짐을 부려 놓고 다시 신발을 신고 나섰다. 깊게 드리운 산 그림자에 유난히 해가 일찍 떨어지는 마을이었다. 하늘에는 아직 엷은 빛이 남아 있었지만, 사방은 이미 어둠이었다. 낯선 새소리가 들려오는 가운데, 마리는 우물가로 다가가 서투른 두레박질로 물을 길었다.

어째서인지 오싹한 한기가 들었다.

때는 여름, 사방의 열기에 만물이 끓어오르는 계절인데도.

몇 번이나 거듭 밧줄을 당겨 겨우 퍼 올린 물로 낯을 씻고, 손발도 서늘한 물에 담그고, 찬합도 씻어서 봉당 마루턱에 잠시 엎어 두자 비로소 하루가 다 끝난 것 같았다. 마리는 방에 들어가 앉아 불을 켜고 책을 읽다가, 문득 목화를 생각했다.

목화는 왜, 자신의 고향을 그렇게 미워했을까. 미우나 고우나 고향인데, 어째서 그렇게 이리와 호랑이가 넘쳐나는 곳처럼 말했을까. 경성의 밝은 불빛 아래를 걸으며, 어쩌면 목화는 가난하고 낙후된, 여름에도 이렇게 일찍 해가 떨어지는 고향을 미워하게 되었던 걸까. 하지만 그들 모두가 환한 불빛 아래를 걷기 전에는, 조선의 독립도 오지 않을 터인데…. 마리는 그만 꾸벅 고개를 떨어뜨리며 졸음에 빠져들었다가 퍼뜩 깨어났다. 어디선가 목화의 목소리가 들린 것 같았다. '외지에서 온, 젊고 물정 모르고 연고도 없는 여자 하나 어떻게 하는 거, 남의 집 임자 있는 닭이나 개 잡아먹는 것보다도 쉽지!'

그 말을 할 때 목화의 표정은 얼마나 차가웠던가. 생각하다가 마리는 고개를 저으며 방문을 닫았다. 문을 닫아 안에서 잠그려는데, 문고리만 있고 걸쇠가 없어서 한참 허둥거리다가, 마리는 되는대로 찬합에 넣어 온 숟가락을 문고리에 넣어 걸었다. 그리고 곧, 마리는 이불도 펴다 말고 깊은 잠에 빠져들었다.

* * *

산골의 바람이 유난히 거칠었던 것일까.

정신이 아득한 사이, 간밤에 몇 번이나 덜컹덜컹하는 소리를 들은 것 같았다.

***

아침에 눈을 떴을 때, 문은 열려 있었다.

장지문에는 문고리 주변으로 사람 손이 드나들 만큼 구멍이 뚫려 있었고, 문고리에 걸어 놓은 숟가락도 바닥에 떨어져 있었다. 마리는 깜짝 놀라 제 옷매무새를 살펴보았지만, 어제 잠들기 전과 크게 달라진 것은 없었다. 목화가 걱정하던 일은 없었던 것 같았다.

누가 엿보려다 그렇게 된 것일까. 그렇게 생각해도 기분이 나쁜 것은 마찬가지였다. 초야 문구멍 사이로 신방을 엿본다는 이야기야 마리도 종종 들어 보았지만, 결혼도 안 한 젊은 아가씨의 방을 엿보다니, 뭔가 잘못되어도 한참 잘못된 일이었다. 다른 모든 일에 앞서, 우선 읍내로 나가서 자물쇠부터 사 와야 할 것 같았다.

"그거? 그거 내가 뚫었는데. 해가 중천에 가도록 안 일어나서, 혹시 죽었나 싶어서."

밥을 먹다 말고, 누가 간밤에 문을 흔든 것 같다고 말을 하는데, 뜻밖에도 중도의 형수가 말했다.

"여긴 다들 동트기 전에 일어나는데. 경성에서 예까지 오느라 피곤하겠지만, 어떻게 젊은 처자가 해가 중천에 걸리도록 퍼질러 잘 수가 있어. 요새 신여성이라는 젊은 색시들은 다 그런가?"

"…그런 게 아니고요."

"남들은 닭 울 때 일어나서 벌써 밭을 매고 있건만."

중도의 형수는 마치 마리가 아랫사람이라도 되는 양 내내 잔소리를 해 댔다. 마리는 낯선 남의 집 주방, 아니 정지간 선반에 그릇을 쌓으며 대체 왜 내가 이런 일을 당하고 있나 생각했다.

"그거 다 쌓으면, 우물에 가서 맑은 물부터 한 그릇 떠 와. 아주 정성스럽게. 어딘지 알지?"

중도의 형수가 선반에서 반쯤 타고 남은 초와 성냥 통을 꺼냈다. 마리는 영문도 모른 채 그릇을 들고 우물가로 달려갔다. 어제와 마찬가지로 몇 번이나 밧줄을 놓치고, 또 다 길어 올린 물을 쏟거나 하며 실수를 거듭한 끝에 겨우 한 사발을 채워 돌아오니, 부뚜막의 가마솥 옆에 촛불 한 가닥이 타오르고 있었다.

"그 물을 이쪽으로 올리고. 어서."

마리가 물그릇을 촛불 앞에 올리자, 형수는 그 앞에 절을 하고, 다시 마리에게도 절을 시켰다. 무슨 영문인지도 모르겠고, 퍽이나 우스꽝스러운 일이라고 생각하면서도 일단 시키는 대로 절을 하는데, 밖에서 마리를 부르는 소리가 났다.

"마리 씨! 환자예요!"

"아, 예! 여기 있어요!"

마리는 얼른, 절을 하다 말고 달려 나갔다. 벌에 쏘여 얼굴이 통통 부은, 열두어 살쯤 된 사내아이가 중도의 등에 업혀 들어오고 있었다. 그냥 벌에 쏘인 게 아니라, 순식간에 목구멍까지 부어올라 숨을 쉬지 못하고 있었다. 빨리 손을 쓰지 않으면 이대로 죽을 수도 있었다. 마리가 아이를 마루에 눕히고 방으로 돌아가 약이 든 왕진 가방을 챙겨 나오는데, 아이가 다 죽어 간다는 소식을 듣고 달려온 젊은 촌부가 마당에 주저앉아 통곡했다.

"서방도 벌에 쏘여 죽더니, 하나밖에 없는 새끼까지 죽게 생겼다니!"

마리는 아이의 맥을 짚어 보고, 가방에 챙겨 온 에피네프린 주사를 놓았다. 그러고는 시계를 확인해 보고 주사를 놓은 시각을 종이 쪼가리에 휘갈겨 쓴 뒤, 아이의 무릎 밑에 베개를 괴어 주었다. 벌침을 뽑아내고 환부를 소독하는 것은 그다음 일이었다. 아이는 잠시 숨을 헐떡거리다가, 목구멍의 부기가 조금 빠졌는지 겨우 숨을 쉬기 시작했다.

"일단은 살았어요. 혹시 모르니까 30분 정도 더 지켜보도록 하죠."

아이의 호흡이 돌아오자 마리가 안도의 한숨을 쉬었다. 촌부는 저승 문턱까지 갔다가 돌아온 아들의 손을 부여잡고 엉엉 울었다. 중도의 형수와 어머니가 나와 그를 위로했다. 마리는 그 모습을 보다가, 어디 잠깐이라도 앉을 데가 없나 싶어 주위를 두리번거렸다. 중도가 마리를 봉당 곁으로 데려가 앉혔다.

"정말 잘했어요."

중도는 마치 손아래 누이를 대하듯이, 마리의 머리를 쓰다듬으며 말했다.

"그 애는 세 과붓집의 4대 독자예요. 마리 씨가 그 아이를 구해 주지 않았다면, 그 집안은 아주 대가 끊어질 뻔했습니다."

마리는 그 순간, 중도의 손을 밀어냈다. 자신의 머리를 자상하게 쓰다듬는 그 손이 두려웠다. 눈앞의 여자가 제게 종속된 아랫사람이라고 확신하는 듯한 저 크고 두툼한 손이 언제든 자신의 머리채를 움켜쥐고, 뒤통수를 모질게 후려칠 수도 있을 것 같았다.

여자가 그저 자신의 인생을 살아가겠다고 생각하는 것만으로도 중요한 권리를 빼앗긴 양 분통을 터뜨리며 폭력적으로 돌변할 수 있는, 그런 여자는 때리고 죽이고 강간해서라도 제 밑으로 꿇리고야 말겠다고 마음먹는 흔하고 뻔한 조선 사내들처럼.

"왜 그래요."

"아뇨, 그게…."

그냥 말하지 말까, 생각하다가 마리는 마음을 단단히 먹었다. 중도는 경성에서 공부한 지식인이고, 자신의 앞날과 영달이 아니라 고향의 아이들과 배움이 짧은 농민들을 위해 헌신하는 사람이었다. 중도 역시 조선에서 나고 자란 조선 사내이니 별생각 없이 내뱉은 말이었겠으나, 총명하고 조선 민중을 위하는 사람이니 간곡히 설명하면 아마도 제가 한 말의 어리석음을 알아들을 것이다. 마리는 그렇게 믿었다.

"…그 말씀은 좀 그렇네요."

"뭐가 말입니까?"

"…그냥요. 제가 예민한 건지도 모르지만, 벌독에 알레르기가 있는 아이예요. 하마터면 죽을 뻔했다고요. 그런데 4대 독자이고, 집안 대를 잇는 게 중요한 건 아니잖아요."

"중요하지요. 그 애가 무사하지 않았으면, 아마 올해가 가기 전에 고부 삼대가 줄줄이 목을 맸을 겁니다."

마리는 그 말에 긍정도 부정도 하지 못한 채, 중도를 쳐다보았다. 여기까지 오면서 느꼈던 중도에 대한 동경과 젊은 처녀다운 설렘이 거짓말처럼 사라지는 것 같았다.

"마리 씨는 그 애 하나만 구한 게 아니에요. 한 집안의 대가 끊어지지 않게 해 준 겁니다. 정말로 장한 일을 했어요."

***

장지문 밖으로 날이 밝아 오고 있었다. 마리는 일어나서, 옷까지 다 갈아입은 상태였지만 방문을 열고 밖으로 나갈 생각은 아예 하지 않고 있었다.

여기 왔던 이튿날, 중도에게 실망했던 일과는 상관없다. 처음에 중도를 동경하기는 했지만, 중도에게 무언가 남다른 기대를 하고 청석골까지 따라온 것은 아니었다. 의학도니까, 농촌에 가게 되면 병에 걸려도 아무런 손도 쓸 수 없는 가난한 마을에 진료소를 세우겠다고 생각했다. 그때 마침 중도의 연설을 듣고, 저곳에 가서 사람들을 돕겠다고 마음먹은 것뿐이다. 중도는 이미 여러 해 동안 청석골에서 아이들을 가르치며 브나로드를 실천해 온 청년이었고, 청석골까지 마리를 데려와 준 동행자였고, 이곳에서 머무르는 동안 방을 빌려주겠다고 했다. 그게 다였다. 어른스러워 보이는 그를 보고 어린 처녀의 가슴이 잠시나마 설레었지만, 그뿐이었다. 생각이 다르고 마음이 맞지 않는다 해도, 가난하고 배우지 못한 내 민족을 위해 일하는 데 함께 힘을 모을 수는 있다.

진짜 문제는 여기, 중도의 가족들이었다.

"경성에서 공부를 많이 했으면 했지, 무슨 여편네가 매일매일 해가 중천에 뜨도록 자빠져서 잠이나 자고 있는대."

중도의 가족들은 쉬지 않고 마리에게 온갖 잡일들을 시켰다. 특히 중도의 형수는 소설에나 나오는 성격 나쁜 기숙사 사감이라도 되는 것처럼 마리에게 잔소리를 해 대며 집안일을 시켰다. 이 마을에 진료소를 만들러 온 의학도가 아니라, 중도에게 반해서 어떤 시련이 있더라도 이 집 며느리가 되겠다고 작정하고 온 사람인 줄 착각하는 게 아닌가 싶었다. 물론 여기 온 첫날에야, 멀쩡한 신여성이 중도에게 반해서 여기까지 와서 고생을 자처하는구나 착각할 수도 있다. 하지만 마리가 응급 처치를 하여 죽을 뻔한 아이를 살려 내는 모습을 뻔히 보았으면서도, 중도의 가족들, 특히 형수는 쉬지 않고 마리에게 일을 시켰다.

물론 마리도, 의학도랍시고 거들먹거리며 대접받을 마음으로 청석골에 온 것은 아니었다. 아니, 이곳에서 몸이 부서져라 일하리라, 사람들을 구하고 돌보리라고 단단히 마음먹고 온 것이 사실이었다. 하지만 마리가 생각했던 일이란 진료소를 세우고, 아픈 사람들을 돌보고, 아이들의 건강을 보살피고, 그러고도 혹시 시간이 남는다면 중도를 도와 아이들에게 읽고 쓰는 법을 가르치는 것이었다. 숙소를 내어 주고, 아침저녁 끼니를 함께 나누는 만큼 중도의 집에서도 살림 정도는 거들 생각이었지만, 정작 진료소를 차릴 곳은 열흘이 다 되도록 알아보지도 못한 채 하루 종일 중도의 어머니와 형수에게 번갈아 끌려다니며 집에서도 안 하던 온갖 잡다한 집안일을 손이 부르트도록 하고, 중간중간 무슨 미신이라도 믿는 사람처럼 부뚜막에 촛불을 켜고 물을 떠다 올리게 될 거라고는 생각도 하지 못했다.

그런 데다 그 부뚜막에 무슨 문제라도 있는 것인지. 하루 종일 끌려다니며 집안일을 하느라 몸이 물에 젖은 솜이라도 된 듯이 무거운데도, 눈만 감으면 그 부뚜막에서 무언가 비린내를 풍기는 시커먼 그림자 같은 것이 스멀스멀 기어 나와 다가오는 꿈을 꾸곤 했다. 잠을 제대로 이루지 못하니, 그다음 일을 생각할 겨를이 없었다.

쨍그랑.

쇳조각이 부딪치는 날카로운 소리에 마리는 고개를 들었다. 창호지의 구멍 난 틈으로 중도의 형수가 손을 비집어 잡아 뽑은, 아직도 찬합통 속으로 돌아가지 못한 채 문고리에 걸려 있던 마리의 숟가락이 방바닥을 뒹굴고 있었다.

"의뭉스럽기도 하지. 뻔히 일어나 있었으면서 사람이 불러도 대답을 하지 않고."

"일할 준비를 하고 있었어요."

"나와서 행주치마만 걷어 입으면 일하는 거지, 제깟 게 무슨 준비를 한다고."

"진료소를 만들 겁니다."

"그런 건 사내들이 하는 것이지. 이 집에 왔으면 이 집 사람 노릇을 해야지. 언제까지 돼먹지 못할 꿈만 꾸고 있어?"

"누가 이 집 사람이 된다는 겁니까?"

마리는 기가 막혔다. 누가 들으면 정말, 자신이 이 집 며느리라도 되는 줄 알겠다 싶었다.

"저는 의학 공부를 하는 사람입니다. 제가 이 마을에 진료소를 만들어야, 그때처럼 벌에 쏘이고, 넘어져서 다치고, 이마가 깨지고, 갑자기 열이 오르고 곽란을 일으키는 그런 아이들을, 읍내까지 가지 않고도 구할 수 있단 말입니다. 아이뿐이 아니에요. 누군가는 밭을 매다 낫에 베이고, 누군가는 산짐승이며 뱀에 물리기도 하겠지요. 제가 그 모든 환자를 치료할 수는 없다고 해도, 적어도 최소한의 의약품이 있고, 최소한의 구급처치를 할 수 있는 사람이 있다면!"

"…그런 것보다 중요한 것이, 대를 잇는 것이지."

"지금 무슨 말씀을 하시는 거예요?"

중도의 형수가 마리의 얼굴을 빤히 바라보다가, 천천히 고개를 숙였다. 그의 번들거리는 눈빛이 마리의 목과 가슴을 지나, 더 아래쪽으로 향했다. 등줄기가 서늘했다. 대체 그는 자신의 몸에서 무엇을 보고 있는 걸까. 부뚜막에서 시커먼 것이 스멀스멀 기어 나오던, 요 며칠간의 꿈이 생각났다. 마리는 자리를 박차고 일어났다. 그는 자신을 붙잡는 중도의 형수를 방 안으로 냅다 밀어 버리고, 신발만 겨우 신은 채 달리기 시작했다. 가방이며, 짐이며, 지갑 같은 것이 전부 방 안에 있었지만, 상관없었다. 지금 도망치지 않으면 정말로 큰일이 날 것 같았다.

중도의 집은 산비탈 위, 언덕바지에 있었다. XX역에서부터 이 마을까지 계속 산비탈을 걸어 올라왔으니, 도망칠 때는 반대로 비탈 아래로 내려가면 된다. 그 생각만으로 마리는 길을 따라 무작정 달려 내려갔다. 멀리 중도의 강습소가 보였다. 강습소에서 『농민독본』을 함께 읽고 있는지, 아이들의 목소리가 들려왔다.

잠자는 자 잠을 깨고
눈먼 자 눈을 떠라.
부지런히 일을 하여
살길을 닦아 보세.

아이들의 목소리가 마을을 둘러싼 산비탈에 부딪치며 둥글게 둥글게, 메아리쳤다. 그 목소리들 사이에 여자아이의 목소리는 없다는 것을, 마리는 뒤늦게 깨닫는다. 몇 번이나 신발이 벗겨지고 구두에 쓸린 발뒤꿈치에서 피가 흐르도록 달리고 또 달렸지만, 마을 밖으로 나가는 길은 보이지 않았다. 아무리 길을 따라 달려도 또다시 중도의 강습소가 보였다. 해가 저물어 가는데, 일곱 번째로 다시 마주치는 중도의 강습소를 바라보며 마리는 절망하듯 주저앉았다.

"거기서 뭐 하는 겁니까."

중도의 목소리였다. 마리는 등 뒤에 중도가 아니라 무슨 괴물이라도 서 있는 듯한 기분이 들었다. 천천히 고개를 돌리자, 중도가 웃고 있었다.

"혹시 내가 보고 싶어서 온 겁니까?"

"…그럴 리가요."

"세어 보니, 창밖으로 일곱 번이나 왔다 갔다 하던데."

"중도 씨를 보러 온 게 아니에요."

"그러면 왜 강습소까지 온 겁니까? 지금 시각엔 내가 혼자 있는 줄 뻔히 알면서."

중도가 가까이 다가오며 웃었다. 저물어가는 햇살이 중도의 얼굴에 비치며 부드러운 그림자를 드리웠다. 그리고 그 그림자 끝에는, 오싹한 어둠이 있었다. 마리의 꿈속에서 몇 번이나 보았던, 저 부뚜막에서부터 기어 나와 마리를 향해 스멀스멀 다가오던 그 어둠이. 마리는 뒷걸음질을 치다가, 강습소 옆쪽을 흘끔 쳐다보았다.

"진료소를 만들 공간이 어디 없을까 해서요. 저기, 강습소 옆에 있는 건 헛간인가요?"

그래, 중도의 가족들이 뭔가 오해를 단단히 하고 있긴 하지만, 도망치듯 이 마을을 떠나는 것이 상책은 아니다. 여기까지 왔으니 처음에 목표한 대로 진료소를 만들고, 아이들을 치료하면 될 일이다. 깊게 생각하지 말자. 헛간이라도 좋으니 진료소를 만들고, 내 짐은 그리 옮겨 놓자. 중도의 집 처마 밑에서 이슬을 피하며 공연히 오해를 사기보다는 고생스럽더라도 그리하는 것이 이치에 맞았다. 마리는 단단히 마음을 먹으며 중도를 올려다보았다. 중도는 속을 알 수 없는 웃음을 지으며 물었다.

"강습소 옆에 진료소를 만들 생각입니까? 내 얼굴을 더 자주 보고 싶어서는 아니겠지요?"

"강습소라면 이 마을 아이들이 다들 모이는 곳이잖아요? 아이들의 건강을 돌보려면 강습소 옆보다 더 좋은 곳도 없지요."

"이리 와 봐요."

중도가 헛간 문을 열기 전까지, 마리는 내심 기대를 했다. 명색이 강습소 옆에 딸린 헛간이니, 중도가 경성으로 가서 강습소가 빌 때에는 안 쓰는 습자책이나 칠판, 『농민독본』 같은 것을 넣고 잠가 두는 곳인 줄 알았다. 하지만 막상 들여다보니, 비가 새고 낡은 데다 바닥도 물렀다. 병상을 만들 만한 환경이 아닌 것은 물론이고, 마리가 앞으로 달포를 지내기에도 마땅치 않은 곳이었다. 마리가 머뭇거리자, 중도가 마리의 팔을 덥석 잡으며 물었다.

"실망했습니까?"

"실망하지 않았어요. 그냥, 진료소 만들 마른 바닥 한 뼘 얻기가 이렇게 힘들구나 하고 생각한 것뿐이지요."

"우리 마을은 보시다시피 낡고 가난하고, 무엇 하나 남아도는 게 없어요."

중도가 헛간 안으로 한 걸음, 성큼 걸어 들어갔다. 그에게 팔을 붙잡힌 마리는 헛간 문을 붙잡고 버텼지만, 금세 그 안으로 끌려 들어갔다.

"남아도는 건 뭐, 장가 못 간 노총각들밖에 없다고 해야 하나."

"이거 놔요!"

마리가 소리쳤다. 중도는 마리를 돌아보더니, 정말로 손을 놓았다. 마리가 주춤거리며 뒤로 물러서는데, 헛간 안이 갑자기 어두워졌다.

"…이 마을을 빠져나갈 수 있는 건 남자거나, 남자와 함께 나선 여자뿐이야."

중도가 헛간에서 걸어 나왔다. 그의 어깨 너머로 보이는 헛간 안은 마치 끝을 알 수 없는 심연처럼 어두웠다.

마치 부뚜막의 어둠처럼.

"여자들은 이 마을을 빠져나가지 못해. 아무리 똑똑해도 말이지. 당신도 그렇잖아. 달려도 달려도 계속 제자리로 돌아오지. 왜 그런지 알아?"

"무슨…."

"조왕신이 당신을 놓아주지 않기 때문이야."

"그게 무슨…."

"이 마을에 오자마자, 촛불을 켜고 정화수를 바치고, 그 앞에서 절을 하고. 부뚜막을 쓸고 닦고, 그렇게 이레를 꼬박 섬기고 나면 조왕신은 그 여자를 이 마을 사람으로 받아들이지. 그리고 절대 놓아주지 않는 거야. 이 마을에서 이 마을 남자의 아들을 낳고, 대를 이어 주라고."

"미쳤어…. 지금 무슨 소리를…."

"네가 말했던 목화라는 계집애도 이 마을 사람이야."

"…뭐?"

"하고 많은 꽃 중에서도, 솜을 내어 조선 민중을 널리 따뜻하게 해 주는 꽃이라고 목화라 했다지. 궁금하면 물어봐도 좋아. 다시 만날 수 있다면 말이지만."

마리는 중도의 말을 끝까지 듣지 않고 몸을 돌렸다. 그리고 정신없이 달리기 시작했다. 하지만 아무리 달려도, 길은 다시 빙 돌아 제자리로 돌아올 뿐이었다. 미친 게 틀림없어. 이 이상한 마을에서 아주 내 정신이 나가 버린 게 틀림없어. 목화가 했던 말이 떠올랐다. 범 아가리, 이리 소굴이랬다. 일본 순사들이라면 그렇게 치를 떨던 목화 언니가, 경성에는 봉변을 당하면 달려갈 주재소라도 있다고 말했었다. 청석골에서는 무사히 빠져나오기만 해도 다행이라고.

처음부터 알고 있었던 걸까.

무사히 빠져나갈 수 없다. 아무리 달려도 제자리로 돌아오는 이곳에 갇힌 채, 지쳐 나가떨어질 때까지 맴을 돌다가, 결국 한 걸음도 더 앞으로 나가지 못할 때가 되어 바닥에 주저앉은 채, 그가 말하는 조왕신에 붙잡히듯이 이 마을의 어둠에 잡아먹히는 거다. 부뚜막의 그늘 아래 발목이 묶인 채, 그의 아내가 될 수밖에 없는 거다. 아니, 아내가 되는 거라면 차라리 낫다. 그는 분명히 말했다. 대를 이어 주라고. 집안의 대를 잇지 못하는 여자는, 어쩌면 이곳에서는 가치 없는 존재일지도 모른다. 마리가 그 아이를 구하지 못했다면, 세 과부가 목숨을 끊었을 거라고, 마치 아주 자연스러운 일인 듯 말하던 중도의 소름 끼치는 목소리가 떠올랐다. 산으로 둘러싸인 마을은 순식간에 해가 떨어졌다. 사방이 어두워지는 가운데, 마리가 비명을 질렀다. 그때였다.

"신마리!"

체격이 좋은 여자의 쩌렁쩌렁한 목소리가, 밤의 산마을에 메아리쳤다. 눈물범벅이 된 얼굴을 하고, 마리는 고개를 들었다. 저 아래쪽에서 횃불 같은 것이 깜빡이고 있었다.

"언니, 덕순 언니!"

마리는 소리쳤다. 그러다 문득, 조금 전 중도가 했던 말을 떠올리며 비명을 지르듯 절규했다.

"오지 마! 오면 안 돼요! 여자는 나갈 수 없다고 그랬어!"

횃불이 두 개로 갈라지더니, 그중 하나가 성큼성큼 다가오듯 가까워졌다. 마리는 멍한 얼굴로 그 불빛을 바라보다가, 불빛을 향해 뛰기 시작했다. 그때 중도가 마리의 머리채를 휘어잡았다.

"아악!"

"꼼짝 말고 가만히 있어, 저건 호랑이야."

중도가 마리를 등 뒤에서 끌어안으며, 한 손으로는 머리채를 꽉 쥔 채 속삭였다.

"경성 사람들은 모르지, 시골에서는 여전히 호환이라는 게 있다는 것을. 때로는 호랑이에 붙은 귀신들이 산 사람 목소리를 흉내 내며 사람들을 불러들여 호랑이 밥으로 만든다는 것을. 가만히 있어. 머리 숙이고, 아무 일도 없었던 것처럼 움츠리고 있어. 이리 와. 이 헛간에 나와 함께 숨어 있으면 괜찮을 거다. 그리고 날이 밝으면 내게 고맙다고 해. 목숨을 구해 줬으니 말이야."

"웃기지 마!"

마리는 중도의 품에서 벗어나려 몸부림치며 외쳤다.

"호랑이가 뭐, 호랑이면 어때서! 멀쩡한 사람을 산 채로 아작아작 뼈까지 씹어 먹으려 들었으면서, 이제 와서 내가 호랑이에게 잡아먹힐까 봐 걱정하는 거야? 의사도 없는 이 마을 사람들이 아프거나 다쳤을 때 도움이 되려고, 그렇게 찾아온 사람을 아무것도 하지 못하게 발을 묶고, 네놈의 아이를 낳으라는 둥 말라는 둥!"

중도는 마리의 머리카락을 뽑을 듯이 잡아당기며 다시 억세게 품에 안았다. 블라우스 단추 사이로 남자의 손가락이 밀고 들어왔다. 마리는 비명을 지르며 몸부림을 쳤다. 하늘은 캄캄하고,

불빛은 도깨비불처럼 멀리서만 가물거릴 뿐, 이쪽으로 다가오던 횃불도 더는 보이지 않았다. 절망이었다.

"아악!"

그때 갑자기 중도가 비명을 질렀다.

사라진 줄 알았던 횃불을 들고, 덕순이 중도의 목덜미를 붙잡고 있었다.

"덕순 언니!"

"저 아래 불빛 보이지! 저쪽으로 내려가, 어서!"

"하지만…."

중도가 덕순에게 덤벼들었다. 덕순은 마치 산짐승을 쫓듯이 중도에게 횃불을 휘둘러대다, 아예 중도의 가슴팍에 그 횃불을 찌르듯이 들이댔다. 그의 옷고름에 불이 붙었다. 그가 몸부림을 치는 것을, 덕순은 그대로 횃불을 휘두르며 헛간으로 밀어 넣었다. 그리고 중도가 헛간으로 떠밀려 들어가자마자, 그는 헛간의 이엉 지붕에 불을 당겼다.

"언니!"

"길을 보지 말고, 불빛만 똑바로 보고 달려!"

덕순은 머뭇거리는 마리를 붙잡아 일으키며 달리기 시작했다. 헛간 안에서 비명 소리가 들리더니, 잠시 후 누군가가 뛰어나왔다. 그가 소리를 지르고 울부짖자, 마을 여기저기에서 개들이 짖어대기 시작했다. 해가 저물고 저녁 밥상을 받으려던 사람들이 하나둘씩 집 밖을 내다보다가, 활활 타오르는 횃불을 보고 부지

깽이 같은 것을 들고 사립문 밖으로 나왔다. 덕순에게 끌려가는 마리의 눈에 그 모습은 마치 늘어진 활동사진처럼 아득하게 보였다. 푹푹 꺼지는 무른 땅으로 길이 아닌 길을 밟고, 남의 밭을 가로지르고, 이곳에 처음 올 때는 건너지 않았던 얕은 여울을 건너자 마침내, 아까는 보지 못했던 다른 길이 나타났다. 그리고 그 길 위에, 잔뜩 찌푸린 얼굴을 하고 횃불을 든 목화가 있었다.

"사람 말을 귓등으로도 듣지 않더니, 잘하는 짓이다."

마리는 그만 울음을 터뜨렸다.

＊＊＊

"착시현상이라고 하지 않나. 길을 보고 따라가면, 다시 제자리로 돌아가게 되어 있다. 요령을 알아야 밖으로 나올 수 있지."

"요령이요?"

"마을 밖 멀리 한 점을 찍어 놓고, 그냥 눈앞에 뭐가 있든, 무엇이 네 앞길을 가로막든 상관없이 그 한 점만을 보고 걸어 나오는 거다. 그 요령을 모르면 백 바퀴를 돌아도 마을 밖으로 못 나오는 거다."

목화가 짜증스럽게 말했다. 그들은 마을을 벗어나자마자, 다시 산으로 접어들어 XX역과는 반대 방향으로 걷기 시작했다. 미로 같은 숲길을 뚫고 나가서 다시 역까지 가는 데는 네다섯 시간은 걸어야 한다고 했지만, 혹시라도 중도나 마을 사람들이 뒤쫓아오는 것보다는 나았다.

“그 사람이…. 언니가 청석골 사람이라고 했어요.”

“…우리 아버지 본가가 게 있었지.”

“그럼 언니는….”

“우리 아버지도, 마을에 들어온 목사 딸과 결혼했다. 그런 걸 결혼이라고 부를 수 있다면 말이다. 세상에서야 혁명가니, 사상운동가니, 평등이니 해방이니 말하지만, 그 사람들이 말하는 평등이며 해방이며 조국의 앞날에, 과연 계집아이들이 있는지는 나도 모르겠다. 너 보기는 어떻더냐.”

마리는 입을 꾹 다물었다. 입이 열 개라도 할 말이 없을 것 같았다.

“너는 마리가 죽을 뻔했는데.”

“진짜로 잡혀서 개 끌려가듯 끌려가기 싫으면, 얼른 와라.”

목화는 무뚝뚝하게 말했다. 그러다가 그는 문득 걸음을 멈추며 동쪽 하늘을 올려다보았다.

“…그래도 그 몹쓸 아버지도, 딸인 나는 차마 그 마을에 남겨둘 수 없었던 게지.”

아직은 깊고 어두운 숲의 끄트머리가, 조금씩 붉게 물들어 가고 있었다. 마리는 그 하늘을 보고서야 겨우 살아났다는 것이 실감이 나서, 목화의 등에 매달리며 흐느껴 울었다.

“언니….”

"그래, 네가 뭘 잘못했겠나."

"아니에요, 잘못했어요. 제가 잘못했어요."

"너는 병에 걸려도 치료도 받지 못하는 가난한 민중을 구하겠다는 의로운 마음으로 나선 것뿐인데. 그런 마음을 먹은 사람을 속여서 제 욕망을 채우려 들고, 너를 이 마을에 주저앉혀 자기 집 대 잇는 도구로 이용해 먹으려 한 그놈이 나쁜 거다. 안다, 그놈들이 나쁜 거다."

목화는 몸을 돌려 마리를 끌어안았다. 뒤따라오던 덕순도 더 이상 울음을 참지 못한 채 들썩거리는 마리의 어깨를 토닥거렸다. 두 상급생은 하마터면 영영 사라질 뻔했다가 겨우 돌아온 그들의 자매를 위로하다가, 마침내 함께 울음을 터뜨렸다.

에필로그.

서울

(2033년 여름)

"개명 신청이라도 해야 할까 봐."

집에 들어오자마자, 마리는 가방을 벗어 현관 앞에 아무렇게나 던져 놓으며 짜증스럽게 외쳤다. 서재에서 옥편을 들여다보던 경윤이 무슨 일인가 해서 마리에게 다가가자, 마리는 경윤을 팔꿈치로 슬며시 밀어내며 입을 삐쭉 내밀었다.

"할머니, 나 아무래도 법원에 가야겠어. 개명을 하든가, 엄마 아빠를 고소라도 해야 할 것 같아. 딸 이름이 김마리가 뭐야, 김마리가."

"뭘 이름이 마음에 안 든다고 엄마를 고소씩이나 해."

"다들 나보고 분식집 차릴 거냐, 떡볶이 잘 만드냐고 그러잖아. 초등학교, 중학교, 고등학교 다니는 내내 듣던 말을, 대학에서까지 듣고 있다니!"

"그거야 네 이름이 문제가 아니라, 대학생씩이나 되어서도 남의 이름 갖고 놀리는 걔들이 문제지. 됐다, 무슨 큰일이라도 난 줄 알았네."

"난 큰일이야, 할머니. 이 이름을 평생 달고 살아야 한다고. 평생 김말이의 저주에서 벗어나지 못할 거야. 으…."

경윤은 웃었다. 손녀는 제법 영리하고 똑똑한 아이였지만 스물이 다 되어서도 오리 주둥이마냥 입을 내밀고 어릴 때처럼 고집을 부리는 버릇만은 여전했다. 그러니 몇 번이나 말을 해 주었어도, 어디 가서 김말이 소리만 듣고 오면 저렇게 생떼를 쓰는 것이다.

"내가 어릴 때만 해도 서울은 그냥 가난한 독재 국가의 수도였지만, 너희 엄마가 학교 다닐 무렵에는 이미 국제적인 도시였잖니. 네가 태어날 무렵에는 그야말로 세계적인 대도시 중 하나가 되었단다. 그래서 너무 한국적이지도 않고, 어디 가서도 발음하기 쉬운 이름이었으면 했지."

"아니, 그런 이름이라도 좀…. 나은 게 있을 거잖아. 마리라니. 무슨 마리 퀴리 시절에나 쓰던 이름이지 않았어?"

"굳이 기원을 따지자면 좀 더 오래되긴 했지. 성모 마리아까지 거슬러 올라갈 테니까."

"할머니, 이천 년 전에 유행하던 이름을 달고 다니는 내 마음도 좀 생각해 줘 봐."

그럴지도 모른다. 어쩌면 마리라는 이름은 정말 유행이 지난,

어느 나라에 가도 젊은 아이에게는 어울리지 않는 이름일지도. 하지만 경윤은 때때로 생각한다. 경윤이 태어나기 전, 1930년대의 기록들 속에서 때때로 눈에 띄었던 마리, 마리아 같은 이름을. 경성에서도, 상하이에서도, 도쿄나 만주에서도 있었을, 당시로서는 신식이었을 그 이름은, 아마도 어린 딸이 이전 시대의 여자들과는 다르게 살기를 바라는 마음으로 붙여졌을 것이다. 훌륭한 여성을 닮기를, 신앙을 갖기를, 세상을 바꿀 만한 일을 해내기를, 혹은 이 좁은 나라에 발이 묶이지 않고 더 넓은 세계로 나아가기를.

이름이라는 것은 평생을 불리우는 주문 같은 것, 때로는 부모의 간절한 소망을 담는 것, 그래서 어떤 사람들은 그 이름자에 주인의 운명이 담겨 있다고 생각하기도 하는 것이지.

사실 마리의 이런 투정이 한두 번 있었던 일은 아니다. 하지만 좋아하는 남자애가 그 이름이 예쁘다고 말해 주었다거나, 외국어 원어민 선생님들이 제일 먼저 외우는 이름이라고 몇 번이나 이야기했던 적도 있었다. 투덜거리지만, 잠결에도 마리야, 하고 불러 주면 대답하는, 핏줄 같고 살점 같은 소망의 흔적. 아마 이번 일도, 잠시 투덜거리고 나면 또 잊을 것이다. 이미 자신의 일부인 그것을, 정말로 도려내는 일 또한 쉽지 않을 테니까.

"밥은 먹었어? 배 안 고파?"

"고파. 알바 가기 전에 간단히 저녁 먹었는데 먹은 티도 안 나는 것 같아."

"떡볶이 해 줄까? 거기 냉동실에 냉동 김말이도 있는데."

"아, 할머니!"

작가의 말

시작은 〈환상문학웹진 거울〉이었다. 누군가가 일제강점기, 경성을 배경으로 기이하거나 기괴한 이야기를, 그러니까 환상문학을 써 보자고 말했다.

한성부가 경성부로 바뀐 것은 국권 피탈인, 1910년이다. 이 경성부가 서울이 된 것은 해방 이후였으니, 경성부란 그야말로 일제강점기와 시작과 끝을 함께한 지명이다. 이 일제강점기 36년 중에서도 우리가 일제강점기, 혹은 경성 하면 떠올리는 때는 주로 어느 시기일까. 일제강점기라고 했을 때 3·1운동 이전을 떠올리는 사람은 많지 않다. 그렇다고 일본이 태평양전쟁을 일으키고, 조선을 병참기지 삼아 사람도 물자도 놋숟가락 하나까지도 빼앗아 가던 1940년대나, 그 직전의 중일전쟁을 떠올리지도 않는다. 우리가 보통 경성의 이야기를 한다고 했을 때 떠올리는 시대는, 3·1운동 이후 약 10년 남짓 이어지던 1920년대에서 1930년대 초반, 소위 총독부의 '문화통치' 시대다. 무단통치 시대와는 달리 언론과 집회를 일정 부분 허용하고, 헌병경찰제가 보통경찰제로 바뀌었던 시기이며, 일본에서 민주정치 체제가 소개되고 근대적 시민국가와 새로운 질서를 만들고자 하는 열망과 함께 남녀평등과 단결권 요구, 정당정치의 확립, 자유 확대, 출판 저널리즘의 발전 등의 새로운 질서가 추구되던 다이쇼 데모크라시와 어느 정도 시기가 겹친다.

일본의 다이쇼 데모크라시의 분위기는 대개 1926년 다이쇼 덴노의 죽음에서부터 1932년의 만주사변 사이에 사그라들어 끝이 났다. 문화통치 시대도 마찬가지였을 것이다. 그 문화통치 시대의 끝자락의, 경성의 풍경은 어땠을까. 대한항공의 여객기를 타면 자리 앞에 으레 〈Morning Calm〉이라는 기내 잡지가 꽂혀 있다. 이 제목은 "고요한 아침의 나라(The Land of the Morning Calm)"라는, 1882년 윌리엄 엘리어트 그리피스가 쓴 『은자의 나라 한국(The Hermit Nation Corea)』에서 일본을 떠오르는 태양에 비유하며 그에 대비해 조선을 언급할 때 쓰이던 말로, 한국을 표현하는 관용구로 종종 사용되었다. 하지만 1920년대에서 1930년대 사이 경성은, 그렇게 고요하기만 한 도시도, 과거의 사람들이 흔히 말했듯 "서울올림픽 이전에는 어디 붙어 있는 줄도 모르는 도시"도 아니었다. 한성부는 조선의 수도였고, 일제 강점기의 경성 역시 끓어오르고 확장되는 도시였다. 한쪽에서는 3·1운동과 독립 투쟁들이 이어지고, 다른 한쪽에서는 슬금슬금 변절한 친일파들이 고개를 들던 시대였으며, 전통으로의 회귀와 새로운 문물에 대한 관심이 충돌하며 근대 문화를 만들어 내던 시대이기도 했다.

그런 1930년대 초반의 경성에는, 조선의 독립을 꿈꾸는 여성들, 여성으로서 교육을 받고 더 넓은 세계를 꿈꾸던 이들은 물론, 막연히 일본의 화려함이나 자유연애를 동경하는 이들도 있었을 것이다. 이 이야기의 시작점에 놓여 있는 「경성 기담」과 「상해 기담」도 그렇다. 비슷한 시기, 비슷하게 부유한 명문가의 딸이라 해도, 누군가는 「경성 기담」처럼 '이왕비 전하의 웨딩드레스'나 자유연애를 동경했을 것이고, 누군가는 「상해 기담」처럼 안락한 삶을 버리고 독립운동을 위해 타지로 떠났을 것이다. 그렇게 시작한 글이, 두 이야기의 시대인 1932~1933년을 배경으로, '마리'라는 이름의 여성을 주인공으로 하는 여섯 편의 이야기들로 느슨하게 이어졌다. 이들 중에는 민족주의자도, 친일파도, 근왕주의자도 있다. 조선 여성은 물론, 일본 여성과 중국 여성도 있다. 10대 소녀부터 제법 나이가 든 여성까지 연령대도 다양하다. 이들, '마리'라는 이름 외에는 공통점이 거의 없는 여성들은, 3·1운동에서 십 년 남짓 지난 시대, 도쿄에서는 이봉창

의사의 의거가 일어났고, 일본은 만주사변을 일으켰으며, 조선의 왕족 이우가 일본 화족과의 결혼을 결사반대하고, 경성으로 유학 온 학생들이 방학이 되면 고향에 돌아가 『농민독본』을 펼치고 계몽운동을 전개하던, 바로 그 시대를 관통하며 살아간다. 누군가는 사랑을, 누군가는 의무를, 누군가는 조국을, 누군가는 정의를, 그렇게 자신의 의지를 관철하려 노력하면서.

다만 한중일 어느 나라에서도 쓰였을 법한, 당시로서는 제법 이국적이고 서구적인 '마리'라는 이름을 지닌 여성들을 주인공으로 삼다 보니, 대부분 신식 학문을 익혔을, 당시로서는 수준 높은 교육을 받았을 여성들의 이야기가 되고 말았다. 따로따로 보았으면 크게 티가 안 났을 텐데, 한 줄에 꿰어 놓듯 모아 두니 한계 또한 뚜렷하게 보이기도 한다. 부족한 대로, 주어진 한계 안에서 의지를 관철하려던 '마리'라는 여성들의 이야기라고 변명해 본다. 앞서 「경성 기담」과 「상해 기담」, 두 편의 이야기에서 "아시아의 여러 도시를 배경으로 또 다른 마리 이야기를 읽고 싶다"고 제안해 주신 그린북 에이전시와, 그렇게 완성된 여섯 편의 이야기를 엮어 주신 편집자님에게 감사드린다.

기담별 실존 인물 및 배경

1. 경성 기담

조선귀족: 국권 피탈 이후 한일합방에 기여한 보상으로 일본으로부터 귀족 작위를 받은 조선인들로, 총독부로부터 거액의 은사금과 임야 및 산림을 불하받으며 특권을 누렸다. 작위를 거부 및 반납하거나 독립운동에 참여하여 박탈당한 이들을 제외한 조선귀족 대부분은 광복 이후 친일반민족행위자로 분류되었다.

이왕비 마사코(1901~1989): 이방자(李方子), 본명은 나시모토노미야 마사코. 나시모토노미야 모리마사 왕의 장녀로, 16세에 조선의 황태자 이은(영친왕)과 약혼하였고, 이은이 아버지 고종의 상을 마치고, 마사코도 학습원 여자고등과를 졸업한 1920년, 이은과 결혼하여 이왕세자비라 불렸다. 1926년 순종 사망 이후 이은은 이왕으로, 마사코는 이왕비로 불리게 되었다. 1921년 장남 이진(1922년 사망)을, 1931년 차남 이구를 낳았다. 1945년 일본의 패전 이후 신분과 재산을 잃었고, 구황실을 견제한 이승만의 방해로 이은의 귀국도 좌절되었으며, 한국인으로 인정받지 못해 여권도 만들 수 없었다. 이은과 마사코는 이구의 미국 유학과 결혼식 참석 등에 필요한 여권 발급을 위해 일본 국적을 취득했다가, 1963년 대한민국으로 돌아오며 한국 국적을 얻었다. 결혼 당시 남편의 성을 따라 이마사코가 되었던 그는, 한국에서는 이방자로 불리게 되었다. 이후 이방자는 창덕궁 낙선재에서 지내며 봉사활동에 매진하여, 자혜학교를 설립하고 명혜학교 이사장으로 재직하는 등, 장애인의 어머니로 불리며 존경받았다. 이왕세자비, 이왕비 등은 이은을 조선의 황태자가 아니라 일본의 왕공족 이왕가로 보는, 일본 관점의 호칭이며, 통상적으로 불리는 영친왕비는 황태자로 책봉되기 전의 작호를 따르는 것이다. 전주이씨대동종약원이 올린 사시(私諡)라고는 하나, 종묘 영녕전에 모셔진 이은과 이방자의 위패에는 "의민황태자"와 "의민황태자비"라 기록되었으므로 이를 따르기도 한다. 이 책에서는 시대적 배경에 따라 작중 인물들의 대사에서 '이왕비 전하'로 언급되고 있다.

경성제국대학: 학사 학위를 수여할 수 있는 한반도 최초의 교육기관으로, 민립대학 설립 운동을 막기 위해 1924년 경성부에 설립되

었다. 제국대학령으로 설립된 아홉 개 제국대학 중 여섯 번째로 설립되었으며, 일본식으로는 게이조제국대학, 줄여서 경성제대, 또는 일본식으로 조다이로 불렸다. 광복 이후 잠시 경성대학으로 불렸고, 1946년 7월 미군정의 「국립서울대학교 안」에 따라 경성사범학교, 경성여자사범학교, 수원농림학교, 경성경제전문학교, 경성의학전문학교 등과 함께 서울대학교로 통합되었다.

모리 오가이(1862~1922): 『무희』, 『기러기』 등으로 유명한 일본의 소설가, 번역가이자 군의관으로, 청일전쟁, 러일전쟁 등에 군의부장으로 출전하였으며, 군의관 중 최선임인 육군 군의총감까지 올라 육군성 의무국장을 지냈다. 1884년 의학을 배우기 위해 독일 유학을 떠났으며, 이때 미술과 독일 문학에 깊이 심취했고, 자녀들의 이름도 독일식으로 짓는 등 평생 독일을 동경했다. 독일어 단어들을 번역하는 과정에서 여러 새로운 한자어를 만든 것으로 알려져 있다. 장녀인 모리 마리는 수필가이자 소설가이다.

권번(券番): 조선시대 기생은 관기였으나, 1894년 신분제가 폐지되며 관기 제도가 사라진 뒤, 1908년 일본은 '기생은 경무청의 허가를 받아 기생조합을 통해 일해야 한다'고 규정했다. 기생조합은 1915년부터 일본식 표현인 권번으로 이름이 바뀌어, 경성에는 조선권번(다동조합), 한성권번(광교조합), 종로권번, 평양에는 기성권번 등이 만들어졌다.

고등계/고등과/고등경찰: 약자는 특고(特高). 1911년 이후 시국사건과 반체제적 언론, 사상, 종교, 사회단체 등을 사찰하고 탄압하며 공산주의자와 독립운동가 색출에 나선 경찰 조직으로, 일본에서는 내무성 경보국 보안과의 지휘를 받았으며, 조선에서도 경성종로경찰서 고등계와 경기도 경찰부 고등경찰과를 중심으로 독립운동 탄압에 나섰다. 이들 대부분은 해방 이후 이승만 정부에서도 반공을 핑계 삼아 살아남아, 독립운동가들과 민주주의자들을 공산주의자로 몰아 잡아들이며 정권의 주구로서 악명을 떨쳤다.

미와 와사부로(1884~?): 김두한을 다룬 드라마 〈야인시대〉에서 종로서를 대표하는 고등계 형사 '미와 경부'라는 이름으로 등장하여 널리 알려진 실존 인물. 일본 아이치현 출신의 고등계 경찰관으로, 1905년 기병대 소속 군인으로 조선에 왔다가 1908년 경부에 임명되어, 경기도 경찰부 경성종로경찰서와 경기도 경찰부 고등경찰과에서 고등경찰로 근무하며 조선인 양심수들과 독립운동가들 체포에 두각을 나타냈다. 김두한은 물론, 한용운, 이상재, 안창호, 박헌영, 나석주 등이 그의 손을 거쳐 갔으며, 의친왕 이강의 감시도 맡았다고 알려져 있다. 1934년 충청남도 경찰부 고등과장, 1935년 함경남도 원산경찰서장, 1936년 함경북도 경찰부 고등과장을 지냈으며, 1940년대에는 조선총독부 경무국 보안과에서 일했다. 총독부 공식

자료에는 1944년까지 그의 행적이 등장하는데, 그에 따르면 "고등 경찰 방면에 특히 정통하여 경찰계에서 그의 이름을 모르는 사람이 없었다"고 한다. 이 소설의 배경이 되는 1932년 말, 미와 와사부로는 경기도 경찰부 고등경찰과 소속이었지만, 널리 알려진 '독립운동가를 탄압하는 종로서 미와 경부'라는 스테레오타입을 차용하기 위해, 작중에서는 종로경찰서 소속으로 설정하였다.

불령선인(不逞鮮人): 일본제국이 일제강점기 식민 통치에 반대하거나, 사회주의자, 반체제적인 사상을 가진 조선인들을 "멋대로 행동하는 불온하고 불량한 조선인"이라 일컫던 말.

운양 김윤식(1835~1922): 조선 후기 황실제도국 총재, 중추원의장 등을 역임한 온건 개화파 정치인. 청일전쟁 직전 김홍집 내각에 등용되어 갑오개혁에 간여하였으며, 이 과정에서 일본에게 국권이 잠식당하는 굴욕적인 조약과 조처들에 순응하였다. 을미사변과 관련해 탄핵을 받고 제주에 유배되었으나, 1907년 해금되었다. 1910년 한일합방조약을 앞두고 어전회의에서 "불가불가(不可不可)"라는, 찬성으로도 반대로도 해석할 수 있는 대답을 하여 논쟁거리가 되었다. 1910년 일본으로부터 자작 작위를 받았으나. 1919년 고종의 장례에 일본 측이 전한국(前韓國)이라고 선(前) 자를 고집하자 항의하고, 3·1운동이 일어나자 조선의 독립을 요구하는 「대일본장서」를 작성하여 총독에게 보내 결국 작위를 박탈당했다.

이봉창(1900~1932): 초년에는 반일 의식이나 독립운동에는 관심이 없었으며, 기노시타 쇼조, 아사야마 쇼이치 등의 일본 이름을 쓰며 일본인이 되기 위해 노력하기도 했다. 하지만 만선철도 운전 견습생 시절 봉급과 승진 등 모든 면에서 일본인에게 차별받았고, 1928년 덴노의 즉위식을 구경하려다가 한글 편지를 소지하고 있었다는 이유만으로 체포되는 등, 나라 잃은 조선인으로서 차별받는 현실에 눈을 뜨며 독립운동에 뜻을 두게 되었다. 1931년 상해에 도착한 이봉창은 안공근과 김구를 만나고, 한인애국단의 지원을 받아 사쿠라다몬 부근에서 쇼와 덴노(히로히토)에게 수류탄을 던졌다. 쇼와 덴노는 무사했지만, 이봉창은 사형을 언도받고, 1932년 10월 순국했다. 이봉창과 그 뒤를 이은 윤봉길의 거사로 임시정부는 그 존재와 한국민의 지속적인 저항을 세계에 알릴 수 있었다.

한인애국단: 1931년 김구, 안공근 등을 중심으로 결성된 대한민국 임시정부의 특무대로, 대내외적 혼란을 타개하고 의열투쟁에 나서는 것을 목적으로 하고 있다. 한인애국단은 비밀조직이었기 때문에 규모나 단원들의 명단 등은 확인할 수 없으나, 전체 규모는 80명 정도, 핵심 단원은 10여 명 정도로 알려져 있다. 이봉창과 윤봉길의 의거를 계획하고 실행하였다.

안공근(1889~?): 안중근의 동생이자 독립운동가. 대한민국임시정부 상임국무위원, 대한민국임시정부의정원 황해도의원. 본래 교사였으나 안중근 의사의 의거가 일어난 직후 사직, 이후 상해의 임시 정부에 가담하여 김구의 측근으로서 상해에 근거를 두고 항주와 남경을 오가며 독립운동을 전개하였으며, 외교와 군사훈련에 힘을 기울였다. 1931년 일본의 주요 요인 암살을 목적으로 하는 한인애국단을 조직, 이봉창, 윤봉길 의거를 계획 및 지원하였다. 1934년에는 한인군관학교를 설립하였고, 임시정부가 중경으로 옮겨가는 상황에서도 대일 항전 세력을 하나로 규합하기 위해 한국광복운동단체연합회를 조직하였다.

3. 동경 기담

운현궁 도쿄 별저: 도쿄시 시부야구 도키와마쓰정 101번지에 위치했던 흥영군 이우의 저택. 이우의 아들이자 운현궁 종손인 이청의 회고록 「나의 아버지 이우공」에는 "2층으로 된 서양식 집으로 포틀랜드 시멘트 반죽과 회반죽으로 마감한 브라운색이 도는 회색빛이었다. 집 안에는 테이블과 의자가 갖추어져 있었고 사람들은 카펫 위에서 슬리퍼를 신고 다녔다. 몇 개의 다다미방에서는 좌식 생활을 하였다는 것이 내가 기억하고 있는 전부다"라고 묘사되어 있다.

이우(1912~1945): 의친왕 이강과 그의 측실인 수인당 김흥인 사이에서 태어난 차남이자 대한제국 황제 고종의 손자. 1917년 흥선대원군의 장손이자 이우의 당숙인 이준용이 사망한 뒤 다섯 살의 나이로 운현궁과 공위를 상속받아 '이우 공 전하'로 불리며 황족에 준하는 예우를 받았다. 열 살이 되던 1922년 일본 학습원 초등과 4학년에 편입하였고, 이후 일본 황실령 〈왕공가궤범〉 제59조에 따라 육군 장교로 임관하기 위한 교육을 받았다. 형인 이건, 황태자 이은(영친왕)과 덕혜옹주 등이 일본인과 혼인한 반면, 이우는 박찬주와의 결혼을 고집하여 일본 궁내성의 반대를 무릅쓰고 1935년에 혼인을 맺었다. 일본의 패전과 한국의 독립을 믿었으며, 1945년 전역을 신청하려 했으나 반려되고 히로시마에 부임하였다. 8월 6일 히로시마에 투하된 원폭에 피폭되어 다음 날인 8월 7일 향년 32세로 세상을 떠났다. 그의 장례식은 일본이 패전을 선언한, 1945년 8월 15일이었다.

박찬주(1914~1995): 추계학원 초대 재단 이사장을 지낸 교육자, 이우 공비이자 운현궁 종부. 박영효는 영혜옹주와 혼인한 부마이자 후작 작위를 받은 조선귀족으로, 조선총독부 중추원 고문이자 일본 귀족원 의원까지 지내는 등 일본에도 영향력이 있는 권력자였는데, 이우는 자신을 일본인과 결혼시키려는 일본 궁내성에 맞서기 위해 박영효의 손녀인 박찬주에게 혼담을 넣었다. 이우의 고집과 박영효의 로비 끝에 결혼한 박찬주는 이우와 함께 여성운동가이자 교육가인 추계 황신덕에게 서대문구 죽첨정 일대의 운현궁 소유의 부동산을 하사하여 1940년 개교한 경성가정여숙(현재 중앙여자고등학교)의 설립을 적극 지원했다. 1945년 이우가 세상을 떠난 뒤 운현궁에 머물렀으며, 해방 후 구황실재산법에 따라 황실 재산이 국유화될 때에도 운현궁이 흥선대원군 집안의 사저임을 호소하여 운현궁을 지켰다. 1950년, 중앙여자상과학교와 중앙고등여학교를 포함하는 재단법인 추계학원의 초대 이사장으로 취임하였다. 1992년에 운현궁을 서울시에 매각하였고, 1995년 사망하였다.

일본 황실의 왕/여왕: 덴노의 아들과 손자, 또는 세습친왕가의 당주는 친왕(親王), 덴노의 딸과 손녀는 내친왕(內親王), 덴노의 증손 또는 세습친왕가 당주의 자손은 왕/여왕으로 부른다. 예를 들면 세습친왕가인 후시미노미야의 20번째 당주 후시미노미야 구니이에 친왕의 아들인 나카가와노미야는 닌코 덴노의 양자로서 친왕에 봉해져 구니노미야 아사히코 친왕이 되었으며, 그의 아들은 나시모토노미야 모리마사 왕(영친왕비 마사코의 아버지)이다.

나가사키: 운현궁 종손인 이청의 회고록「나의 아버지 이우공」에 언급된 인물. 이우 공이 학습원 7학년이 되었던 1922년에 고용한 일본인 시종이자 사무장으로, 이우 공이 신임하던 측근. 중국이나 히로시마 등 이우 공의 발령지마다 동행했다.

고준 황후(1903~2000): 본명은 구니노미야 나가코. 방계 황족인 구니노미야 구니요시 왕의 딸로, 학습원 유치원 시절부터 훗날 쇼와 덴노가 되는 미치노미야 히로히토 친왕과 알고 지내다가, 가쿠슈인 중학과 재학 중이던 1918년 황태자비로 내정되었다. 1922년 혼인하였고, 1926년 쇼와 덴노가 즉위하며 황후가 되었다. 아키히토 덴노의 어머니이다. 생전에는 나가코 황후로 불렸으며, 고준은 사망 후 붙여진 시호다. 황족을 상징하는 문양은 복숭아.

이건(1909~1990): 의친왕과 그의 측실인 수관당 정씨 사이에서 태어난 장남. 사동궁 종주. 일찍부터 친일 성향을 보여 의친왕에게 미움을 받았다. 1930년 일본육군사관학교 졸업 후 기병 소위로 임관하였다. 1931년 도쿄에서 영친왕비 마사코의 사촌 마츠다이라 요시코(히로하시 세이코)와 결혼하였다. 1945년에 일본이 패망하고, 왕공족의 신분을 잃은 뒤 이건은 모모야마 겐이치라는 이름으로 개명하고 단팥죽과 과자 등을 파는 가게를 내기도 했다. 이후 요시코와 이혼하고 1952년 다른 일본 여성과 재혼했으며 1955년 일본으로 귀화했다.

덕혜옹주(1912~1989): 이우의 고모, 고종이 복녕당 귀인 양씨와의 사이에서 낳은 막내딸. 13세에 일본으로 끌려가 여자학습원에 편입하였다. 일본에서도 신경쇠약에 시달렸으며 1929년 어머니가 세상을 떠난 뒤 조현병 증세가 나타났다. 1931년 대마도 번주인 소 다케유키 백작과 정략 결혼했지만, 딸을 낳은 뒤 조현병이 재발하여 정신병원에 입원하였다. 광복 이후, 1951년 영친왕의 중재로 소 다케

유키와 이혼했다. 가까운 사람들도 거의 알아보지 못할 만큼 증세가 심했지만, 1962년 창덕궁으로 돌아왔을 때 순정효황후 윤씨를 보고 예법에 따라 절을 올렸다고 한다. 1989년 창덕궁 수강재에서 세상을 떠났다.

귀인 장씨(1838~1887): 의친왕 이강의 생모. 고종의 승은을 입어 의화군(의친왕)을 낳자, 명성황후가 분노하여 죽이려 했다. 장씨는 목숨만은 건졌으나 궁 밖으로 쫓겨났고, 10년 뒤 세상을 떠났다. 아들이 성인이 된 뒤인 1900년(광무 4년)에야 후궁의 말단인 종4품 숙원으로 추증되었고, 이후 1906년(광무 10년) 종1품 귀인으로 추증되었다.

4. 만주 기담

한간(漢奸): 중국에서 외국 침략자와 내통하거나 부역한 중국인, 특히 한족을 뜻하는 말. 청나라 시기에는 지배층인 만주족과 내통한 한인들을 가리켰으나, 19세기 이후 일본에 부역한 이들을 뜻하는 말이 되었다.

격격(格格): 만주어로 젊은 미혼 여성에 대한 존칭이자, 후금에서는 고귀한 신분의 미혼 여성을 뜻하는 말이었고, 청나라 이후 황제와 황족의 딸, 또는 황제의 딸인 공주를 제외한 황족의 딸을 가리키는 말이 되었다. 순치제 때 격격을 아버지의 지위에 따라 다섯 등급으로 나누고, 다시 어머니에 따라 적서 구분을 두어 품계와 호칭을 정했는데, 작중에서 요시코가 말한 '군군'은 친왕의 측복진이 낳은 딸을 의미한다.

만주국: 일본제국이 만주사변 직후 흔히 만주라 불리는 흑룡강성, 길림성, 봉천성(요녕성)을 점령하여 세운 괴뢰국. 만주인에 의한 민족자결주의 원칙에 기초한 국민국가를 표방했으나, 실제 통치는 일본제국 관동군이 주도하였다.

선통제 아이신줴뤄 푸이(1906~1967): 영화 〈마지막 황제〉로 알려진 중국 역사상 마지막 황제. 광서제의 동생인 순친왕의 아들로, 광서제가 붕어하자 서태후에게 후사로 지목되어 태어난 지 아직 세 돌이 되지 않았던 1908년에 청나라 황제로 즉위하였다. 1911년 신해혁명으로 공화정이 수립된 뒤 퇴위하고, 중화민국으로부터 "외국 군주를 대하는 예"로 대접받으며 자금성에 머물렀지만, 1924년 북경정변 이후 자금성에서 내쫓겼다. 이후 일본은 푸이에게 접근하고, 1931년 괴뢰 국가인 만주국을 세운 뒤 1934년 푸이를 만주국 황제로 앉혔다. 일본이 패전하며 만주국도 멸망하고, 푸이와 동생 푸제는 정치범이 되어 중국 공산당에 의한 재교육을 받았다. 1959년 사면된 푸이는 저우언라이의 배려로 베이징 식물원의 정원사가 되고, 1964년에는 중국인민정치협상회에 만주족의 대표로 선출되었다. 1967년 신장암으로 사망하였다.

효각민황후 고불로씨 완룽(1906~1946): 선통제 푸이의 황후. 1934년 천진에서 대련으로 가던 길에 오빠의 묵인으로 일본인 군관에게 겁탈당해 사생아를 낳았는데, 푸이는 아이가 태어나자마자 화로에 던져 죽였다. 완룽은 아편에 중독되었고, 때때로 정신착란 증세를 보였으며, 일본이 패망한 뒤 중국공산당군에 붙잡혔다가 아편 중독의 금단 증상과 영양실조로 세상을 떠났다. 완룽의 유골은 발견되지 않았으나, 완룽의 유품은 푸이의 유언에 따라 푸이가 세상을 떠난 뒤 그 곁에 합장되었다.

숙비 에르더트 원슈(1909~1953): 사진으로 간택되어 선통제 푸이와 혼인한 후궁으로, 1931년 이혼했다. 어릴 때부터 서구적인 교육을 받았으며 영어에도 능통했던 원슈는 교사, 신문사 교정원 등으로 일했으며, 이후 류전둥(劉振東)과 재혼하였다.

부처님(노불야, 老佛爺): 청대의 황제는 전륜성왕으로 여겨졌으며, 황제나 절대적인 권력을 지닌 황태후에 대한 경칭으로 부처님이라는 표현을 쓰기도 했다.

쑨원(1866~1925): 신해혁명을 이끈 혁명가이자, 중국국민당을 창립한 정치가. 중화민국의 국부이자 중국에서도 사상가로서 존경받았으며 그의 부인인 쑹칭링(宋庆龄)은 중국의 부주석을 역임했다. 홍콩의 의학교 재학 중 반청혁명에 뜻을 품고 삼민주의를 제창했다. 1911년 신해혁명을 주도하고 중화민국 임시대총통이 되었으나 위안스카이에게 대총통직을 넘겨주었다. 이후 일본으로 망명하여 중화혁명당을 결성하였고, 1919년 중국국민당을 결성했으며, 1924년 국민당대회에서 제1차 국공합작을 실현시켰다. 1921년 대한민국임시정부를 승인하고 지원하며, 조선 학생들의 중국 군관학교에 입학을 허가하여 항일투쟁에 필요한 장교를 양성하는 데 도움을 주었다. 이에 1968년 대한민국 정부는 쑨원에게 1968년 건국훈장 대한민국장(1등급)을 추서하였다.

만주사변: 1931년 일본이 만주를 중국 침공을 위한 병참기지로 만들기 위해 만주철도 선로를 스스로 폭파하고, 이를 장쉐량 지휘 하의 동북군 소행이라고 발표하는 자작극을 벌인 뒤 관동군으로 하여금 만주를 침략하게 한 사건.

상해사변: 1932년, 상해에 눈독을 들이던 일본이 상해 국제 공동조계 주변에서 다섯 명의 일본인 승려가 성난 중국 군중들에게 폭행당했다는 자작극을 벌인 뒤, 상해 시민들의 반일 감정을 자극, 충돌을 유도했다. 상해사변을 유도한 자작극인 승려 폭행 사건과, 상해를 잘 방어하던 중국군이 갑작스럽게 철수하게 된 배후에 가와시마

요시코가 있었다는 설이 있다.

5. 포와 기담

포와(布哇): 하와이를 뜻하는 한국 한자음.

하올레: 하와이에서 하와이 원주민이 아닌 사람, 특히 백인을 가리키는 말. 1778년 제임스 쿡 선장이 하와이에 도착한 이래, 원주민들은 백인들의 플랜테이션 농장에 노동력을 수탈당하고, 투표권을 빼앗겼다. 끝내 나라를 잃고 미국의 50번째 주로 편입된 하와이에서 하올레라는 표현은 종종 백인에 대한 배타적인 의미가 담긴 단어로 사용된다.

이승만(1875~1895): 대한민국임시정부 임시대통령 및 해방 이후 대한민국 1~3대 대통령을 역임했다. 그러나 1919년부터 1925년까지 임시정부 대통령으로 추대되었을 때에도 상해에서 직책을 수행하지 않고 외교를 한다는 명목으로 미국에 머물렀으며, 임시정부 의정원의 결의를 무시하고, 무장 독립 투쟁이 아니라 국제연맹에 위임통치되어야 한다고 주장하는 등의 문제를 일으켜 임시정부 대통령직에서 탄핵당했다. 광복 후에는 38선 이남의 단독 정부 수립을 주장했고, 1948년 실시된 총선거에 당선되어 대한민국 초대 대통령으로 선출되었다. 친일 반민족 행위자들을 처벌하는 것을 반대 및 적극적으로 방해하고, 대신 강력한 반공주의를 내세웠다. 이는 제주 4·3사건, 보도연맹 학살 사건, 거창 양민 학살 사건 등 수많은 민간인을 억울하게 학살한 사건들의 원인이 되었다. 이승만은 한국전쟁 발발 직후 무책임하게 도주했는데, 이때 채병덕 총참모장은 인민군의 남하를 막겠다며, 서울 외곽을 지키기 위해 남아 있던 국군의 주력 부대와 수많은 시민들을 강북에 남겨둔 채 한강에서 3개의 철교와 1개의 인도교를 폭파했다. 다리가 끊겨 피란가지 못하고 고초를 겪었던 서울 시민들은 이승만이 돌아온 뒤 부역자로 의심받는 이중고를 겪어야 했다.
전후 발췌 개헌, 사사오입 개헌 등을 통과시켜 재선과 3선에 성공했고, 4선에서는 민주당 대통령 후보 조병옥이 선거 중 사망해 무투표로 당선되었다. 그러나 측근인 이기붕을 부통령에 당선시키려 3·15 부정선거를 저질렀다가 4·19혁명으로 대통령직에서 하야, 이후 하와이로 망명하였다가 1965년 호놀룰루에서 사망하였다.

박용만(1881~1928): 대한민국임시정부 군무부장이자 이승만, 안창호, 서재필과 함께 재미 한인 교민 사회의 초기 지도자, 대한인국민회의 기관지 〈신한민보〉의 주필이며 재미 한인의 교육과 무장 독립 투쟁을 주장하였다. 1904년 도미하여 1909년에는 네브래스카주에 한인소년병학교를 설립했다. 1912년에는 하와이에서 미국 내 항일무장 독립운동 단체인 대조선국민군단을 조직했다. 그는 이승만과는 동지였으나 무력으로 독립을 쟁취하겠다는 박용만과 외교 활동에 주력하던 이승만의 견해 차이는 컸고, 결국 적대하게 되었다. 박용만은 1926년 북경에 대본농간공사를 설립, 미개간지를 구입하여 독립운동 근거지를 마련하려 했으나, 1928년 그의 변절을 의심한 의열단원 이해명의 권총 저격을 받고 피살되었다.

대한인동지회: 약칭 동지회. 이승만의 독립운동 후원과 동포들의 생활 안정을 위해 설립된 미주 한인 사회의 민족운동 단체. 대외적으로는 대한민국임시정부를 옹호하며 대동단결을 도모하는 단체였으나, 실제로는 철저하게 종신 총재 이승만 개인을 중심으로 독립운동을 달성하고자 하는 조직으로, 이승만이 탄핵되자 반임시정부 활동을 벌이기도 했다.

의열단: 약산 김원봉을 중심으로 하는 사회주의계 무장 독립운동 단체. 조선총독부 등 적 기관 파괴와, 암살과 폭탄 투척 등 폭력 투쟁으로 일본 및 친일파에 맞섰다. 초반에는 임시정부와 불화하였으나, 임시정부는 국민대표회의 실패 이후로 의열단과 손을 잡아, 임시정부의 한 축이 되었다. 이후 김구도 의열단의 활동에 영향을 받아 1931년에 일본제국의 주요 요인 암살을 목적으로 하는 한인애국단을 조직하였다.

유관순(1902~1920) : 충청남도 목천군(천안군) 출생. 1916년 이화학당 보통과 3학년에 장학생으로 편입하고, 1919년에 고등부에 진학했다. 을사조약 이후로 이화학당에서 조국 독립을 위한 기도회와 시국토론회 등을 진행했던 이문회 회원으로 활발히 활동하였다. 3·1운동 때는 교사들의 만류에도 불구하고 서명학, 국현순, 김복순, 김희자 등과 함께 결사대를 조직하여 거리로 나갔으며 3월 5일의 만세 시위에도 참여하였다. 총독부의 휴교령 이후 고향으로 돌아와 삼남의 길목인 아우내 장터에서 후속 만세 시위를 주도하다가 체포되었다. 공주지방법원에서 징역 5년을 선고받았고, 같은 해 경성복심법원에서 징역 3년을 선고받았는데, 이때에도 유관순은 일제의 한국 점령을 규탄하고 일본인 법관에게 재판받는 것의 부당함을 주장하였다. 서대문형무소 복역 중 영친왕의 결혼 특사로 1년 6개월로 감형되었으나, 옥중에서도 독립 만세를 외치다 고문을 당하고 끝내 옥사하였다.

서명학(1905~1990): 해방 이후 이화여자고등학교 교장, 대한체육회 이사, 문교부체육심의회 의원 등을 지낸 교육자. 1915년 이화학당에 입학하였고, 고등부에서는 유관순과 함께 만세 시위에 참여하였다. 휴교령이 풀린 뒤 학교로 돌아와 1921년 이화여자전문학교에 진학, 1927년 일본 기치조지여자체조음악학교에서 체육을 전공한다. 이후 모교로 돌아와 체육 교육과 학교 행정, 교무 전반을 이끌었으며, 여성체육 지도자로서 학교·사회·여성체육 진흥에 힘썼다.

룰루 프라이(1868~1921): 선교사 출신의 교육자로, 이화학당에 중등과와 대학과를 만드는 등 여성 교육을 확대했다.

손정도(1881~1931): 감리교 목사, 대한민국 임시의정원 제2대 의장. 숭실학교를 졸업하고 1911년 목사가 된 이래 만주에서 독립운동가들과 접촉하며 신흥무관학교 설립에도 관여하였다. 1915년 정동교회에 부임하여 배재학당과 이화학당의 학생들을 지도하다가 일본의 압력으로 정동교회 목사직에서 사임한 뒤, 상해로 망명, 임시의정원을 조직하고, 상해 임시정부를 위해 일했다. 이때 미국에만 머무르려고 하는 이승만을 설득하려 노력하였다. 1920년대 중반에는 만주에서 독립운동 단체인 참의부, 신민부, 정의부를 통합하여 역량을 강화하려 했으나 뜻을 이루지 못했다. 김일성은 손정도 목사를 생명의 은인으로 존경했는데, 손정도가 아직 소년이었던 김일성을 만난 것이 이 시기였다. 손정도의 장남 손원일은 항해사이자 독립운동가로, 1945년 해방병단과, 1948년 대한민국 해군을 창설하였고, 초대 해군참모총장이자 제5대 국방부 장관을 역임했다.

손진실(1901~1990): 손정도 목사의 장녀. 1919년 평양에서 조모인 오신도를 도와 대한애국부인회에서 일하며 임시정부 군자금 모집에 힘을 기울이다가 1920년 체포되었다. 1925년 손정도 목사의 반대에도 불구하고 윤치호의 동생인 윤치창과 결혼했다.

지네트 월터(1885~1977): 1911년 선교사로 조선에 온 이래 이화학당의 교사로서 한국 여성들의 근대교육을 위해 노력했으며, 1920년 이화학당의 학당장이 되었다. 3·1운동 당시 이화학당 제자들이 종로경찰서에서 당한 고문의 실태를 미국 감리교 본부에 알렸으며, 유관순이 옥사한 뒤 서대문형무소에서 시신을 수습하고 장례를 주관했다.

이화학당: 1886년 미국 북감리교회 선교사 메리 스크랜턴이 조선 한성부 정동에 설립한 한국 최초의 사립 여성 교육기관. 영어와 산술, 언문, 창가, 역사, 습자와 기본적인 한학, 기독교에 대해 가르쳤다. 1904년에 중등과가 설립되고 1908년에 보통과와 고등과가, 1910년에는 대학과가 차례로 추가되었다. 1918년부터 1928년까지 10년에 걸쳐 각급 학교가 독립적인 학제로 운영되면서 이화학당이라는 이름은 사라졌다.

김상옥(1890~1923): 대한민국임시정부 군무부 행정관이자 의열단원. 1923년 독립운동 탄압의 본산으로 이름 높던 종로경찰서에 폭탄을 투척한 것으로 알려져 있다. 사이토 총독을 암살하기 위해 서울역 주위를 배회하던 중 무장 경찰들에게 포위당했는데, 종로경찰서 다무라 형사부장과 아와타 경부 등을 사살하고 그 외 20여 명의 경부들에게 중상을 입혔다. 이후 종로구 효제동에서 일본 군경에게 포위당해, 3시간 동안 일본 군경 400여 명과 총격전을 벌이며

15명을 사살한 뒤, 마지막 총알로 자결하였다.

앨리스 레베카 아펜젤러(1885~1950): 서울 정동 출생. 공식적으로 기록된 조선에서 태어난 최초의 서양인. 미국에서 박사학위를 받은 뒤 돌아와 이화학당의 교수로 부임. 이후 1922년 이화학당 제6대 학당장으로 취임하였으며, 정동에 있던 이화학당을 신촌으로 옮기고, 대학과를 이화여자전문학교로 개편하는 등, 여성의 고등교육을 위해 노력했다.

사진신부: 초기 하와이 이민자들은 미혼 남성 노동자들이 대부분이었는데, 이에 사진 교환을 통한 중매 결혼이 이루어졌다. 중매가 성사되면 남성이 고국의 여성에게 하와이까지 오는 여비를 보냈는데, 이 과정에서 한인 남성이 나이와 재산 등을 속이는 일도 많았다. 1924년 동양인 배척법이 실시되기 전까지 사진신부로 하와이에 이주한 여성은 약 600명에서 1000명 정도였을 것으로 추정된다.

릴리우오칼라니(1838~1917): 하와이 왕국 최후의 군주. 사탕수수 플랜테이션 농장으로 하와이 경제를 잠식하는 백인 미국인들을 견제하기 위해 농장을 국유화하고 미국인 자본을 제한하려 했지만, 미국의 앞잡이인 샌퍼드 돌과 로린 서튼이 쿠데타를 일으키고 하와이에 미국의 괴뢰 정부를 세우며 반란죄로 감옥에 갇힌 자신의 신하들을 구하기 위해 반강제로 퇴위서에 서명해야만 했다. 〈알로하오에(Aloha 'Oe)〉를 작사, 작곡한 것으로도 알려져 있다. 한편 샌퍼드 돌은 하와이 땅을 백인들에게 불하했는데, 이때 그의 사촌인 제임스 돌이 차지한 거대한 파인애플 농장이 돌(Dole)사의 모태가 되었다.

6. 호령 기담

브나로드: 본래 브나로드는 제정 러시아 말기인 1874년, 러시아의 지식인들과 청년 학생들이 혁명에 앞서 우선 민중을 계몽해야 한다며 농촌계몽운동에 나서며 외친 '민중 속으로'라는 뜻의 구호였다. 1920년대부터 경성 등으로 유학한 학생들은 방학 때 고향으로 돌아가 '상록수운동'이라는 귀향계몽운동에 나섰다. 이에 동아일보사에서도 1931년부터 1934년까지 4회에 걸쳐 국내는 물론 만주·일본·중국 등 국외까지 아우르는 농촌계몽운동을 주도하였는데, 이 운동을 브나로드운동이라 불렀다.

호령(湖嶺): 충청도와 경상도를 아울러 이르는 말.

조선여자의학강습소: 1928년 로제타 셔우드 홀이 설립한 여성 의료인 양성 학교. 1933년 7월 경성여자의학강습소로 이름이 바뀌었으며, 이후 동경여자의학전문학교 출신의 의사 길정희와 그의 남

편이자 한성의사회 회장인 김택원이 강습소를 경영했다. 이후 우석 김종익의 유산으로 설립한 재단법인 우석학원에 인수되어 경성여자의학전문학교가 되었고, 1948년 서울여자의과대학으로 승격, 1957년에는 남녀공학인 수도의과대학이 되었으며, 1967년에는 국학대학을 흡수하며 우석대학교가 되었다. 1971년 고려대학교에 흡수되어 고려대학교 의과대학으로 개편되었다. 우석 서정상이 설립한 현재의 우석대학교와는 관련이 없다.

이광수(1892~1950): 언론인이자 문학가, 번역가. 도쿄 조선인 유학생의 2·8독립선언을 주도했으며, 3·1운동 이후 상해 임시정부와 사료조사편찬회에 참여하고, 신한청년당의 독립운동지 〈신한청년〉의 주필, 임시정부 기관지 〈독립신문〉의 사장을 지냈다. 1921년 귀국한 뒤 〈동아일보〉 편집국장과 〈조선일보〉 부사장을 지내는 한편, 『마의태자』, 『단종애사』, 『흙』과 같은 민족주의적인 작품들을 발표하여 최남선, 홍명희와 더불어 "조선의 3대 천재"로 불리기도 했다. 1937년 수양동우회 사건으로 반년간 투옥된 뒤 변절하여 이름을 가야마 미쓰로(香山光郎)로 바꾸었고, 친일어용단체인 조선문인협회 회장이 되어 전선에 위문대와 위문문 보내기를 주도하고, 한국인 유학생에게 입대를 권하며, 황민화 운동을 지지하였다. 해방 이후 1949년 반민특위에 기소되었으나 석방되었고, 한국전쟁 때 인민군에게 납북되었다가 1950년 만포에서 병사하였다. 이 이야기의 배경이 되는 1930년대 초반은 그가 아직 변절하기 전으로, 〈동아일보〉 주필로서 실력양성운동을 주장하던 시기였다.

조선공산당: 1925년 경성부에서 김약수, 조봉암, 박헌영 등 19인을 중심으로 조직된 사회주의단체. 민족 해방과 반제국주의 혁명을 조선 혁명의 과제로 규정하였으며, 인쇄공조합, 철공조합, 구두직공조합 등 직업별 노동조합의 창설에 관여하였다. 광복 후 박헌영 등을 중심으로 재건했다가, 남조선신민당, 조선인민당과 합당하여 1946년 남조선로동당(남로당)이 되었다.